secession

secession

Lou Lingyuan

Das fragile Glück der Harmonie

ROMAN

LUO LINGYUAN

Das fragile Glück der Harmonie

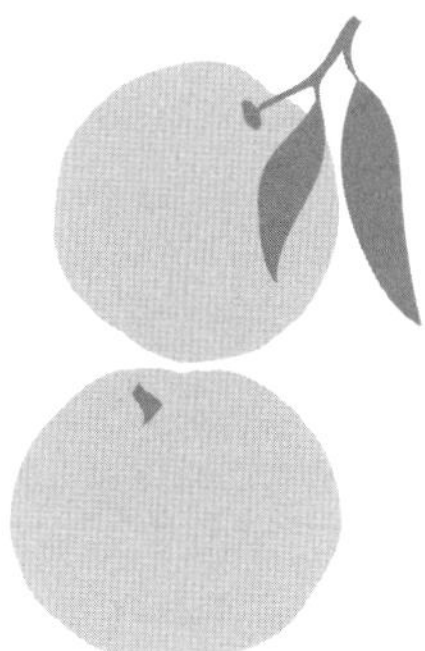

Erste Auflage

Lektorat: Christian Ruzicska
Korrektorat: Felicitas Fritzsche
www.secession-verlag.com

Umschlagentwurf: Eva Mutter, Barcelona
Satz: Marco Stölk, Berlin
Gesetzt aus EB Garamond und Bella Shiro
Herstellung: Daniel Klotz, Berlin
Druck und buchbinderische Verarbeitung:
Friedrich Pustet, Regensburg
Papier Innenteil: 100 g/m² Werkdruck
Papier Vor- und Nachsatz: 115 g/m² Surbalin Glatt
Papier Überzug: 115 g/m² Surbalin Seda
Printed in Germany
ISBN 978-3-96639-066-8

1.
Ein Ausländer in der Bibliothek

Im Studentenheim herrscht ein ständiges Kommen und Gehen. Man findet nie Ruhe. Draußen unter den Bäumen gefällt es mir besser, aber da wird es schnell dunkel. Also lieber die Bibliothek. Ich werde mir im Duft der Bücher einen Platz suchen, an dem ich von der Welt träumen kann. 1987 ist das Jahr des Hasen – mein Jahr! Jede Woche erscheinen neue Romane aus aller Welt. Die Übersetzer müssen Tag und Nacht arbeiten.

Die Fudan-Universität ist eine Stadt in der Stadt. Sie wurde von Jesuiten gegründet, noch in der Kaiserzeit, und gehört zu den besten des Landes. Es ist etwas ganz Besonderes, wenn man sich in dieser Oase mit ihren alten Bäumen und Rasenflächen bewegen darf. Die Büros und Lehrgebäude, die große Aula, die Mensa, die Sportplätze, die Wohnheime und Duschhäuser sind von hohen Mauern umgeben und an den Gittertoren stehen Tag und Nacht Wächter, die uns beschützen. Wer hier einen Platz hat, darf stolz auf sich sein.

Meine beiden Eltern sind Lehrer. Von ihren fünf Kindern bin ich die Älteste. Ich komme aus einer Kreisstadt in der Provinz Jiangxi, fast tausend Kilometer südwestlich von Shanghai: Erst geht es mit einem Fernbus zwei Stunden lang über die Berge in die Provinzhauptstadt, dann mit dem Nachtzug weiter. Im Vergleich zu den Mädchen in Shanghai bin ich ein Landei und sehe auch so aus: Ich trage zwei lange Zöpfe, habe eine dunklere und straffere Haut als die Städter und bin sehr bescheiden gekleidet, denn für modische Kleidung der Töchter haben die Eltern kein Geld. Ihnen ist wichtig, dass all ihr Kinder die höhere Schule besuchen und glücklich werden.

Mit mir sind sie, glaube ich, bislang zufrieden. Mit 17 schaffte ich den Sprung an die Jiaotong Universität Shanghai und studierte, was wir damals Computerwissenschaft nannten, eine Mischung aus Elektrotechnik, Programmieren und Theorie. Wir bastelten Radios und lernten die Programmiersprachen. An der Universität gab es ein paar klobige Computer mit schwacher Leistung, die heftig summten und sehr bewundert wurden. Die Zeit, in der man mit ihnen arbeiten durfte, war streng rationiert. Ein privates Gerät besaß niemand, das Internet gab es auch noch nicht. Nach vier Jahren musste ich als Abschlussarbeit ein Programm schreiben, dass die Wasserzufuhr eines Wasserkraftwerks regulieren sollte. Die Arbeit wurde angenommen, und mir wurde eine Assistentenstelle an der Universität Jiangxi zugeteilt. Ich musste also wieder in die Provinz zurück und erteilte Unterricht für Studienanfänger. Meine Mutter fand das sehr gut. »Jetzt haben wir dich in der Nähe, und du kannst auch am Wochenende nach Hause kommen.«

Darauf war ich allerdings gar nicht scharf. Nanchang zählte drei Millionen Einwohner, aber verglichen mit Shanghai war es tiefste Provinz. Ich hatte keine Lust, zwanzig Jahre darauf zu warten, dass ich Professorin für Informatik wurde. Ich wollte ein freieres Leben. Meinen Eltern behagte das gar nicht. Sie ahnten damals schon, dass irgendwann den Computern und allen, die damit zu tun haben, die Welt gehören würde.

In meiner Freizeit bereitete ich mich insgeheim auf die staatliche Aufnahmeprüfung für Journalistik vor. Und dann hatte ich riesiges Glück: Ich bestand die Prüfung und wurde von der berühmten Fudan Universität aufgenommen. Meine Mutter war so überrascht, dass sie nur schwach protestierte, und mein Vater so stolz, dass er gar nichts sagte.

Jetzt bin ich schon seit einem Jahr wieder in Shanghai und genieße das Gefühl, ganz vorn in der großen Bewegung zu schwimmen, die China erfasst hat. Es ist Juni und brütend heiß. Umso angenehmer ist es, in den hohen, kühlen Lesesaal einzutreten. Ich setze mich an einen Platz am Rand und atme die frische Luft, die durch das offene Fenster hereinströmt, tief in mich ein. Der Saal ist halbleer, die anderen sitzen alle noch beim Abendessen. Ich ziehe die brandneue chinesische Übersetzung von Stendhals *Rot und Schwarz* heraus, die ich mir vor drei Tagen ausgeliehen habe, und versenke mich in eine andere Welt, die so weit weg und doch so faszinierend ist.

Es muss wohl eine Stunde vergangen sein, als mir bewusst wird, dass es zum Lesen viel zu dunkel geworden ist. Die Sonne ist bereits untergegangen, und die anderen um mich herum haben die kleinen Lampen eingeschaltet, die jeden Arbeitsplatz beleuchten. Ich nehme meine Brille ab und reibe mir die Augen. Inzwischen sind die Plätze alle besetzt und mir gegenüber sitzt jemand, der sich durch das Zurechtrücken des Stuhls und ein leichtes Räuspern bemerkbar macht.

Es ist ein Mann, so viel ist klar. Aber Genaueres kann ich nicht feststellen. In der Mitte eines jeden Tisches erhebt sich eine Barriere, eine Wand aus poliertem Holz, die von hübschen Messingfüßen gestützt wird. So ist für ungestörtes Lesen gesorgt. Wer auf der anderen Seite sitzt, kann man nicht sehen. Und eigentlich interessiert es mich auch überhaupt nicht.

Völlig abschneiden wollten die Erbauer der Bibliothek die Verbindung aber wohl nicht. Denn unter der hölzernen Mauer gibt es einen unübersehbaren Spalt, hoch genug, um ein dickes Buch durchzuschieben, ganz zu schweigen von kleinen eilig verfassten Zettelchen.

Von der Leselampe meines Gegenübers fällt ein breiter Lichtstreifen zu mir herüber, und wenn ich mein Buch dort hineinschiebe, kann ich weiterlesen, ohne mein eigenes Licht einzuschalten. Das wird den Mann auf der anderen Seite bestimmt nicht stören.

Aber aller Diskretion wird jetzt ein jähes Ende bereitet, denn ich muss niesen. Dann ein zweites und drittes Mal. Es droht eine ganze Serie zu werden. Ich habe wahrscheinlich zu lange stillgesessen. Ich drücke an meiner Nase herum. Vergeblich: »Ha-Chiiii!« Da steht mein Gegenüber auf, schaut über die Holzwand und sagt: »Ist dir kalt? Ich mache das Fenster zu.« Er geht um den Tisch herum und schließt mit einer entschiedenen Geste das Fenster.

Das passt mir eigentlich gar nicht; die frische Luft war sehr angenehm. Aber ich will auch nicht unhöflich sein. Ich hebe den Kopf und will mich gerade bedanken, da bleibt mir der Mund offenstehen: Vor mir steht kein Chinese, sondern ein junger Ausländer mit großer Nase und weißem Gesicht. Er hat ein T-Shirt mit einem fremden Logo und komischen Buchstaben an, aber sein Chinesisch ist so perfekt, dass ich beim Hören gar nicht auf die Idee gekommen bin, dass er kein Landsmann ist. Auf den zweiten Blick gefällt er mir noch besser: Er ist schlank, mittelgroß und sein braunes, lockiges Haar fällt ihm weit in die Stirn. Ein schöner Mann wäre vielleicht nicht der richtige Ausdruck, seine Augen aber strahlen Jugend aus, Tatkraft und Intelligenz. Augen wie Diamanten, denke ich, und mein Gedanke gefällt mir.

Im Jahr 1987 sind Ausländer an der Fudan-Universität keine Seltenheit mehr. Ist der Mann ein Russe? Nein, von Russen ist selten die Rede. Ist er Österreicher mit einem Achtel türkischem Blut? Erst jetzt fällt mir auf, dass ich vielleicht etwas sagen sollte. Ich öffne den Mund, aber in diesem Moment schießt mir eine innere Stimme mit einem Satz durch den Kopf, den ich bestimmt nicht sagen werde: ›Das ist mein Ehemann.‹

Vor Schreck wollen mir die Augen fast aus dem Gesicht fallen. Meine Seele muss mich für einen Augenblick verlassen haben. Sie schwebt über mir im Lesesaal unter der Decke und sieht mir zu, wie ich zur Marmorsäule erstarre. Nur mit größter Anstrengung reiße ich mich zusammen und stammle gerade noch rechtzeitig: »Vielen Dank!« Meine Verbeugung kann der Fremde schon gar nicht mehr sehen, er sitzt bereits wieder hinter der Holzwand auf seinem Platz.

Es dauert einen Moment, bis sich mein Atem beruhigt. Dann kann ich die Augen wieder bewegen und mein Denken wieder in Gang bringen. Bin ich verrückt? Was war das für eine Stimme? Ich habe den Mann kaum gesehen. Die Stimme der Vernunft war das bestimmt nicht. Mehr so ein Naturereignis, ein Blitz aus heiterem Himmel. Oder zumindest ein Wetterleuchten, tief hinter dem Horizont. Ein erfahrener Taoist hätte in die Zukunft schauen und mir helfen können. Aber ein solcher steht mir nicht zur Verfügung.

Ich bin verwirrt und komme nicht mehr zur Ruhe. Wieso hat der Mann so gut Chinesisch gesprochen? Ist er Student oder Lehrkraft? Ich bin dreiundzwanzig und habe noch keinen Freund gehabt. Genauer gesagt: Ich war noch nie mit einem Mann im Bett. Anfragen hat es durchaus gegeben. Als ich gerade die Realschule hinter mir hatte, schickte ein Mitschüler seine Eltern zu meinen, um eine Verlobung herbeizuführen. Da war ich gerade 17. Doch meine Eltern meinten, die Kinder sollten selbst entscheiden, und unternahmen nichts. Der Junge zeigte eine Menge Mut und kam mich besuchen, aber ich fand ihn nicht passend. Schon weil er nicht in Shanghai studierte. Schwärmerische Briefe mit der Bitte um ein Rendezvous bekomme ich jedes Semester. Aber da ich jetzt schon zum zweiten Mal studiere, sind die meistens Jungs deutlich jünger als ich und reizen mich nicht besonders.

Aber glauben Sie nicht, ich hätte keine Gefühle. Als ich vor einem Jahr hier an die Uni gekommen bin, habe ich mich gleich unsterblich in einen Literaturprofessor verliebt. Er war sanft und klug und hatte ein schweres Schicksal gehabt. Während der Kampagne gegen Rechtsabweichler in den 1950er Jahren war er in ein Umerziehungslager gesteckt und erst vor ein paar Jahren rehabilitiert worden. Wir konnten endlos miteinander plaudern und lachen. Ich habe es ihm nie gesagt, aber ich wollte nach dem Studium in seiner Nähe bleiben und ihm ein Kind schenken. Dass er verheiratet war, schien mir kein Hindernis, aber dann habe ich ihn eines Tages mit einer anderen Studentin gesehen. Es war offensichtlich, dass er mit ihr noch viel vergnügter lachen konnte. Innerhalb einer Stunde war meine Liebe gestorben. Doch ich schätze seine Persönlichkeit und besuche ihn weiter gern. Seine Frau, seine Mutter und er sind so etwas wie meine Ersatzfamilie in Shanghai geworden.

Ich merke, dass meine Gedanken unkontrolliert in der Gegend herumirren. Ich schalte mein Licht ein, versuche mich wieder zu konzentrieren und weiterzulesen. Vergebens. Es ist Semesterende. Ich habe mich eigentlich auf die Prüfungen vorzubereiten. Ich nehme mein Notizbuch in die Hand und versuche mir den gelernten Stoff ins Gedächtnis zu rufen. Aber eigentlich weiß ich, dass ich auch ohne große Vorbereitung bestehen werde. Schon galoppieren meine Gedanken wieder wie wilde Pferde davon. Es ist ja nicht so, dass ich in den Wolken schwebe und immer allein bleiben will. Nein, im Gegenteil, ich wünsche mir einen guten Mann, der zu mir passt, sein Leben mit mir teilt und mich innig liebt. Anders kann ich mir ein harmonisches Leben gar nicht vorstellen. Die ganze Welt besteht ja aus Dingen, die auf diese Weise zusammengehören: Berg und Fluss, Tag und Nacht, Sonne und Mond, Sommer und Winter, Himmel und Erde, Sand und Meer, Ost und West ... Die Welt ist eine Symphonie, in der alles zusammenklingt, eine Umarmung der Gegensätze. Und so ist es auch mit den Menschen: Alles fügt sich zusammen, wenn man den Richtigen trifft.

Plötzlich merke ich, dass ich in der letzten halben Stunde immer dieselben drei Zeichen auf eine leere Seite geschrieben habe: 外国人 *waiguoren, waiguoren* – Ausländer. Ich nehme den Stift und streiche sie hastig aus.

Auf meiner Etage im Wohnheim gibt es eine kleine, zierliche Studentin, die uns jeden Tag vorführt, wie schön die Liebe ist. Ihr Freund ist der Basketball-Star der Universität. Er ist über ein Meter neunzig und hat auffällig schöne Muskeln. Seine Freundin ist nur ungefähr eins dreiundfünfzig, und damit noch ein gutes Stück kleiner als ich. Der junge Mann holt sie jeden Abend zum Spaziergang oder zu einer Veranstaltung ab und bringt sie später wieder zurück. Wir kennen ihn alle. Jedes Mal, wenn ich den beiden auf dem langen Korridor begegne, staune ich über seine Liebenswürdigkeit und seine Sanftheit. Wer so einen jungen Mann als Freund hat, muss glücklich sein. Und das sieht man dem Mädchen auch an: Sie wird durch die Liebe jeden Tag schöner und leichtfüßiger.

Mir bleiben bislang nur die Bücher. Oder besser gesagt: Ich bin in die Bücher verliebt. Vor allem in Romane. Chinesische und westliche Liebesromane, aber auch Biografien aus China, Amerika und Europa. Die Welt in meinem Kopf wird zunehmend größer, und das hilft mir, mein Alleinsein zu ignorieren.

Doch jetzt, hier in der Bibliothek, fühle ich mich plötzlich sehr schwach, und der Wunsch, auch geliebt und umworben zu werden, packt mich wie eine mächtige Faust. Ob vielleicht dieser unsichtbare Ausländer auf der anderen Seite des Tisches der Richtige ist? Groß und schlank ist er ja, und auch sehr fürsorglich. Schon male ich mir aus, wie er mich in die Arme nimmt und ...

Wo denke ich hin? Warum gerade ein Ausländer? Ich fühle mich heiß und kann nicht mehr sitzen bleiben. Ich verlasse den Lesesaal, gehe zu meinem Schließfach und trinke einen großen Schluck Wasser, ehe ich an meinen Platz zurückkehre. Aber es hat keinen Zweck. Nach der Pause kann ich mich noch weniger konzentrieren. Während ich auf dem Bleistift herumkaue, versuche ich mir die ganze Zeit das Gesicht des Mannes hinter der hölzernen Wand vorzustellen. Ein *Waiguoren,* ein Mann aus einem fernen Land.

Was liest er denn? Ich ducke mich ein bisschen zur Seite, lege den Kopf schräg und schiele durch die schmale Öffnung unter der Holzwand hinüber. Meine Bewunderung verdoppelt sich: Der Typ liest Bo Yang, einen Meisterkritiker, dessen feine Ironie sich einem Anfänger wohl kaum erschließt. Dieser Ausländer muss ein sehr kluger Mann sein.

Die Bibliothek schließt um zehn. Kurz nach neun steht der Mann auf. Er schickt mir ein kaum merkliches Lächeln zum Abschied und geht zum Ausgang. Ich lese noch fünf Minuten. Das bin ich mir schuldig. Doch dann halte ich es nicht mehr aus, nehme meine Sachen und renne fast bis zur Garderobe. Was für ein Glück! Der Ausländer steht noch da. Er hat gerade sein Schließfach zugeklappt und schaut mich an. »Bist du noch hier?«, frage ich.

»Ja«, sagt er und fügt nach einer kurzen Pause hinzu: »Aber jetzt bin ich fertig. Wollen wir gehen?«

Ich nicke schüchtern. Wir nehmen unsere Sachen und gehen die breite, hell erleuchtete Treppe hinunter.

»Du sprichst perfekt Chinesisch.« Ich muss ihn loben. Er hat mich einfach zu sehr beeindruckt.

»Du auch«, sagt er. Da muss ich lachen, und er lacht mit. Ich habe das Gefühl, ihn schon lange zu kennen. Meine Befangenheit ist verflogen. Es geht alles so schnell.

Vor der Bibliothek bleiben wir stehen und erklären uns umständlich und mit vielen Worten, was jeder von uns für einen weiten Weg hat. Als sich der Abschied gar nicht mehr länger hinauszögern lässt, sagt er schließlich, dass er im Studentenwohnheim für Ausländer wohnt.

»Dann haben wir ja denselben Weg«, sage ich voller Erleichterung, werfe meine geflochtenen Zöpfe nach hinten und schaue ihn lächelnd an. »Unser Wohnheim ist direkt neben eurem.«

Die Luft ist in der Dunkelheit nicht mehr so heiß, und die Rasenflächen links und rechts spenden ebenfalls Kühlung. Der breite Weg ist asphaltiert, aber es gibt keinen Autoverkehr, und die Laternen sind von den Zweigen der Bäume verdeckt. Licht und Schatten spielen vor unseren Füßen.

Aber wir sind nicht die einzigen, die den Spaziergang genießen. Überall schimmern helle Hemden und Blusen im Dunkel. Wir schlendern auf unsere Wohnheime zu und reden ununterbrochen. Genauer gesagt: Ich frage ihn aus. Ich will alles wissen, und er ziert sich auch nicht. Er heißt Norman, kommt aus Deutschland und ist ein Jahr älter als ich. Warum er Sinologie studiert? »Weil mich die chinesischen Schriftzeichen immer schon fasziniert haben«, sagt er. Erst hat er in Westberlin ein paar Jahre studiert, und seit drei Jahren ist er in China. Mit einem deutschen Stipendium vom DAAD. Er würde am liebsten noch jahrelang bleiben, aber im Herbst läuft das Stipendium aus. »Dann muss ich weg«, sagt er, und ich spüre einen Stich in der Herzgegend. »Aber vielleicht kann ich bleiben, wenn die Fudan-Universität mich als Sprachexperten beschäftigt.«

»Das wäre schön«, sage ich unwillkürlich. In der Dunkelheit kann er glücklicherweise nicht sehen, dass ich erröte. »Wir brauchen hier Sprachexperten«, füge ich hastig hinzu.

Er lächelt geschmeichelt. »In Peking hatte ich eine chinesische Freundin«, sagt er. »Sie hat mir viel beigebracht.«

Ich brauche eine Sekunde. »Wo ist sie jetzt?«

»Keine Ahnung«, sagt er verloren. »Ihr Vater ist ein hohes Tier in der Regierung. Als er rausgekriegt hat, dass seine Tochter mit einem Ausländer geht, ist er fuchsteufelswild geworden.«

»Fuchsteufelswild?«, frage ich vorsichtig.

»Ja«, sagt Norman. »Er hat ihr befohlen, den Kontakt zu mir sofort abzubrechen. Und genau das hat sie getan. Ich habe monatelang nichts mehr von ihr gehört, dann bin ich nach Shanghai gegangen.«

Diesmal brauche ich mehr als eine Sekunde. »Das ist ja wie aus einem Roman«, sage ich andächtig und beobachte ihn aus den Augenwinkeln. Er scheint ganz gelassen. »Tut mir leid, dass du so eine traurige Geschichte erlebt hast«, sage ich. »Aber dein Tierkreiszeichen ist ja der Tiger. Ich wette, du springst mit einem Satz darüber hinweg.« Ich bin ganz begeistert von mir, ich hätte nie gedacht, dass ich mit einem Ausländer *flirten* kann.

Tatsächlich geht er sofort auf mich ein. »Was bist du für ein Sternzeichen?«

»Ich bin Hase«, sage ich und ziehe den Kopf ein. »Einen Tigersprung würde ich niemals schaffen.«

Er lächelt männlich und sagt: »Ich habe gewusst, dass du zu mir kommen wolltest. Deswegen habe ich vor meinem Schließfach auf dich gewartet.« Ich erröte erneut, dann muss ich lachen und rolle die Augen.

Die Viertelstunde, die wir für den Weg brauchen, ist schnell vorbei. Wir verlassen das Hauptgelände, überqueren eine Straße mit starkem Verkehr, wo immer wieder große Lastwagen vorbeidonnern, und bleiben am Eingang zu meinem Wohnblock stehen. Er fragt nach meiner Zimmernummer, und ich sage sie ihm. Dann ist er weg.

2.

Das Privatkonzert

Eine Woche später, kurz nach dem Mittagsessen. In unserem Zimmer ist mächtig was los. Drei Mädchen hocken auf einem Bett, eine zeigt Fotos. Es wird gelacht und geredet. Dann kommt Pingping. Sie hat in der Mensa zwei große Thermoskannen mit heißem Wasser gefüllt. Das machen wir abwechselnd. Morgen bin ich wieder dran. Sie stellt die Kannen in der Zimmerecke auf den Boden und schaut zu mir herüber. »Tanya, du hast Besuch«, sagt sie. Dann etwas leiser: »Ein Mann.«

Ich schaue zur offenen Tür, sehe aber niemanden. »Ist er bei der Pförtnerin unten?«, frage ich.

»Nein, hier im Korridor«, haucht sie und gibt mir zu verstehen, dass der Besucher uns hören kann.

Wir teilen das Zimmer zu sechst. Da mein Bett am Fenster steht, habe ich auch meinen Tisch und meinen Hocker am Fenster. Ich kämpfe mich aus der Tiefe des Zimmers heraus und komme zur Tür. Zu meinem Schrecken steht Norman vor mir.

»Hallo Norman, du hast mich aber schnell gefunden«, sage ich. »Hast du schon gegessen?«

»Ja.« Er zögert und tritt dann einen Schritt zurück. Ich folge ihm auf den Flur.

»Ich habe dir ein Geschenk mitgebracht.« Er streckt mir eine rote Paprikaschote und zwei kleine Tomaten entgegen.

Gemüse als Gastgeschenk? Auf so eine Idee kann nur ein Ausländer kommen. Ich muss beinahe lachen. Aber dann nehme ich

Tomaten und Paprikaschote mit beiden Händen und einer Verbeugung entgegen. »Möchtest du hereinkommen?«, frage ich höflich.

Er streckt den Kopf durch die Tür, sieht die Mädchen, die Bettgestelle an beiden Seiten und die Tische in der Mitte, auf denen allerlei Mädchensachen wild herumliegen. »Nein, danke«, sagt er.

Im Korridor können wir aber auch nicht bleiben. Da kommt ständig eine von den anderen vorbei und geht zur Toilette oder zum Waschraum, und wenn sie sehen, dass da ein Mann steht, drehen sie sich um. »Ich finde schon noch einen Platz«, sage ich.

»Nein, das ist nicht nötig«, sagt Norman. »Aber wenn du Zeit hast, können wir spazieren gehen.«

»Wann denn?«

»Zum Beispiel jetzt?«

Am helllichten Tag mit einem Mann spazieren gehen? Völlig verrückt. Was sollen die Leute denken? Aber der Wunsch, ihm zu gefallen, ist größer als meine Angst vor Gerüchten. Zu meiner eigenen Überraschung sage ich: »Gut. Warte kurz. Ich bringe nur schnell dein Geschenk rein.«

Ich gehe zurück ins Zimmer und suche nach einem geeigneten Platz. Aufs Bett? Da setzt sich womöglich eins von den anderen Mädchen drauf. In die Schublade? Rappelvoll mit Notizblöcken und Büchern. Auf das Regal? Da ist schon gar kein Platz. Einen Kleiderschrank gibt es nicht. Also lege ich das Gemüse auf meinen Tisch: in die Mitte die Paprikaschote, die beiden Tomaten daneben.

»Hast du die gerade geschenkt bekommen?«, fragt meine Bettnachbarin.

»Ja«, sage ich ungeduldig und verlasse den Raum.

Norman führt mich aus dem Wohnblock und in die Stadt. Die Straßen hier draußen sind eintönig: Plattenbauten und wenig Grün.

Aber das stört uns nicht. Wir reden. Über unser Studium, über Sprache, Geschichte und vieles andere. Wir verstehen uns gut. Jedes Wort scheint mir wie neu, wenn Norman es ausspricht.

Einmal läuft er drei Schritte vor und geht dann rückwärts vor mir her. So kann ich ihn zum ersten Mal etwas genauer betrachten. Er hat Augen wie Bernstein. Und wenn er lächelt, hat er etwas Reines und Kindliches. Sein lockiges Haar sieht fast wie eine verzierte Krone aus. Nur sein Kinn kommt mir etwas zu spitz vor, und die Stirn ist ein bisschen schief, als hätte jemand bei seiner Geburt an einer Seite zu sehr gedrückt. Vielleicht wirkt er deshalb so willensstark. Während seine Stirn und seine Haarkrone sehr männlich aussehen, wirken seine vollen Lippen und seine zarten Wangen wie die eines schmollenden Knaben. Es ist, als käme er von einem anderen Planeten. Ich könnte ihn stundenlang anschauen und staunen.

Zwei Stunden später bin ich zurück im Wohnheim. Bevor ich in mein Zimmer gehe, kühle ich mir im Waschraum die heißen Wangen, trotzdem habe ich Angst, dass sie mich verraten. Ich schlüpfe durch die Tür, lege mich eilig aufs Bett und will mich hinter dem Moskitonetz verstecken, aber das lassen meine Zimmergenossinnen nicht zu.

»Dein Geschenk ist eine richtige Sensation«, sagen sie. »Alle wollen es sehen. Das halbe Stockwerk war schon da.«

Zwar sind die Ausländer gleich im nächsten Gebäude untergebracht, aber ihr Wohnheim ist für uns Sperrgebiet. Nur wer eine Einladung hat, darf dort hinein. Und dass sich ein Ausländer im Wohngebäude der Masterstudentinnen zeigt, kommt nur sehr selten oder eigentlich gar nicht vor. Dass der junge Mann mir sogar ein Geschenk mitgebracht hat, ist so ungewöhnlich, dass alle es sehen wollen.

Hm, eine Paprikaschote, so groß wie zwei Mädchenfäuste, und zwei Tomaten, etwas kleiner als Hühnereier, aber sehr anmutig?

»Was hat das zu bedeuten? Ist das eine Liebeserklärung?«, soll eine der Nachbarinnen gefragt haben. »Bestimmt«, hat eine andere gesagt. »Man sieht doch gleich, dass es ganz ausgewählte Stücke sind. Die beiden Tomaten sind so süß und niedlich, und die Paprika ist lang und kräftig. Lang und süß, das ist doch eine starke Botschaft!«

Ich kann mir gut vorstellen, wie sehr sich alle amüsiert haben. Und ich weiß auch, warum sie mir so ausführlich von ihren Spekulationen erzählen: Sie wollen hören, was ich gemacht habe, und wie es weitergeht. Aber ich habe nichts zu berichten. Ich weiß ja selber nicht, was ich denken soll.

Pingping ist besonders hartnäckig. Sie studiert Englisch und ist mit ihren 32 Jahren die Älteste im Zimmer. »Aus welchem Land kommt er denn?«, fragt sie. »Ist er ein Russe? Habt ihr Englisch geredet?«

»Aus Deutschland. Er spricht perfekt Chinesisch. Alles andere müsst ihr ihn selbst fragen«, sage ich so gelangweilt wie möglich. Ich nehme das interessante Gemüse vom Tisch, lege es neben mein Kopfkissen und decke es mit einem Taschentuch zu. Dann gähne ich demonstrativ und schlüpfe ins Bett. Schlafen ist die einzige Möglichkeit, um sich zurückzuziehen und ein wenig Privatsphäre zu haben. Als ich hinter meinem Moskitonetz verschwunden bin, legt sich die Neugier der anderen allmählich.

Eigentlich hätte ich mich bei Norman für das Gemüsegeschenk revanchieren müssen. Das gehört sich so. Soll ich jetzt einen Apfel und eine Orange kaufen? Das ist doch mehr was für einen Krankenbesuch. Ich will mich nicht lächerlich machen. Etwas anderes fällt mir allerdings auch nicht ein. Am Ende unternehme ich gar nichts.

Aber Norman vergisst mich nicht. Ein paar Tage später taucht er abends in der Bibliothek auf und lädt mich zu einer Pause nach draußen ein. Als wir vor dem Eingang stehen und am Himmel nach

Sternen suchen, sagt er plötzlich, er möchte mich zu einem Konzertabend einladen.

Ein Konzert? Mein Herz macht einen freudigen Sprung. Ich stelle mir im Kopf ein großes, hellerleuchtetes Konzerthaus vor, dessen Fassade so hoch wie der Himmel ist. »Wo findet es statt?«

»Bei mir«, sagt er strahlend.

»Aha«, sage ich verwirrt. »Was heißt bei dir?«

»Bei mir im Zimmer«, sagt er.

»Bei dir im Zimmer? Wie groß ist denn dein Zimmer?«

Norman bemerkt meine Verwirrung und sagt: »Es sind nur ein paar Freunde. Wir hören zusammen Musik. Ein Privatkonzert halt.«

Nur Musik hören? Ohne die Musiker sehen zu können? Das nennt man Privatkonzert? Finde ich merkwürdig. Pingping hat ein Radio mit einem Kassettenrekorder. Manchmal ist es ganz nett, wenn sie die neuesten Schlager oder Operettenmusik laufen lässt, während wir am Sonntagnachmittag schwatzen, die Leckereien essen, die uns die Eltern geschickt haben, und Tee trinken. Aber als Konzert würde ich das nicht bezeichnen.

Ich habe offenbar zu lange gezögert, denn Norman fragt besorgt: »Magst du vielleicht keine Musik?«

»Doch, sehr«, sage ich. Und das stimmt auch. Aber darüber mochte ich mit Norman nicht reden. Nicht hier und nicht jetzt. »Es gab eine Zeit, da war die Musik für mich das Wichtigste auf der Welt«, sage ich.

»Und jetzt nicht mehr?«

»Doch«, sage ich zögernd.

»Na dann, dann ist es höchste Zeit, dass du zu meinem Konzert kommst«, sagt er unbekümmert. Er ist sich offenbar sicher, dass ich nicht Nein sagen werde.

»Ja, gern«, sage ich.

»Ich gebe dem Pförtner Bescheid, dass du kommst.«

Zwei Tage später gehe ich zum ersten Mal ins Wohnheim der Ausländer. Auf dem Weg zum Markt bin ich schon oft hier vorbeigeeilt, ohne mehr als einen flüchtigen Blick auf das dunkelblaue Scherengitter zu werfen, das die Zufahrt versperrt. Aber heute gehe ich mit festen Schritten direkt darauf zu. Neben der Einfahrt ist nur ein schmaler Durchgang für den Personenverkehr. Er führt zu einem Kontrollhäuschen. Ich reiche meinen Studentenausweis durch das geöffnete Fenster und melde mich an. Der Wachmann, ein älterer Chinese in Zivilkleidung, trägt mich auf einer Besucherliste mit Ankunftszeit ein und greift nach einem Mikrofon, das auf dem Tisch liegt. »Erstes Gebäude, Zimmer 209, Besuch für Ruman.« Er nennt Norman mit seinem chinesischen Namen. Dann wiederholt er das Ganze noch einmal. Ich stehe im Gang und habe zu warten.

Der Ausländerwohnblock ist genauso gebaut wie unserer. Vier Gebäude stehen in zwei Reihen, mit einem Hof in der Mitte. Die Gebäude sind allerdings nicht so endlos lang wie unsere, und der Hof ist entsprechend kleiner. Das macht diesen Bereich ein bisschen intimer, und die Eingangskontrolle macht ihn geradezu exklusiv.

Norman kommt wie ein kleiner Junge aus einem der Häuser gesprungen, begrüßt mich mit einem nervösen Lächeln und führt mich in seine Wohnung. Mit einem Blick erfasse ich, dass er allein in einem Zimmer wohnt, das größer ist als unser Sechs-Mädchen-Zimmer. Einer seiner Gäste ist bereits eingetroffen, er wird mir als Raffael Winternitz vorgestellt. Ein Deutscher wie aus dem Kino. Zum ersten Mal steht so ein großer Mann mit kristallblauen Augen persönlich vor mir. Ich fühle mich etwas verunsichert. Aber der Mann benimmt sich ganz normal, und meine Beklemmung verschwindet schnell. Dann kommt noch ein anderer, der heißt Markus. Er ist wie ein Wirbelwind. Sehr gelenkig, aber auch sehr kontrolliert. Ich frage mich, ob er Sportler ist. Handballer? Ruderer? Tischtennisspieler? Nein, sicher kein Tischtennisspieler.

Die beiden jungen Männer bemühen sich, mit mir Chinesisch zu sprechen, aber ich höre gleich, dass sie damit noch große Probleme haben. Es fällt ihnen schwer, die richtigen Töne zu treffen, und bald wechseln alle ins Deutsche. Ich sage nichts und mache mich klein.

Norman hat mein Unbehagen erkannt. »Wir reden gerade über den *Freundschaftsladen.*« Das ist ein großes Kaufhaus im Zentrum, wo nur mit Devisen bezahlt werden kann. Früher war er für Ausländer reserviert, aber seit Neuestem dürfen auch Chinesen rein – wenn sie Devisen haben. Norman zeigt, was er dort gekauft hat: Ein flaches Stück tiefgrüner Jade.

Die Schönheit des grünen Edelsteins und das rätselhafte Motiv beeindrucken uns alle. Man erkennt einen Hund mit erhobenem Kopf, der mit Blättern und mathematischen Zeichen verziert ist. Was könnte das sein?

»Vielleicht ein Wandschmuck?«, sagt Raffael. Dafür ist es zu klein.

»Ein Anhänger?« – Markus wiegt das Stück in der Hand: »Zu groß und zu schwer.« Norman gibt den Stein an mich weiter.

Ich halte den Stein ins Licht und erkenne an den milchigen Kanten, dass es sich um ein besonders wertvolles Stück handelt. Die Schnitzerei kommt mir sehr alt vor. Sie passt nicht zum kommunistischen Geist. Sie stammt mit Sicherheit aus der Zeit vor der Gründung der Volksrepublik. In der Kulturrevolution haben die Roten Garden solche Gegenstände beschlagnahmt oder zerstört. Doch die Zeiten haben sich geändert. Manche verschollenen Schätze tauchen jetzt wieder auf und werden zum Kauf angeboten. Dieser Stein gehört wahrscheinlich dazu.

»Vielleicht ist es ein Talisman«, sage ich zögernd. »Die Prinzen der Qing-Dynastie haben gern ein Stück Jade getragen. Kennt ihr die *Träume der Roten Kammer*? Da trägt der Held so etwas an seinem Gürtel.«

»Aber ein Hund?«, sagt Raffael und verzieht den Mund. »Ich würde nie einen Hund an meinem Körper herumtragen. Das ist etwas Spezielles für … für Hundeliebhaber, oder?«

»Schon möglich. Aber der Hund ist auch ein Tierkreiszeichen. Vielleicht war der Träger im Zeichen des Hundes geboren. Oder die Wahrsager haben vorausgesagt, dass Hunde ihn schützen würden. «

Ich habe wohl zu schnell gesprochen. Normans Gäste zeigen sich irritiert, und er muss dolmetschen. Markus lacht überlegen: »Was für ein abergläubisches Volk.«

Norman fischt einen Zettel aus der Schachtel. Ein Antiquitätenschein mit rotem Stempel, den er beim Kauf des Steins miterworben hat. Darauf steht tatsächlich, dass der Jadestein aus der Qing-Dynastie stammt und als *Yupei* gedacht war: Als Talisman, den man am Körper trägt.

»Er war gar nicht so teuer«, sagt Norman aufgeregt. »Wenn das eine echte Antiquität ist, hab ich ein Schnäppchen gemacht.«

Inzwischen ist auch der Tee fertig, und Norman schenkt ein. Er ist der perfekte Gastgeber, und ich lobe den Tee und das hübsche Geschirr. Dann drehen wir unsere Stühle alle in Richtung CD-Player und schauen gespannt auf das grüne Licht, als könne es zaubern. Norman schaltet die Stehlampe aus, und ein paar Sekunden lang ist es vollkommen dunkel. Dann haben sich meine Augen an das schummrige Licht gewöhnt. Es wird nicht mehr gesprochen, und in völliger Stille ertönt Beethovens Symphonie Nr. 6.

Musik ist eigentlich meine große Liebe. Ich spüre, wie sie in mein Herz eindringt. Als ich zwölf war, wollte ich Opernsängerin werden.

Ich hatte eine sehr schöne Stimme, und wahrscheinlich habe ich sie immer noch, wenn ich auch kaum je Gebrauch von ihr mache. Ich will auch nicht, dass jemand sie hört. Ich war Solosängerin im Musikensemble meiner Realschule. Wenn ich auf der Bühne stand, hat meine Klasse hinterher tagelang über meinen Gesang geredet. Alle sagten, ich hätte die schönste Stimme der Welt. Eines Tages kam eine Delegation zu uns, auf der Suche nach jungen Talenten. Mein Vater kannte meinen Schuldirektor gut und wusste Bescheid. Ich hörte, wie er meiner Mutter beim Abendessen davon erzählte.

Ich ging am nächsten Morgen wie gewöhnlich zur Schule, aber ich hoffte den ganzen Tag über heimlich darauf, zum Vorsingen eingeladen zu werden. Doch nichts geschah. Drei Tage später sagte mein Vater beim Essen zu meiner Mutter, dass die Delegation nur einen Schüler aus meiner Schule ausgewählt hatte, einen Tischtennisspieler.

Wenn ich meinem Vater beim Kochen half, habe ich immer fröhlich gesungen, an diesem Tag aber brachte ich keinen Ton heraus. Warum hatte ich bloß nicht vorsingen dürfen? Irgendjemand hatte beschlossen, dass ich nicht Sängerin werden dürfte. Ich war fest überzeugt, dass meine Eltern, die Lehrer, die Partei oder alle zusammen dahintersteckten.

Aber ich gab noch nicht auf. Als ich an die Uni kam, meldete ich mich gleich beim Kulturensemble. Ich durfte vorsingen, und alle waren begeistert. Doch Solosängerin wurde ich trotzdem nicht. Das war einer anderen Studentin vorbehalten, obwohl viele meinten, dass ich die bessere Stimme und stärkere Ausdruckskraft hätte. Aber immerhin durfte ich im Chor mitsingen und ab und zu einen oder zwei Sätze solo führen. Eines Tages sollten wir an einem großen Chorgesangswettbewerb der Universitäten von Shanghai teilnehmen. Wir waren alle sehr aufgeregt und wollten gewinnen, und ich hoffte heimlich noch immer, entdeckt zu werden.

Aber wieder kam alles anders. Bei der Generalprobe saß der stellvertretende Rektor der Uni im Saal. Wir warfen uns in die Brust und sangen schöner als tausend Nachtigallen. Das Publikum war begeistert, und unser Ensembleleiter, den wir den »Korporal« nannten, weil er so streng war, sagte, er wäre sehr stolz auf uns.

Am nächsten Tag fuhren wir zum Wettbewerb, der in einem berühmten Saal stattfinden sollte. Aufgeregt saßen wir in der Garderobe und warteten auf den großen Auftritt. Aber als wir endlich an der Reihe waren, auf die Bühne zu gehen, kam der Korporal zu mir und sagte: »Du bleibst hier sitzen und passt auf unser Gepäck auf.«

Mehr sagte er nicht. Keine Erklärung. Meine Sitznachbarin protestierte. Sie wollte mich mit auf die Bühne ziehen. Doch der Mann zischte ihr etwas ins Ohr, und sie ließ meine Hand los. Ich saß da, hatte Tränen in den Augen und wusste nicht, wie mir geschah. Wie betäubt ließ ich alles über mich ergehen und weiß nur noch, dass ich in der dunklen Garderobe saß und auf die verschlossene Tür zur Bühne gestarrt habe.

Erst zwei Tage später verriet mir die Solosängerin, die inzwischen der Liebling des Korporals war, dass der stellvertretende Rektor unserer Universität bei der Generalprobe eine Bemerkung über mich gemacht hätte. »Der Chor könnte ein wenig harmonischer aussehen«, soll er gesagt haben. »Das Mädchen am Rand ist beinah einen Kopf kleiner als ihre Nachbarin und trägt auch noch eine Brille. Ist das nötig?« Das war das Ende meiner Laufbahn als Sängerin. Meine Stimme war zum Verstummen gebracht. Ich trat aus dem Ensemble aus und habe nie mehr öffentlich gesungen.

Vergeblich habe ich mir einzureden versucht, dass alles nur zu meinem Besten war. Es stimmte ja: In meiner Klasse mit sechzig Schülern war ich die kleinste gewesen und hatte bei der Gymnastik oder bei Versammlungen stets in der ersten Reihe gestanden. Meine Eltern, die Lehrer, der Vizerektor und die Partei hatten recht: Für eine Opernsängerin war ich zu klein.

Normans Privatkonzert erreicht seinen Höhepunkt. Ich spüre Frühlingswind und wogende grüne Felder. Ich habe Beethoven noch nie so nah, so ergreifend erlebt. Es ist eine unerwartete Reise, die mein Herz wie einen Vogel in weite Fernen trägt. Und der Mann, der mir diese Reise geschenkt hat? Ich sehe im schwachen Licht des magischen Auges sein zartes Profil, ich höre mein Herz schlagen und bin mir ganz sicher: Ich habe mich restlos in ihn verliebt. Und das Gefühl, dass er mich mit dieser Musik zu verführen versucht, macht mich unendlich glücklich.

Doch als Markus und Raffael aufstehen und sich verabschieden, stehe auch ich sofort auf. Ich fürchte, wenn ich mit Norman allein bin, wird mich mein Herzschlag verraten. Ich lobe sein privates CD-Konzert und bedanke mich für den schönen, unterhaltsamen Abend. Dieses Privatkonzert hat etwas von einem bürgerlichen Salon zu Zeiten Napoleons. Es ist genau das, was Mao mit der Kulturrevolution zu vernichten versucht hat. Norman lächelt entspannt, bringt mich zum Tor und gibt mir zum Abschied die Hand.

Norman weiß wohl, dass ich ihm verfallen bin, und lädt mich bald wieder ein. Er möchte meine Meinung über Bo Yang, Lu Xun und andere Autoren hören, mit denen er sich gerade beschäftigt. Es ist wieder ein warmer Abend, aber diesmal sind wir allein. Er überlässt mir seinen Arbeitsstuhl vor dem Schreibtisch und setzt sich ans Fenster. Wie ein Chinese trinkt er auch im Sommer heißen Tee und schenkt mir ebenfalls eine Tasse ein. Wir sind kaum einen Meter voneinander entfernt und können uns in die Augen sehen, nur der Dampf, der aus den Tassen steigt, kräuselt die Luft zwischen uns.

Diesmal bin ich in meinem Element, denn wo es um Literatur geht, bin ich zu Hause. Norman stellt Fragen, und ich sage ihm, was ich denke. Kaum habe ich ein paar Sätze gesprochen, bin ich ganz unbefangen. Norman steuert seine eigenen Interpretationen und Meinungen bei, und das Gespräch entfaltet sich wie eine Blume. Als der Abend fortgeschritten ist, haben wir immer noch viel zu reden. Wir könnten die ganze Nacht weitermachen. Aber ich will nicht die Letzte auf der Besucherliste beim Pförtner sein und stehe entschlossen auf. Norman redet eindringlich weiter und will mich ganz offensichtlich nicht gehen lassen. Ich unterbreche ihn mit einer Kopfbewegung, die meinen Mund ganz nahe an seinen bringt. »Du hast wunderschöne Augen«, sage ich unvermittelt.

Und schon drückt er mich an sich. Unsere Lippen finden sich und beginnen ganz ohne mein Zutun zu küssen. Während ich zaghaft seinen Hals zu streicheln beginne, bewegen sich Normans Hände an meinem Rücken hinunter, gleiten in meine dünne Sommerhose und suchen die Stelle, wo mein Körper sich öffnen soll. Mit einem Schlag werde ich nüchtern. Was er da tut (und was ich gerne möchte), ist viel zu gefährlich.

An der Universität ist Sex – unausgesprochen – verboten. Wer sich dabei erwischen lässt, der wird schwer bestraft. Erst letztes Semester hat die Universität eine Studentin entfernt. Sie hatte sich in einer warmen Nacht unter einem abgelegenen Magnolienbaum auf dem Hauptgelände mit einem Kommilitonen getroffen. Herumstreifende Wachmänner mit Handscheinwerfern hatten sie *in flagranti* mit hochgeschlagenem Rock überrascht. Kurz danach erzählten meine Zimmergenossinnen im Flüsterton, die Unglückliche sei vom Studium ausgeschlossen und zwangsweise exmatrikuliert worden. Die Partei verkündet solche Strafen nie öffentlich, um die anderen nicht auf dumme Gedanken zu bringen. Umso heftiger wird die Geschichte von Mund zu Mund fortgetragen, und die einschüchternde Wirkung ist noch intensiver: Sie wirkt wie ein heimliches Gift, das alle Gefühle zersetzt. Ich habe das Mädchen nie wiedergesehen. Was ihr Partner für eine Strafe erhalten hat, habe ich nicht erfahren.

Eine Studentin aus meinem Wohnheim hat in den Winterferien in der Heimat mit ihrem Freund geschlafen, der ebenfalls an der Fudan-Universität studiert. Sie ahnte nicht, dass sie schwanger geworden war. Das stellten aber die Ärzte fest, als sie zum medizinischen Zentrum der Uni ging, weil sie unter Unwohlsein litt. Ihr Zustand wurde sofort nach oben gemeldet, und jetzt, kurz vor dem Ende des Semesters, wurde ihr mitgeteilt, dass sie die Universität verlassen muss und nach den Sommerferien nicht mehr zurückkehren darf. Ihr Freund wird mit einem »Vermerk wegen Fehlverhaltens« in seiner Akte bestraft, darf aber weiter studieren.

Es scheint also immer die Mädchen zu treffen. Die Fakultät will auf keinen Fall eine Studentin mit einem Baby. Die Strafe wird nicht nur ihr Leben zerstören, sondern auch das ihres Kindes. Denn wer weiß, ob der Vater des Kindes sie heiratet.

Ich kannte das Mädchen vom Sehen. Sie war genauso unauffällig wie ich. Und jetzt ist sie verschwunden. Ich habe in der Bibliothek, in der Mensa und auf den Wegen im Park nach ihr gesucht, aber sie nirgends gefunden. Sie muss sich vor Scham und Verzweiflung versteckt haben. Ich hatte unendliches Mitleid mit ihr und bin wütend über die Ungerechtigkeit. Andererseits ist mir auch klar, dass ich ihrem Beispiel nicht folgen darf. Ich habe noch zwei Jahre Studium vor mir. Mein Leben, das ich mit Fleiß und Disziplin mühsam aufgebaut habe und das noch gar nicht richtig begonnen hat, darf ich keinesfalls zerstören.

Ich löse mich mit einem Ruck von Norman. Er scheint völlig überrascht und weiß nicht, wo er mit seinen Händen hinsoll. »Musst du schon gehen? Kannst du nicht noch ein bisschen bleiben?«

Es ist kurz vor elf. Elf Uhr ist die übliche Zeit zum Schlafengehen, um Mitternacht wird im Wohnheim der Strom abgeschaltet. Jeden Augenblick kann jemand an der Tür klopfen und mich zum Gehen auffordern. Ich muss mich verabschieden. »Ich komme wieder«, sage ich tonlos und ziehe meine Bluse glatt.

Er umarmt mich nur flüchtig und verabschiedet sich mit einem verkrampften Lächeln. »Ich glaube, ich schaffe es nicht, dich nach unten zu bringen«, sagt er, »ich bin viel zu aufgeregt.«

Der Pförtner scheint sich nicht weiter zu wundern, als ich das Ausländerwohnheim eilig verlasse, auch in unserem Wohnheim interessiert sich niemand für mich. Als ich unter dem Moskitonetz in meinem schmalen Bett liege, habe ich glühende Wangen, und alle Stellen, die Norman gestreichelt hat, verlangen nach mehr. Ich tue so, als ob meine Finger von ihm geführt werden und lasse sie meinen Hals, meine Brust und andere Stelle berühren. Es kommt mir wie ein Traum vor. Hat mich die Liebesgöttin, die mich jahrelang nicht beachtet hat, endlich in ihre Arme gezogen? Soll er wirklich *mein Ehemann* werden?

In China ist die Mondgöttin dafür zuständig, die Liebenden zueinander zu führen. Ich falte die Hände, schaue in die vom Mondlicht beleuchteten Zweige vor meinem Fenster und bete: Lass mich nicht schwanger und schwach werden, aber lass meine Liebe auch nicht unter der Angst ersticken!

3.
Im Paradies

Die Sommerferien stehen vor der Tür. Es herrscht Aufbruchstimmung im Wohnheim. Pingping redet von ihrer Heimreise und vom Gedrängel im Fahrkartenbüro der Universität. Ich schweige und zögere mit dem Kauf einer Fahrkarte. Denn ich weiß, sobald ich zu Hause bei meinen Eltern bin, werde ich Norman vermissen. Ich würde gern ein paar Tage länger in Shanghai bleiben, um ihn noch einmal zu sehen. Aber da ich ihn bei unserer letzten Begegnung so hastig verlassen habe, schäme ich mich, Kontakt mit ihm aufzunehmen.

Aber Norman löst das Problem für mich. Vier Tage vor Semesterende steht er wieder vor unserer Tür und verlangt, mich zu sprechen. Er scheint mir nichts nachzutragen, ich atme erleichtert auf.

Wir gehen wieder spazieren. Ganz gezielt vermeiden wir das Universitätsgelände und gehen weg von Studenten und Dozenten, die jedes Pärchen genau registrieren. Wir reden über die Uni und marschieren wie revolutionäre Genossen nebeneinander, ohne Körperkontakt.

»Du bist gut gelaunt«, sage ich.

»Ja, bin ich auch. Ich hab gestern erfahren, dass ich an der Tongji Universität angestellt werde, für ein Jahr. Ist das nicht schön?«, sagt er und wirbelt um mich herum, als wollte er mit mir tanzen.

»Wow, gratuliere! Tongji ist eine gute Adresse, und ganz in der Nähe. Wir werden nicht weit voneinander sein«, antworte ich ihm froh.

»Jetzt kann ich unbesorgt Ferien machen.« Er bleibt stehen, dreht sich zu mir und schaut mir in die Augen. »Kommst du mit?«

Ich soll mit ihm Ferien machen? Mein Herz macht einen freudigen Sprung. Mit ihm auf Reisen zu gehen, an einen Ort, wo niemand uns kennt, ist eine herrliche Vorstellung. »Wohin genau?« Ich höre an meiner Stimme, dass ich aufgeregt bin.

»Ich dachte an Xiamen und das Wuyi Gebirge. Es soll dort sehr schön sein.«

Ich lasse vor Begeisterung die Arme auf und niedertanzen als wären sie Flügel. »Xiamen liegt am Meer«, rufe ich beinahe.

Norman lacht. »Ja, genau«, sagt er, »wir können am Strand spazieren gehen und nach Taiwan hinüberschauen. Von mir aus können wir nächste Woche schon los.«

Meine Begeisterung fällt in sich zusammen. Woher soll ich das Geld nehmen? Seit ich denken kann, war ich ein Arme-Leute-Kind. Ich erinnere mich sehr genau an einen Tag vor zehn Jahren. Da war ich dreizehn. Es war Mai, das Wetter schön, und Mao lebte noch. Meine Mutter gab mir zwei Yuan und schickte mich damit zum Bäcker. Aber aus irgendeinem Grund gab es keine *Youtiao,* die wir alle gern aßen. Da ging ich schnurstracks ins Kaufhaus nebenan und kaufte mir Nylongarn, weil es in der Schule gerade Mode war, kleine Nylontäschchen zu häkeln. Als ich nach Hause kam, gab's einen Riesenkrach und meine Mutter verprügelte mich mit einem Bambusstock. »Wie kannst du es wagen, das Geld so leicht aus der Hand zu geben?«, schimpfte sie und bekam tagelang Zahnschmerzen, weil in ihrer Haushaltskasse jetzt ein Yuan und zwanzig Fen fehlten.

Von da an wusste ich, dass meine Eltern nicht genügend Geld besaßen, um uns zu ernähren. Ich verstand, warum sie mich immer zwangen, alles aufzuessen und nie etwas wegzuwerfen. Noch heute kann ich keinen übriggebliebenen Reis wegschütten, auch wenn er schon drei Tage alt ist.

Damals, mit dreizehn Jahren, habe ich mir geschworen, genügend Geld zu verdienen, um meine Eltern unterstützen zu können. Als ich zu studieren begann, bat ich meine Eltern nicht mehr um Geld. Weder für Bücher noch für Kleider oder Schuhe. Die Bücher lese ich in der Bibliothek und die Kleider trage ich, sauber gewaschen, einfach weiter, und wenn nötig werden sie geflickt. Dass ich nicht gerade modisch gekleidet bin, müsste Norman gesehen haben.

Mein erstes Stipendium betrug 23 Yuan monatlich. Das war der höchste Zuschuss für arme Familien. Jetzt, bei meinem Zweitstudium, erhalte ich fast dreimal so viel, denn der Staat zahlt mein Assistentinnen-Gehalt weiter. Aber in Shanghai sind auch 68 Yuan nicht viel Geld. Das Wohnheim ist kostenlos, in der Mensa gibt es drei Mahlzeiten täglich für monatlich dreißig, vierzig Yuan. Gelegentlich kann ich mir einen Tagesausflug nach Nanking oder Wuxi mit den anderen Studenten leisten, aber eine richtige Urlaubsreise ist utopisch.

»Es tut mir leid«, sage ich, »aber …« Ich fühle mich wie Aschenputtel, das nicht auf den Ball darf. »Ich habe kein Geld für so eine Reise.« Meine Armut hat mir bislang nichts ausgemacht, aber heute spüre ich, wie mir die Schamröte ins Gesicht schießt.

»Über Geld brauchst du nicht nachzudenken. Ich lade dich ein«, sagt Norman und will den Spaziergang fortsetzen. Seine Freude ist ungetrübt und rein wie die eines Kindes.

»Das kann ich nicht annehmen. Das … das ist zu viel Geld«, stottere ich.

»Ach, was. Noch bin ich DAAD-Stipendiat. Wenn ich einen guten Wechselkurs kriege, hab ich monatlich einige tausend Yuan zur Verfügung. Und im nächsten Semester bekomme ich ein Expertengehalt.«

Ich mache große Augen. Dass Ausländer über mehr Geld verfügen als Chinesen, ist allgemein bekannt. Aber dass ein Student aus Deutschland in einem Monat mehr Geld zur Verfügung hat als meine Eltern und ich zusammen in einem Jahr, erstaunt mich doch sehr. »Wow! Kannst du so viel Geld überhaupt ausgeben?«

»Nö. Deshalb will ich ja, dass du mitkommst. Du musst mir helfen!«

»Mach keine Witze!«, sage ich.

»Das ist kein Witz«, sagt er, plötzlich ganz ernst. »Ich möchte, dass du mit mir diese Reise machst. Es bedeutet mir sehr viel.«

So, wie er mich ansieht, ist das eine Liebeserklärung, und ich kann sie nicht ablehnen. »Das ist ein sehr großes Geschenk.« Ich strahle übers ganze Gesicht. So lange bin ich allein gewesen, und jetzt kommt alles auf einmal: Ein Mann, der mich liebt, eine Urlaubsreise, die große Freiheit. Mir wird richtig schwindlig, und ich möchte dringend von ihm geküsst werden. Aber das ist mitten auf dem Bürgersteig, am helllichten Tage natürlich undenkbar. Ich wage nicht einmal, ihn zu berühren, sondern versuche, all meine Liebe und Dankbarkeit in meine Blicke zu legen. Um meine Aufregung unter Kontrolle zu bringen, reibe ich meine schweißnassen Hände an meinen Hosennähten. »Ja, dann komme ich sehr gern mit«, sage ich schließlich nur, damit das Glück dieses Augenblicks nicht davonfliegt.

Norman schenkt mir für die Reise einen olivgrünen Rucksack mit bunten Blättern. Er sieht wie ein Carmouflagerucksack aus. Ich packe Seife und Zahnbürste, leichte Sommersachen und ein Buch zum Lesen ein, schon bin ich fertig.

Am 11. Juli fahren wir zusammen zum Bahnhof. Der Bus ist voller Studenten, ihren Reisetaschen und Koffern. Ich habe meine schönsten Sachen angezogen: eine ärmellose, leicht durchsichtige weiße Bluse, die weich am Körper liegt und bei Wind sanfte Wellen auf meiner gebräunten Haut schlägt. Meine Knie bedeckt ein langer Rock mit roten Blümchen. Als Begleiterin eines Ausländers mache ich damit immer noch keine gute Figur. Dazu sind die Stoffe zu billig und die Schnitte der Kleider zu provinziell, von den grünen Plastiksandalen ganz zu schweigen. Zum Glück ist Norman kein eitler Fatzke. Seine Sachen kommen aus dem Ausland, sind aber nicht übertrieben modisch: ein kariertes Hemd und khakifarbene Shorts, so wie andere Studenten auch. Ich finde, wir passen sehr gut zueinander.

Es ist Nachmittag, die Sonne brennt auf der Haut. Auf dem Bahnhofsplatz drängeln sich tausende Menschen. Wir bahnen uns einen Weg durch die Menge und als wir endlich in der Halle sind, reihen wir uns in die dicke Warteschlange für unseren Zug ein. Endlich wird die Tür zum Bahnsteig geöffnet, wir zeigen die Fahrkarten vor und nehmen so schnell wie möglich unsere Plätze ein, als ob der Lokführer uns einen Streich spielen und vorzeitig abfahren könnte. Es ist ein Schauspiel, das mich immer wieder fasziniert: Tausend Passagiere verschwinden so schnell wie Soldaten, die ihre Gefechtsstationen besetzen.

Im Zug sind wir aber sofort allein. Norman hat die teuersten Karten gekauft: Zwei gepolsterte Liegen in einem großen Abteil. Man kann sogar die Tür verriegeln!

Der Zug fährt los und hat Shanghai bald verlassen. Nach einer Viertelstunde taucht noch immer niemand auf, der Anspruch auf die zwei übrigen Plätze erhebt. Vielleicht haben wir Glück, und sie sind gar nicht verkauft worden? Die Sommerhitze und die Aufregung darüber, dass wir hier tatsächlich zusammen im Zug sitzen, machen uns schläfrig. Norman riegelt die Tür ab und zieht mich an sich. Wir drängen uns auf seiner schmalen Pritsche zusammen und streicheln uns. Nur die Sandalen streifen wir ab, Hemd und Bluse werden nicht aufgeknöpft. Wer weiß, ob der Schaffner nicht gleich an die Tür pocht und wir die Fahrkarten vorweisen müssen.

Ich lasse zu, dass Normans Hände überall hinwandern. Nur meine Beine halte ich fest zusammen. Ich habe Angst, ich würde, wenn ich meine Beine öffne, irgendwann doch alles zulassen. Dann wären eine Schwangerschaft und das Ende meines Studiums nicht mehr weit. Norman scheint meine Ängste zu spüren und begnügt sich damit, meinen Rücken und meine Brüste zu streicheln.

Ich möchte ihn für sein Feingefühl gern belohnen und als er meine Hand zu seinem Geschlecht zieht, lasse ich ihn gewähren. Es überrascht mich, wie hart und heiß sich sein Glied anfühlt, und zucke unwillkürlich zurück. Aber enttäuschen will ich ihn auch nicht. Also lege ich meine Hand dorthin, wo er sie haben will, und beginne ihn sacht zu streicheln. Sofort wird er ruhiger. Seine Hände fassen nach meinen Schultern und halten sie fest, dann liegt er ganz still. Manchmal stöhnt er leise, doch das Rattern der Räder ist lauter, und sein Stöhnen ist nur für mich hörbar. Es erregt und erhitzt mich. Norman drückt mich jetzt so fest, dass ich kaum atmen kann. Dann durchfährt ihn ein plötzliches Zucken und ein warmer Guss bedeckt meine Hand. Norman löst sich von mir und ich kann wieder atmen.

Ich stoße einen erleichterten Seufzer aus. Ich habe es geschafft, die Grenze nicht zu überschreiten. So wie seinen Samen an meiner Hand, spüre ich die eigene Feuchtigkeit zwischen meinen Schenkeln, aber wenn ich diesmal meine eigene Herrin geblieben bin, werde ich auch das nächste Mal die Kontrolle nicht verlieren. Ich reinige langsam und sorgfältig meine Hand, und denke, dass es bis zu meinem Examen noch zwei Jahre sind. Werde ich so lange durchhalten?

Wir haben nicht lange Ruhe. Jemand zerrt an der Tür, dann klopft es laut. »Tür öffnen. Heißwasserdienst«, sagt eine energische Frauenstimme.

Wir springen von der Pritsche und glätten hastig unsere Kleider. Dann öffne ich gähnend. Eine Frau in schmutzig-weißer Uniform, an der auf Brusthöhe das Eisenbahnlogo prangt, steht mit einem Wagen voller Thermoskannen vor unserer Tür. »Ich bringe euch gekochtes Wasser.« Sie betritt unser Abteil und stellt eine riesige Kanne auf den Tisch.

»Danke«, murmele ich mit halbgeschlossenen Augen. Norman hat sich auf seine Pritsche gesetzt und reibt sich mit beiden Händen übers Gesicht. Es ist zu sehen, dass er über die Störung nicht gerade erfreut ist.

Die Frau wirft einen scharfen Blick auf den Ausländer und wendet sich schließlich mir zu. »Die Tür muss immer offenbleiben«, erklärt sie.

Plötzlich fällt mir ein Leitartikel der *Volkszeitung* ein, den ich vor kurzem gelesen habe. Er forderte zu einer »Kampagne gegen die kapitalistische Zügellosigkeit« auf. Niemand wusste genau, was damit gemeint war. Im Wesentlichen schien es um Dauerwellen, Make-up, Pop-Musik, hohe Absätze, Hosen mit Schlag zu gehen. Nichts davon war für mich eine Versuchung, aber jetzt lief ich offenbar Gefahr, aufgrund der verriegelten Tür des Abteils zum Klassenfeind zu werden.

Dass mich ausgerechnet die Heißwasserfrau maßregeln will, ärgert mich zutiefst. Irgendwie kann ich das nicht auf mir sitzenlassen. Allein schon wegen Norman. »Wenn man schlafen möchte, darf man die Tür auch nicht zumachen?«, frage ich, obwohl ich die Antwort schon ahne.

»Nein. Es ist nicht erlaubt, die Tür von innen zu verriegeln«, sagt die Frau mit der Bestimmtheit einer Autoritätsperson.

»Gut. Vielen Dank«, sage ich, als wäre ich froh, dass sie mich auf den rechten Weg gebracht hat.

Als die Frau mit ihrem Wagen endlich polternd weitergezogen ist, ziehe ich die Tür zu. Norman lacht und wir wechseln einen flüchtigen Kuss. Aber richtig wohl ist uns beiden nicht bei der Sache.

»Warum hat die Tür einen Riegel, wenn man ihn nicht benutzen darf?«, murmelt Norman.

»Weil wir einer Privatsphäre nicht würdig sind«, sage ich. »Wir sind einfach nicht wichtig genug. Wenn du ein hoher Parteifunktionär wärst, hättest du die Tür durchaus verriegeln können. Niemand würde es wagen, dich zu stören, auch wenn du ein Dutzend Studentinnen bei dir hast.«

»Es gibt zu viel Willkür in diesem Land. Überall Anmaßung und Willkür!«, murmelt Norman und legt sich wieder auf seine Pritsche.

Kurz danach kommt die Schaffnerin. Sie macht Licht und schaut Norman neugierig an, aber der zeigt bloß unsere Tickets und tut so, als könne er kein Chinesisch. Der Schaffnerin wird nichts geboten, woran sie sich festhaken könnte. Sie kann uns weder ermahnen noch sonst etwas sagen. Am Ende geht sie einfach weiter und lässt die Tür offen. Norman zieht die Tür zu, knipst das Licht aus, legt sich hin und schläft weiter.

Ich möchte auch gern schlafen, um für morgen fit zu sein, doch die Kontrolle hat mich derart aufgeregt, dass ich hellwach bin. Ich lege mich in meine Koje, knipse das kleine Leselicht über der Pritsche an und schlage das Buch auf, das ich aus der Bibliothek mitgebracht habe. Es handelt von der Reise des Konfuzius durch die chinesischen Königreiche. Konfuzius ist ein alter Chinese, über dessen Worte und Taten ich gern nachdenke. Er hat 500 Jahre vor Christus gelebt. In Maos Zeit wurde Konfuzius als Staatsfeind verurteilt, aber schon zu Lebzeiten ging es ihm meistens schlecht, auch wenn er bis zum Vizekanzler aufgestiegen war. Als er fünfundfünfzig Jahre alt war, gab er seine Stellung bei Hofe auf und ging mit seinen Schülern auf Wanderschaft, um irgendwo seine Vorstellung von einem harmonischen Staat zu verwirklichen. Er versuchte es in den verschiedensten Königreichen und Fürstentümern, hatte aber selten Glück. Mal wurde er von Despoten verjagt, die sich lieber mit hübschen Konkubinen vergnügten, mal wurde er verschleppt und gefangengesetzt und oft war er nahe daran zu verhungern. Doch seine Schüler blieben ihm treu, und so leben seine Ideale bis heute weiter.

Vor Mitternacht wird unsere Abteiltür noch fünf-, sechsmal aufgerissen. Einmal kommt eine Frau mit einem Essenswagen, aber ein paarmal stecken bloß irgendwelche Leute ihren Kopf herein und ziehen die Tür dann wortlos wieder zu. Nur an ihren Uniformen kann ich erkennen, dass sie zum Eisenbahnpersonal gehören. Mir scheinen diese Kontrollen doch zu viele zu sein und ich frage mich, ob wir uns irgendwie verdächtig gemacht haben. Aber Konfuzius spendet mir auch in dieser Angelegenheit Trost: *Wir sollen dem Dienstpersonal keine intimen Einblicke bieten,* schreibt er. *Dann haben sie keinen Grund, uns zu tadeln oder zu denunzieren.*

Am nächsten Morgen steigen wir in einen Bus und fahren tief ins Wuyi-Gebirge. Hier herrscht subtropisches Klima, und die Sonne ist praller und stärker als in Shanghai.

Norman hat in Erfahrung gebracht, dass es an einer Flussbiegung im Wald eine verlassene Farm gibt, in der man günstig übernachten kann. Ursprünglich waren in ihr Überseechinesen untergebracht, die aus anderen südasiatischen Ländern vertrieben worden waren. Sie hatten hart arbeiten und die Berge erschließen müssen, sind aber nicht lange geblieben. Die Häuser, die sie für sich gebaut hatten, wurden zu einem Camp umgebaut. Mit einem Wort: Unsere Herberge war ursprünglich ein Flüchtlingslager.

Die Unterkünfte für Ausländer und Chinesen sind sonst streng getrennt. Und unverheiratete Paare kriegen auch kein gemeinsames Zimmer. Aber die Überseechinesen sind freier und kümmern sich nicht um solche Regeln. Die Frau an der Rezeption gibt uns einfach einen Zimmerschlüssel und zeigt auf das Gebäude, das wir bewohnen sollen. Alles andere überlässt sie uns. Die Übernachtung kostet pro Kopf nur acht Yuan, und das gilt auch für Ausländer! Ich komme aus dem Staunen nicht heraus.

Die Pavillons sehen luftig und billig aus und wirken in der grellen Sonne etwas gespenstisch. Aber der Wald um uns herum ist üppig und schön. Unser Zimmer ist riesig. Es steht voller Pritschen und hat einst um die dreißig Waldarbeiter beherbergt. Doch es ist über drei Meter hoch und die Luft ist angenehm frisch.

Die Überseechinesen wussten, wie man eine kühle Behausung baut«, sage ich anerkennend. »Du hast eine gute Adresse für uns ausgesucht.«

»Hm, wenn die dreißig Waldarbeiter noch da wären, würdest du dann auch hier schlafen wollen?«, fragt Norman.

»Warum nicht?«, sage ich, um ihn ein bisschen zu necken. Aber es tut mir gleich wieder leid, als ich sehe, dass er tatsächlich errötet. Hastig gebe ich ihm einen Kuss, um ihn zu versöhnen.

Wir legen unser Gepäck in einer Ecke ab und kehren an die Rezeption zurück, um uns einen Wanderweg beschreiben zu lassen. Mit zwei großen Wasserflaschen machen wir uns auf den Weg. Ein breites, blühendes Tal öffnet sich vor unseren Augen. Der Weg führt immer höher hinauf. Erst Bananenstauden, dann Rhododendronbüsche, meterhohe Rizinuspflanzen ... Überall tropische Bäume und Blumen, deren Namen ich nicht kenne. All diese Pflanze leben dicht beieinander und bilden einen dicken, herrlichen, schwebenden Teppich. »So etwas Schönes habe ich noch nie gesehen«, murmle ich tief beeindruckt. »Und diese erstaunliche Stille!«

»Man glaubt hören zu können, wie die Blätter wachsen«, sagt er lächelnd und ruft plötzlich aufgeregt: »Da sind ja Johannisbeeren!« Er beugt sich über einen Strauch mit kleinen roten Beeren und kostet. »Tatsächlich! Johannisbeeren!« Er pflückt eine Traube und überreicht sie mir. Ich koste und hätte beinahe gesagt, dass sie recht säuerlich sind, halte mich aber zurück, da ich Norman nicht verletzen möchte. Also kaue ich die sauren Beeren, als ob sie der größte Genuss wären. »Gut!«, sage ich. »Das Richtige für einen heißen Tag.« Und damit er wirklich zufrieden ist, packe ich noch eine kleine Schmeichelei obendrauf: »Ich glaube, wir sind wie zwei Vögel im Wald, aber meine Augen sind zugebunden. Ohne dich müsste ich glatt verhungern.«

»Ich werde dir die Augenbinde schon abnehmen und zeigen, was die Natur uns bietet«, sagt er. »Und nicht nur das! Die ganze Welt will ich dir zeigen.«

»Die ganze Welt!«, rufe ich.

»Die ganze Welt!«, wiederholt Norman und dann fangen wir laut an zu lachen.

Der Berg trägt unser Lachen fort und bringt es wieder zurück, als hielten sich irgendwo in diesen Wäldern unsere Doppelgänger verborgen. Wir spielen mit dem Echo und probieren die verschiedensten Lustschreie aus; »Ooh, aah, uuh ...«

Ich habe das Gefühl, auf dem Berg des Affenkönigs Sun Wukong zu stehen, dem furchtlosen Kämpfer für Glück und Fröhlichkeit, der alle Dämonen mit seiner Frechheit besiegt. Meine Ängste fallen jäh von mir ab. Ich bin ein ganz anderer Mensch hier im Paradies. Es wird alles ein gutes Ende nehmen.

Am Abend stoßen wir auf ein kleines Dorf, in dem reges Leben herrscht. Am Straßenrand gibt es gebratene Auberginen, Tofu, Teigtaschen und andere Leckerbissen, die unseren Hunger stillen. Dann gehen wir auf einer nur vom Mond beleuchteten Schotterstraße zurück in den Wald, der mir jetzt unheimlich ist. »Was würdest du machen, wenn plötzlich ein Geist durch die Bäume zu uns kommt und unsere Füße anfasst?«, frage ich Norman.

Er lacht ein bisschen zu laut. »Du studierst an der Fudan-Universität und glaubst an Geister?«

»Da sehe ich keinen Widerspruch«, sage ich.

Norman hört auf zu lachen. »Gut. Dann überlass mir die Geister. Ich werde sie alle vertreiben«, sagt er großspurig. Als er meinen Zweifel sieht, schlägt er sich wie ein Gorilla mit beiden Fäusten auf die Brust und erzeugt damit einen dumpfen Trommelwirbel. »Verschwindet ihr bösen Geister!« brummt er mit drohender Stimme.

»Ich sehe schon!«, sage ich tapfer. »In Deutschland weiß man mit bösen Geistern zu reden!«

»Du kannst ganz sicher sein, dass nicht der Geist unsere Fußsohlen kitzeln wird, sondern umgekehrt. Ich bringe sie alle zum Quietschen!«

»Gut!«, sage ich. »Es geht mir schon viel besser.« Aber das stimmt nicht. Im Gegenteil: Jetzt finde ich sogar Norman ein bisschen unheimlich. Ich schaue prüfend in den Schatten der Bäume und werfe sogar zweimal einen Blick über die Schulter, um zu sehen, ob uns jemand folgt. Endlich hängt ein einsames Licht in den Bäumen. Wir haben die Farm erreicht. Sie kommt mir jetzt gespenstischer vor. Zum Glück begegnen wir auf dem Weg zum Duschhaus zwei Australiern und einem Mädchen aus Israel, die im Nachbargebäude untergebracht sind. Das kurze Gespräch, das Norman mit ihnen führt, beruhigt mich wieder, und meine Angst vor Geistern legt sich.

Nachts liegen wir unter einer Strohmatte auf unserer endlosen, nackten Holzpritsche, die groß genug für zehn Menschen wäre, und streicheln uns vorsichtig. Zur Abwehr der Mücken haben wir nur eine Duftkerze neben dem Bett.

Es ist meine erste Nacht mit einem Mann überhaupt. Es macht mich glücklich, in seinen Armen zu liegen, und ich spüre das Bedürfnis, ihm etwas zu sagen. Aber das Wort Liebe kommt mir nicht über die Lippen. »Ich mag dich!«, flüstere ich ihm ins Ohr.

»Ich dich auch«, flüstert er zurück. Dann drückt er mich an sich und fügt hinzu: »Keine Angst. Dir passiert nichts.« Ich lächle im Dunkeln und schmiege mich enger an ihn.

Ich habe nicht vergessen, dass ich noch nicht verheiratet bin, und halte meine Beine auch weiterhin eisern zusammen. Norman belässt es dabei und begnügt sich damit, meinen Rücken zu streicheln und meine verkrampften Schultern mit sanften Händen zu lockern, als ich sein Geschlecht in die Hand nehme. Obwohl wir allein sind, bleibt er leise und stöhnt nur wenige Male, während ich meinen Atem völlig zurückhalte und nichts von mir hören lasse. Nachdem Norman gekommen und eingeschlafen ist, schaue ich durchs Fenster zum Sternenhimmel und bleibe wach, ich lasse den Samen an meinen Fingern trocknen.

Habe ich richtig gehandelt? Sollen ein junger Mann und eine junge Frau ihre erste Nacht so verbringen wie wir? Wohl kaum. Ich bin fast vierundzwanzig und will endlich einen Mann in mir spüren. Aber meine Angst ist zu groß. Ich muss an mein Studium denken, an meine Zukunft. Was mag Norman wohl von mir halten? Ich weiß es nicht, und ich schäme mich viel zu sehr, um mit ihm darüber zu reden. Aber dass er mich respektiert und mich zu nichts drängt, lässt ihn mir vertrauenswürdig erscheinen. Wird er der Mann sein, den ich ein Leben lang lieben werde? Ich würde ihn gern nackt sehen und seine

Männlichkeit anstacheln. Kein Mann hat mich bislang nackt gesehen. Würde ich ihm nackt gefallen? Mein Körper ist schlank und hungrig nach ihm. Ich stelle mir vor, wir wären zwei Pflanzen, die in ständiger Umarmung zusammenwachsen, und falle in einen tiefen Schlaf.

Zwei Tage später kommt es zu einer Krise. Wir haben eine Tempelanlage mit uralten Ginko- und Banyabäumen besucht und sind über ein paar große Steine zu einem singenden, plätschernden Bach hinuntergeklettert. Auf einer versteckten Lichtung sitzen wir auf einem riesigen, glatten Felsen. Die vielen Besucher des Tempels sind nicht mehr zu hören, wir sind ganz allein.

Nein, das stimmt so nicht. Wir sind allein – mit hunderttausend Mücken. Ihr Sirren ist fast so laut wie der Bach. Norman sitzt da wie der Buddha, ich aber bin nach wenigen Minuten von den Mücken umschwirrt, schon zerstechen sie mir Arme und Beine, selbst meine Hände und mein Gesicht, ja sogar mein Nacken scheint ihnen zu schmecken. Ich kratze mich unauffällig und würde gern um mich schlagen, aber Norman starrt völlig versunken ins Wasser, als versuchte er gerade, ein ihn seit langem plagendes Rätseln zu lösen. Die Mücken scheinen ihm nichts auszumachen.

Ich gleite leise vom Felsen herunter und gehe ein paar Schritte bachaufwärts. Ich kühle die Stiche mit Wasser, meine Bluse und mein Haar ist nun nass, aber die Stiche jucken noch immer und machen mich rasend. Ich schlage wild um mich, was nur das Interesse weiterer Blutsauger weckt. Ich muss zurück in die Zivilisation, unter Menschen, wo die stinkenden Abgaswolken der Busse die Bestien vertreiben.

Schließlich fasse ich mir ein Herz. Ich hüpfe mit leichten Schritten zu Norman herunter, lächle so zärtlich wie möglich und sage mit süßer Stimme: »Wollen wir gehen? Ich glaube, es gibt hier Mücken.«

Norman scheint tief in Gedanken versunken und zuckt nicht mal mit den Mundwinkeln. Ein meditierender Mönch könnte nicht entrückter sein als der vermeintliche Mann meines Lebens. Erst nach ein, zwei Minuten, die mir wie eine Ewigkeit vorkommen, hebt er den Kopf und sagt wie in Trance: »Es ist so friedlich hier. Lass uns noch eine Weile bleiben.«

Ich gehe wieder den Bach entlang, komme aber, von den Mücken gequält, nach fünf Minuten zurück und bitte Norman unter Tränen, das Mückenlager verlassen zu dürfen. Da hebt er wie ein sterbender Märtyrer den Kopf und sagt vorwurfsvoll: »Ich habe es auch nicht leicht, und hier kann ich endlich mal abschalten, schon drängst du zum Aufbruch.«

Ich halte erschrocken inne. Was habe ich angerichtet? Bis jetzt hat Norman den sorglosen, überlegenen jungen Mann gespielt. Nun deutet er an, dass er eine schwere Last mit sich herumträgt. Bin ich so blind gegenüber seinen Gefühlen? Hat er mich in so kurzer Zeit derartig verwöhnt, dass ich immer mehr von ihm verlange? Ich schäme mich für mein Verhalten und sage schnell: »Es tut mir leid. Bleib sitzen. Ich geh noch ein bisschen spazieren.«

Aber Norman ist bereits aufgestanden. Wir klettern wieder zum Tempel hinauf. Während wir die Treppen hinaufsteigen, hoffe ich, dass er etwas konkreter wird, was seine Sorgen betrifft. Doch er hat sich gefasst und wieder in den starken, unbekümmerten jungen Mann verwandelt, den ich kenne und liebe. In meiner Mädchenschüchternheit wage ich nicht, ihn nach seinem Kummer zu fragen. Ich habe Angst, ich könnte etwas damit zerstören.

Aber meine Gedanken haben sich längst an seinen Worten festgebissen. Womit *hat er es nicht leicht*? Hat er Heimweh? Er ist Einzelkind und hat seine Mutter seit drei Jahren nicht mehr gesehen. Vermisst er sie, oder sie ihn? Schreibt er ihr regelmäßig? Weiß sie von mir? Weiß sie, dass wir hier im Wuyi-Wald herumirren? Oder steht ihm ein anderer schwerer Kampf bevor? Ist er krank? Nein, ich darf nicht in dieser Richtung weiter fantasieren. Das ist absurd.

Am nächsten Tag wandern wir durch ein schmales Tal mit einem herrlichen, kühlen Bergbach. Norman hat wieder bessere Laune, aber ich möchte doch wissen, was er für Sorgen hat. Um Zugang zu seinem Herzen zu finden, muss ich mein eigenes Inneres öffnen, denke ich.

»Weißt du, wen ich am meisten vermisst habe, ehe ich dich traf?«, frage ich, während wir im Schatten der hohen Bäume die Treppe hinaufsteigen, die neben dem Bach höher und höher in die Berge führt.

»Ich weiß nicht«, sagt Norman und marschiert mit großen Schritten voran. Ich muss schnell hüpfen, um nicht hinter ihm zurückzubleiben. Dann bleibt er stehen. »Deine Familie?«

»Ja, meine Familie fehlt mir in Shanghai sehr«, sage ich und lege meine Hand auf seine Brust. »Aber am meisten vermisse ich meinen älteren Bruder.«

Norman ist überrascht. »Ich wusste gar nicht, dass du einen älteren Bruder hast. Du hast bislang nur von deinen kleinen Geschwistern erzählt.«

»Mein Bruder ist schon lange tot, deswegen vergesse ich ihn hin und wieder. Aber zurzeit denke ich oft an ihn. Vielleicht weil du mich an ihn erinnert hast.«

»Ich?«, fragt Norman erstaunt und zeigt auf eine Bachstelze, die auf einem Stein im Wasser sitzt und mit dem Schwanz wippt.

Ich freue mich über die willkommene Pause und bleibe stehen. Eine Weile sage ich nichts, um den Vogel nicht zu stören. Erst als er weggeflogen ist, beuge ich mich zum Bach, schöpfe mit beiden Händen Wasser und beginne zu trinken. Dann ziehe ich meine Sandalen aus und marschiere im Wasser weiter nach oben. Die Kälte prickelt auf meiner Haut und ich fühle mich wie ein Riese, der mit großen Schritten voranschreitet.

»Mein Bruder ist mit acht Jahren gestorben. Ich habe ihn sehr geliebt. Das heißt, eigentlich habe ich zu ihm aufgeschaut. Er war drei Jahre älter als ich. Er war ein kluger, einfühlsamer Junge. Er hatte die prekäre Lage meiner Eltern erkannt und wollte ihnen helfen, indem er sich um mich kümmerte. Denn ich war damals das Sorgenkind der Familie. Es war die Zeit der Kulturrevolution. Wir waren aufs Land verbannt worden, in eine Genossenschaft. Meine Eltern mussten jeden Tag auf den Feldern arbeiten und abends am politischen Unterricht teilnehmen. Wir Kinder waren uns selbst überlassen. Meine Eltern machten sich Sorgen, weil ich in meiner Entwicklung stark hinterherhinkte. Ich redete wenig und starrte oft vor mich hin, als hätte ich in der Luft wilde Tiere und Geister gesehen. Meine Mutter erzählt noch heute, wie ich mich immer beim Essen aufführte. Wir mussten am großen Tisch in der Gemeinschaftsbaracke essen. Alle anderen aßen schnell und gierig, weil es immer zu wenig gab. Nur ich mit meinen vier Jahren schaufelte den Reis auf den Löffel und hielt ihn dann minutenlang vor der Brust, ohne zu essen. Statt den Löffel zum Mund zu führen, starrte ich in die Luft, als wäre ich ganz woanders. Alle waren längst fertig, und ich saß immer noch so da und rührte mich nicht. Wenn meine Mutter mit mir zu reden versuchte, gab ich ihr keine Antwort. Hätte meine Mutter nicht den Löffel genommen und mich gefüttert, hätte ich zwei Stunden später noch immer dagesessen und vor mich hingestarrt. Mein Bruder hatte die Sorgen meiner Eltern verstanden. Er achtete darauf, dass ich genug aß. Wenn wir zur Schule mussten, nahm er mich auf den Rücken und trug unsere beiden Hocker in seinen Händen, die wir in den Unterricht mitbringen mussten. Nach der Schule trug er mich dann wieder heim. Meine Eltern waren sehr glücklich, dass er so fürsorglich war.«

»Das war sicher eine sehr schwere Zeit für euch.«

»Heute weiß ich das, ja. Aber damals habe ich nichts davon gemerkt. Ich hatte ja meinen Bruder, der immer bei mir war. Aber dann wurde er krank.«

Ich bin stehen geblieben, das kalte Wasser rauscht an meinen Beinen vorbei. Ich kämpfe mit den Tränen.

»Was hatte er denn?«

»Wir wussten es nicht. Er bekam hohes Fieber und lag auf seinem Bett. Meine Eltern mussten weiter jeden Tag auf den Feldern arbeiten. Das Fieber stieg immer weiter. Als sie sich gar nicht mehr anders zu helfen wussten, haben meine Eltern um die Erlaubnis gebeten, ihn ins Kreiskrankenhaus bringen zu dürfen. Der Gemüselastwagen hat sie alle drei mitgenommen. Mich mussten sie zurücklassen.«

Norman lässt sich auf einen der Steine am Wasser nieder, während ich weitererzähle. »Drei Tage habe ich jeden Abend auf der Schwelle des Hauses gesessen und darauf gewartet, dass sie zurückkommen. Ich war damals fünf Jahre alt, und das ist die erste Erinnerung meines Lebens: wie ich da auf der Türschwelle sitze, und es wird dunkel. Am dritten Tag sind meine Eltern zurückgekommen. Sie waren allein. Mein Bruder war tot. Das Krankenhaus hatte in der Kulturrevolution kein Fachpersonal und keine Antibiotika. Er war vermutlich an einer Gehirnhautentzündung gestorben, genau ist das nie festgestellt worden.«

»Das ist ja schrecklich«, sagt Norman und starrt in den Bach, der hier einen stillen Tümpel gebildet hat. Ich setze mich neben ihn und lasse meine Füße weiter vom Wasser kühlen.

»Ich glaube, ich habe mich danach sehr verändert«, sage ich. »Als ich begriffen habe, dass ich meinen Bruder nie wiedersehen würde, war meine Kindheit zu Ende. Meine Eltern wollten, nachdem mein Bruder gegangen war, unbedingt einen neuen Sohn haben. Das änderte meine Stellung im Haus radikal. Sie bekamen nach mir drei Töchter, erst dann kam der ersehnte Sohn. Und ich war die Älteste. Ich hatte keine Zeit mehr, vor mich hinzustarren. Ich musste bei der Hausarbeit helfen und hatte jeden Tag neue Pflichten. Außerdem war ich das Mütterchen für meine kleinen Geschwister, wenn meine Eltern nicht da waren. Was die meiste Zeit der Fall war.«

»Das war sicher nicht einfach«, sagt Norman. »So viel Verantwortung für jemand, der selbst noch ein Kind ist.«

»Nun ja, so schlimm war es auch nicht. Ich war ja glücklich mit meinen Geschwistern. Ich war froh, dass ich mit ihnen spielen konnte. Aber seit wir zusammen sind, denke ich oft an meinen älteren Bruder und wie geborgen ich mich bei ihm fühlte.«

Norman nimmt mich in den Arm und küsst mich auf den Scheitel. Wieder einmal wird mir bewusst, wie frei ich mich in seiner Gegenwart fühle. Dann lacht er, zeigt auf den schattigen Weg, der das Tal hinaufführt. »Wenn du denkst, dass ich dich jetzt auf den Berg hinauftrage, hast du dich aber geirrt. Zum Glück bist du ja nicht mehr fünf Jahre alt und kannst selbst laufen!«

»Und ob!«, sage ich, springe auf und werfe mich in die Brust. »Den kleinen Berg da schaffe ich spielend. Soll ich dich huckepack nehmen?« Ich hebe die Faust und spanne die Muskeln. Norman lacht, und diesmal küsst er mich auf den Mund.

Wir sind ein paar Minuten lang weitergegangen und genießen unser Beisammensein. »Du hast keine Geschwister, nicht wahr?«

»Nein«, sagt Norman. »Ich habe die Kinder mit Brüdern und Schwestern immer beneidet. Meine Mutter hat immer mit mir gespielt, aber sie musste viel arbeiten. Sie ist eine starke Frau.«

»Wie geht es ihr denn? Du erzählst wenig von ihr.«

»Ach, sie hat nicht viel Zeit zum Schreiben«, sagt er. »Und Telefonieren findet sie zu teuer. Meistens ist ja die Verbindung so schlecht, dass man immer nur das Echo der eigenen Worte hört.«

»Hast du in letzter Zeit mal von ihr gehört?«

»Ja, kurz bevor wir losgefahren sind, kam ein Brief.« Norman scheint froh zu sein, dass er darüber reden kann. »Es geht ihr, glaube ich, nicht so besonders. Sie schreibt von einer verschleppten Grippe, und dass sie diesen blöden Husten nicht loswird. Meine Mutter hat immer geraucht. Sie sagt, sie braucht das Nikotin, weil sie bei ihrem Job so viel Stress hat.«

Norman scheint einen Kommentar von mir zu erwarten, aber ich weiß nicht, was ich dazu sagen soll. Der Weg ist inzwischen deutlich steiler geworden, der Bach scheint stärker zu rauschen, es muss da irgendwo einen Wasserfall geben. »Sie möchte, dass ich nach Hause komme«, fährt er schließlich fort. »Wenigstens für ein paar Wochen. Aber ich will nicht. Jetzt läuft gerade alles so gut in Shanghai. In Berlin muss ich mir einen Job suchen, wenn ich weiter studieren will. Und was man als Student so kriegen kann, wird meist nicht gut bezahlt. Die Stadt ist eher arm.«

Das ist ein neuer Gedanke für mich. Man sieht immer nur, dass die Ausländer reich sind, wenn sie in Shanghai leben. Dass es zu Hause anders sein könnte, kann man sich kaum vorstellen.

»Du musst ihr mehr schreiben!«, sage ich und fasse nach seiner Hand.

Er nickt stumm.

»Erzähl ihr, was du erlebst. Leg ihr Fotos bei. Dann hat sie auch Nachbarn oder Kollegen mehr von dir zu erzählen und fühlt sich dir näher.«

»Du hast recht«, sagt er.

»Na siehst du.«

Wir haben den Wasserfall erreicht und ich habe große Lust, eine Dusche zu nehmen. Aber das traue ich mich dann doch nicht. Stattdessen spritze ich Norman bloß ein wenig nass.

»Na warte!« Er will mich ins Wasser werfen. Doch ich hab's geahnt und laufe rasch weg. Atemlos setze ich mich auf die Bank, die für die Wasserfallbewunderer aufgestellt worden ist. Norman folgt mir, setzt sich und küsst mich lange.

Als wir wieder zu Atem gekommen sind und uns minutenlang stumm gestreichelt haben, sitzen wir brav nebeneinander. »Ich habe schon eine Idee, was wir deiner Mutter schicken könnten«, sage ich.

»Was denn?«

»Siehst du da drüben den riesigen Baum? Das ist ein Kapokbaum.« Ich bin sehr stolz, dass ich im Wald meines eigenen Landes endlich mal einen Baum erkenne. »Im März hat er Tausende rosa Blüten, im Herbst trägt er Früchte. Gibt es den bei euch auch?«

»Nein. Deutschland wäre für solche Bäume zu kalt.«

»Pass auf«, sage ich eifrig. »Ich hole jetzt eins von den Blättern, das kannst du für deine Mutter pressen und im nächsten Brief mitschicken. Wenn du willst, male ich auch noch die Blüte daneben. Was meinst du?«

»Gute Idee.«

Ich muss mich sehr anstrengen, um ein schönes Blatt von einem der weit herunterhängenden Äste zu knicken, und falle dabei fast ins Wasser. Am Ende aber bin ich sehr zufrieden mit meiner Beute und sehe zu, wie Norman das Blatt in seinen Notizblock legt.

Dann klettern wir weiter den Berg hinauf und erreichen eine Stunde später glücklich den Gipfel. Wir setzen uns auf einen weit vorspringenden Felsen. Ich bin alles andere als schwindelfrei und habe große Angst vor der Tiefe, aber es ist herrlich, so ganz von Luft und Liebe umgeben zu sein. Wir fühlen uns leicht und rein wie die Kinder der Wolken.

Gleich am Abend schreibt Norman einen Brief an seine Mutter, und ich male auf ein sauberes weißes Blatt eine Kapokblüte. »Du brauchst deiner Mutter ja nicht zu sagen, wer sie gemalt hat«, sage ich leise und spüre, wie ich erröte. Trotzdem bin ich unbändig stolz und spüre eine große Harmonie, als wir Brief, Blatt und Blüte am nächsten Tag in einem großen Umschlag nach Deutschland schicken.

4.
Xiamen

Nach fünf Tagen verlassen wir das Paradies der Wuyi-Berge und fahren hinunter zur Küste. An der Universität in Xiamen lerne ich Anna kennen, die mit ihrem kurzen blonden Haar und ihren strahlend blauen Augen aussieht, als wäre sie wie für die Leinwand geschaffen. Sie ist eine Freundin von Norman aus Berlin.

Norman darf bei ihr im Wohnheim für ausländische Studenten übernachten, ich natürlich nicht. Ich muss im Gästehaus der Universität übernachten, was pro Nacht in einem Viererzimmer zwanzig Yuan kostet. Norman steckt mir unauffällig das Geld zu, damit ich zahlen kann. Mit unseren gemeinsamen Nächten ist es jetzt erst mal vorbei.

Die Besichtigung der Stadt dann verläuft anders, als ich es mir vorgestellt habe. Anna führt uns herum und zeigt uns die schönsten Plätze, die Xiamen zu bieten hat. Aber die historischen Spuren, die mich interessieren, sind für sie nicht von Belang. Ist ihr bewusst, dass da draußen hinter dem Horizont Taiwan liegt? Dass hier einige der letzten schweren Gefechte des Bürgerkriegs stattfanden und Tschiang Kai-scheck von hier aus nach Taiwan floh? Dass Mao von hier aus immer wieder die Insel Quemoy beschießen ließ? Ich erinnere mich noch genau an den 1. Januar 1979, als in der Einheit meines Vaters über Lautsprecher bekanntgegeben wurde, dass die Beschießungen eingestellt werden würden. Ich war damals sechzehn und dachte, es sei eine schöne Sache, dass die Kanonen schwiegen. Am selben Tag wurden offizielle diplomatische Beziehungen zwischen der Volksrepublik China und den

USA aufgenommen, und ich bekam eine neue Jacke, eine dunkelblaue Hose und neue Schuhe. Die Kleider waren noch dieselben wie in der Mao-Zeit, aber ich ahnte, dass jetzt etwas Neues begann.

Dass Anna und Norman an diesen großen Ereignissen so völlig desinteressiert scheinen, zeigt mir, dass sie China ganz anders sehen als ich. Was erst vor acht Jahren begonnen hat, ist für sie schon ganz selbstverständlich. Für mich ist dieses Desinteresse fast wie eine Befreiung von der Geschichte.

Einmal führt Anna uns durch das Tor der Stadtregierung. Zu meinem Erstaunen werden wir nicht zurückgewiesen, ja, nicht einmal gefragt, was wir an diesem Ort wollen, den man nur dann betritt, wenn man unbedingt muss. Hinter dem stolzen Gebäude gelangen wir in einen kleinen Park mit prächtigen Bäumen. Wir legen uns unter einem großen Banyanbaum ins Gras und Anna erzählt uns von allem, was sie an Xiamen mag. Das Regierungsgebäude befindet sich direkt hinter uns. Ich kann durch die geöffneten Fenster hören, wie die Beamten sich unterhalten. Nur ihr Dialekt hindert mich daran, sie zu verstehen.

Es ist eine absurde Situation: Ich sitze mit zwei Fremden unter den Nasen der Beamten auf einer Wiese im Park der Regierung. Jeden Augenblick wird jemand kommen, der uns zur Rede stellt und verjagt. Warum scheuchen uns die Beamten nicht einfach weg? Sie müssen uns doch längst gesehen haben?

»Wie hast du einen so schönen Garten entdeckt?«, frage ich.

»Ach, ganz zufällig eigentlich. Ich ging mit einer Kommilitonin spazieren, wir achteten nicht weiter auf unsere Schritte, und sind hier gelandet. Seither komme ich oft her, um zu lesen und zu entspannen, einmal bin ich sogar über meinem Buch eingeschlafen.«

»Und niemand hat was gesagt?« Ich komme aus dem Staunen nicht heraus.

»Nee. Ich habe Leute am Fenster gesehen. Ich habe sie angelächelt, und sie haben zurückgelächelt. Aber keiner hat was gesagt.«

»Aha«, mache ich.

Ist Xiamen freier als Shanghai? Ist das die Reformpolitik? Oder hat es den Beamten einfach gefallen, eine exotische Schönheit in ihrem Garten zu haben? Wäre ich mit zwei chinesischen Kommilitonen hierhergekommen, die Beamten hätten uns bestimmt nicht geduldet. Ich kann nicht leugnen, dass ich ein wenig eifersüchtig auf Anna bin. Nicht wegen Norman, sondern der Freiheiten wegen, die sie sich herausnehmen darf.

Am nächsten Tag begleitet Anna uns nicht. Wir gehen ans Meer und essen Seafood mit Knoblauchsoße. Draußen liegen große Handelsschiffe auf Reede. Wir gehen etwas später baden. Der Strand ist riesig, aber es sind überall Leute, die mit Sonnenschirmen die Promenade und am Wasser entlangspazieren. Norman sucht lange, bis er eine Stelle findet, wo wir einigermaßen allein sind. Trotzdem wickle ich mich in ein großes Badetuch, um mich umzuziehen.

Mein Badeanzug ist ziemlich bunt und fast ungetragen. Unten ist er mit keuschen Rüschen verziert, oben mit unzerreißbaren Trägern befestigt. Trotzdem ist es ein komisches Gefühl, vor einem Mann so entblößt an einem öffentlichen Ort dazustehen. Ich habe es eilig, ins Wasser zu kommen, obwohl das Meer und die Wellen mir ziemlich unheimlich sind.

Ich habe insgesamt nur dreimal Schwimmunterricht an der Uni gehabt (Sport war obligatorisch), und mehr als fünf Züge bringe ich kaum zustande. Daher plansche ich nur ein bisschen im seichten Wasser herum. Norman nutzt die Gelegenheit, um mich unter Wasser unauffällig an meiner intimsten Stelle zu streicheln. Ich quieke voller Empörung und drohe ihm mit dem Finger. Er lacht, schaut mir noch ein Weilchen zu, um sich zu überzeugen, dass ich nicht ertrinke, dann schwimmt er hinaus. Sein Kopf verschwindet hinter den Wellen. Niemand sonst schwimmt so weit hinaus! Ich kriege es mit der Angst zu tun. Ich stehe am Rand des Wassers und suche nach seinem Kopf. Gleich kommen zwei Männer und wollen wissen, was es da draußen zu sehen gibt. Dann haben sie Norman entdeckt.

»Ist das dein Mann?«, fragt einer von ihnen.

Ich nicke.

»Wenn er das öfter macht, wird er bestimmt mal ertrinken«, sagt der andere.

»Ach, was«, sagt der erste. »Ich bin schon oft so weit draußen gewesen.«

»Vielleicht wird er ja auch von den Haien gefressen«, sagt der andere. Als ich nicht antworte, gehen sie schließlich weiter.

Inzwischen ist Norman wieder ein bisschen näher ans Ufer gekommen. Er findet Grund und richtet sich auf. Sein weißer Körper ragt weit aus dem Wasser. Hier in den Wellen erscheint er mir noch größer als sonst. Dass er Geister verjagen kann, habe ich ihm nie geglaubt. Aber Angst scheint er auch nicht zu haben.

Nach dem Bad gehen wir lange am Strand spazieren. Wir suchen nach Muscheln und Krebsen und lassen die Brise vom Meer unsere Haare streicheln. Da uns hier niemand kennt, genieße ich jeden Schritt, jedes Wort und jeden Blickwechsel. Sind unsere Füße durch das Laufen im heißen Sand erhitzt, kühlen wir sie im Meereswasser ab und gehen weiter. Erst als der Horizont und das Meer zu einer grauen Masse verschmelzen, wollen wir unseren Ausflug beenden.

Aber als wir dem Strand den Rücken kehren und über eine Abkürzung zwischen den Häusern zur Universität gehen wollen, um dort Anna zu treffen, versperrt uns eine Kuh mit glänzendem Fell den Weg. Der Pfad ist an dieser Stelle so schmal, dass man keine

Chance hat, an ihr vorbeizukommen, ohne ihren dicken Bauch zu streifen. Auf der einen Seite ist eine Mauer, auf der anderen Seite ein Graben, in dem so viel Unkraut wuchert, dass man nicht sehen kann, wie tief das Wasser ist. Die Kuh steht auf dem gelben Pfad und blickt entschlossen zum Meer. Ihre Hörner wirken mächtig und bedrohlich.

Wir bleiben zwanzig Meter vor der Kuh stehen und diagnostizieren, dass die Kuh unter einem Anfall von Heldentum leidet und völlig unberechenbar ist. Wir warten eine Weile, in der Hoffnung, dass sie wieder nüchtern wird und vielleicht freiwillig geht. Aber das tut sie nicht.

Wir fangen an zu rufen. Wir betteln und fuchteln wild mit den Armen. »Da ist das Gras!«, rufen wir und zeigen auf die andere Seite des Grabens. »Mmh, lecker, lecker. Geh dort hin!«

»Geh nach Hause zu deiner lieben Familie, wo ein bequemes Bett auf dich wartet.«

Nichts. Bloß ein sturer Blick und ein leises Fächeln der Ohren.

»Hau ab, du blöde Kuh! Sonst verkaufen wir dich.«

Auch das beeindruckt sie wenig. Immerhin scharrt sie nicht mit den Hufen und kommt auch nicht näher.

Ich sage zu Norman: »Du bist der Mann. Wenn du zehntausend Geister verjagen kannst, kannst du bestimmt auch eine Kuh in die Flucht schlagen.« Ich schiebe ihn vorwärts.

»Nee, nee, kommt nicht infrage«, sagt er. »Wenn ich auf sie losgehe, kriegt sie bloß Angst. Dann wird sie unberechenbar, und wir sind beide verloren. Sie nimmt uns auf die Hörner, schleudert uns in die Luft und zerstampft uns unter ihren Hufen. Aber du bist doch so klein wie ein Häschen. Du kannst sie am Bauch kitzeln. Dann muss sie lachen und rennt vor dir weg.« Er schiebt mich auf die Kuh zu.

»Das ist eine ganz blöde Idee! Und ich finde es empörend, dass du eine schutzlose kleine Frau den Kühen zum Fraß vorwerfen willst. Schäm dich!«

»Hm, was machen wir dann?«, fragt Norman unschlüssig. »Wenn Anna hört, dass wir wegen der Kuh zu spät kommen, wird sie uns für verrückt erklären.«

»Verrückt oder nicht«, sage ich. »Konfuzius sagt: Wenn dir eine Kuh im Weg steht, musst du ihr ausweichen. Der Umweg führt schneller ans Ziel.«

»Das hast du erfunden«, sagt Norman.

»Na, wenn schon. Konfuzius hat immer recht.« Ich bin sehr zufrieden mit mir. Das Problem mit der Kuh habe ich ganz allein gelöst. Für uns beide.

Am nächsten Tag müssen wir das Paradies verlassen und uns trennen. Ich fahre mit dem Zug zu meinen Eltern. Norman fährt nach Shanghai zurück, um seinen Umzug zu organisieren und sich auf seine neue Rolle als Sprachexperte vorzubereiten. Die Zukunft ist ungewiss, aber rosig.

Bei meinen Eltern läuft das Leben wie immer: ruhig und provinziell. Ich sage ihnen, dass ich mit Kommilitonen eine Woche in Xiamen gewesen bin. Mehr bringe ich nicht über die Lippen. Da ich meinen Eltern noch nie viel von mir erzählt habe, fragen sie nicht weiter nach.

Zu Hause bin ich wieder die älteste Tochter, und die Ferien verlaufen wie alle anderen zuvor auch: Ich erledige den Haushalt, spiele mit meinen Geschwistern und treffe mich mit meinen früheren Mitschülern. Die restliche Zeit verbringe ich mit Bücherlesen und Träumen. Aber wenn ich mich unbeobachtet fühle, zaubert die Erinnerung an meine Reise ein glückliches Lächeln auf mein Gesicht.

Ich komme auf die Idee, das eintönige Leben meiner Geschwister mit einem Ausflug zu unterbrechen.

Da wir kein Geld für eine richtige Reise haben, verfalle ich auf eine Fahrradtour – damals noch ein ungewöhnliches (und auch nicht ganz ungefährliches) Abenteuer. Ich leihe mir Vaters Dienstfahrrad und zwei weitere Diensträder von seinen Kollegen, und die Reise kann losgehen. Mein Vater hat mir das Radfahren beigebracht, als ich vierzehn war. Es war eine schreckliche Wackelei, und es dauerte eine ganze Weile, bis ich begriffen hatte, dass ich eine gewisse Geschwindigkeit brauchte, wenn ich nicht umfallen wollte. Auf seinem schweren Rad mit 28-Zoll-Reifen reichten meine Füße kaum bis an die Pedale, geschweige denn bis zum Boden, und die betonierten Straßen mit ihren vielen Löchern waren kein ideales Übungsgelände, dafür gab es aber nur wenig Verkehr. Meine Geschwister lernten genauso wie ich auf dem großen Rad unseres Vaters zu fahren.

Wir drehen ein paar Runden auf dem Sportplatz hinter unserem Wohngebäude, dann radeln wir los. Das Ziel ist das nächste Dorf. Ich habe meinen zehnjährigen Bruder auf dem Gepäckträger, und meine Schwester Diya mit ihren siebzehn Jahren muss die jüngste, elfjährige Schwester transportieren. Nur die dritte Schwester hat ihr Fahrrad für sich allein. Aber sie ist auch erst fünfzehn. Die Räder sind schwere Dienstfahrräder für ausgewachsene Männer und viel zu groß für uns Mädchen. Ich habe das schlechteste Rad genommen, damit meine Schwestern die Lust nicht verlieren. Die Lastwagen donnern an uns vorbei, blasen uns stechenden Dieselqualm ins Gesicht. Ich falle mehrmals um und reiße meinen Bruder mit in den Graben. Auch meine Schwestern haben große Probleme, und jede kippt einmal um. Doch wir stehen alle wieder auf, klopfen uns den Staub von den Kleidern ab und fahren unbeirrt weiter. Nach über zwei Stunden erreichen wir unser Ziel. Unser Stolz ist groß, als hätten wir es bis zur Großen Mauer geschafft.

Wir schauen uns das kleine Dorf und die Felder an, geben reichlich Kommentare ab und fühlen uns wie weitgereiste Persönlichkeiten. Die Bauern schauen uns an, als kämen wir aus dem Ausland.

Natürlich will ich meine Geschwister für ihre Leistung belohnen. Wir gehen in den einzigen kleinen Laden, den das Dorf zu bieten hat, und kaufen gezuckerten Ingwer und ein paar Bonbons. Dann legen wir uns auf eine Wiese, lutschen die gekauften Süßigkeiten und ruhen uns aus. Im Kuhstall neben der schönen Wiese stehen zwei braune Kühe und wedeln fleißig mit dem Schwanz. Es riecht erbärmlich, aber die Tiere erinnern mich an die Kuh in Xiamen. Ich erzähle meinen Geschwistern von dieser Geschichte, dann von dem Meer und von Schiffen, die mehr als fünf Stockwerke hoch sind. Meine Geschwister bekommen glänzende Augen.

Als wir in der Dämmerung wieder zu Hause sind, warten unsere Eltern bereits mit dem Abendessen auf uns. Meine Geschwister sind so aufgeregt, dass sie den ganzen Abend schnattern und ununterbrochen von unserem Ausflug berichten. Es ist, als wären sie bei der berühmten Entdeckungsreise des Marco Polo dabei gewesen. Meine Eltern sind entzückt und lachen den ganzen Abend. Selbst unsere zahlreichen, gerade noch glimpflich ausgegangenen Unfälle werden zu hübschen kleinen Geschichten und entlocken meinen Eltern viele »Ahs« und »Ohs«. Lange habe ich mich mit meiner Familie nicht mehr so verbunden gefühlt wie jetzt.

5.

Mit dem Fahrrad ins Ausländerviertel

Drei Tage vor Semesterbeginn kehre ich nach Shanghai zurück. Kaum bin ich im Wohnheim angekommen, werde ich zur Pförtnerin gerufen: ein Anruf. Ich renne die Treppe hinunter, so schnell ich kann, und nehme den Hörer ab. Es ist Norman. Er hat jetzt Telefon. Er will mir seine neue Wohnung zeigen. »Ich komme«, sage ich. Dazu muss ich mit dem Bus fahren, was mich zwanzig Fen und eine halbe Stunde kostet, aber das ist mir egal. »Ich warte am Platz der Helden auf dich, an der Bushaltestelle!«

Aber das kommt für ihn nicht in Frage. Er besteht darauf, mich bei meinem ersten Besuch von Tür zu Tür zu befördern. Es kommt mir vor wie die Brautwerbung bei den Bergvölkern. Aber natürlich bin ich geschmeichelt und aufgeregt. Ich muss das Gesicht abwenden, damit die Pförtnerin nicht sieht, wie mir das Blut in den Kopf steigt. Am Nachmittag wird er kommen, um mich zu holen.

In der Zwischenzeit marschiere ich zur Fakultät und notiere mir die Kurse, um meinen Semesterplan zu entwerfen. Du bist eine gute Studentin, sage ich zu mir, und rufe auch gleich bei Professor Zhang an, um einen Termin bei ihm zu vereinbaren. Professor Zhang muss meinen Semesterplan prüfen, mit mir besprechen und schließlich genehmigen. Das ist Vorschrift der Fakultät.

Mein nächster Anruf ist nicht so vorschriftsmäßig. Er gilt Professor Chen, dem Mann, in den ich ein Semester lang unsterblich verliebt war. Wenn ich seine Stimme höre, spüre ich immer noch ein leichtes Ziehen in meiner Brust, aber jetzt kann ich ihm frei und selbstbewusst gegenübertreten. Ich habe ja einen *Freund*, und brauche ihm nicht mehr nachzuweinen. Aber das ist mein Geheimnis, das werde ich niemand verraten. Auch bei Chen gibt es keine Probleme: Der Professor will sich gern Zeit für mich nehmen. Ich solle gleich am Sonntag bei ihm vorbeischauen, sagt er so locker wie eh und je. Nach diesen Heldentaten ist der Tag immer noch recht lang. In aller Ruhe esse ich in der Mensa zu Mittag, dann gehe ich zurück ins Wohnheim und mache mich hübsch.

Pünktlich um fünf erscheint Norman und drückt mir gleich zwei Bücher in die Hand: Kafkas Erzählband und *Doktor Schiwago*, beides die neueste Übersetzung und frisch aus der Druckerei. Wie immer hat er es ohne Vorankündigung bis vor die Tür meines Schlafsaals geschafft, bleibt aber draußen im dunklen Korridor, damit ihn meine Bettnachbarinnen nicht anstarren.

»Alles Gute zum Geburtstag – nachträglich!«, sagt er mit funkelnden Bernsteinaugen.

»Danke. Das ist ein schönes Geschenk«, sage ich, nehme die Bücher behutsam mit beiden Händen und drücke sie an die Brust. Wären wir noch im Wald im Wuyi-Gebirge, hätte ich Norman umarmt und geküsst. Aber in Shanghai im Wohnheim mit tausend Augen kommt das nicht in Frage. Ich muss die Arme an mich pressen, um keine falsche Bewegung zu machen.

»Wie bist du hergekommen?«, frage ich. Norman lächelt geheimnisvoll. »Das wirst du gleich sehen«, sagt er.

Ich schiebe die Bücher unter mein Kopfkissen, nehme meinen Rucksack und hüpfe mit Norman die Treppe hinunter. Und richtig! Draußen an die Wand gelehnt, steht ein großes, glänzendes Fahrrad. Ein schwarzes Männerrad der Marke *Fliegende Taube*. Eine begehrte Marke: ein solider Rahmen, ein breiter, lederbespannter Sattel, ein starker Lenker mit Gummigriffen, eine verchromte Klingel und hundert glitzernde Speichen. Ein Tausendmeilenpferd, das einen überall hinträgt.

Aber auf den zweiten Blick entdecke ich etliche Flecken. Lehmspritzer! »Das musst du mal putzen!«, sage ich unbedacht.

»Du findest es dreckig?«, sagt Norman überrascht und ein bisschen gekränkt. »Nun ja, in letzter Zeit hat es öfter geregnet. Da bin ich wohl durch Pfützen gefahren.«

Ich trete die Flucht nach vorn an. »So wie es aussieht, bist du durchs Gelbe Meer gefahren!«, sage ich lachend. »Ein Wunder, dass du selbst nicht aussiehst wie ein Chinese.« Ich betrachte seine braungebrannten, kräftigen Arme und Beine und muss gestehen, dass er viel sportlicher ist als ich. Meine Mutter sagt oft, ich bin zu dünn und zu blass. Du musst mehr essen und stärker werden, sagt sie, sonst kommt eines Tages ein Wind, der dich wegbläst.

Der Wunsch, in die Arme genommen und von Norman geküsst zu werden, wird übermächtig. »Und was machen wir jetzt?«, frage ich. »Lass uns gehen.«

Der Weg zu seiner neuen Universität ist weit, und die Sonne wird bald untergehen. Eine Dreiviertelstunde brauchen wir sicher, auch wenn wir uns sputen. Und da wir uns über einen Monat nicht gesehen haben, wird der Spaziergang uns guttun.

Aber kaum haben wir das Universitätsgelände verlassen, bleibt Norman stehen, betätigt die Klingel und sagt: »Das ist mein chinesischer Benz auf zwei Rädern. Und in Zukunft wird das auch dein Benz sein.« Er klopft auf den Gepäckträger: »Bitte einsteigen.«

Ich schaue ihn verblüfft an. Sollen wir jetzt wie ein chinesisches Ehepaar losradeln, der Mann am Lenker und die Frau auf dem Gepäckträger? Wenn er bloß nicht so auffällig aussähe! Aber dann fallen mir der riesige Basketballstar und seine Freundin ein. Die sind auch sehr auffällig, aber sie haben keine Scheu, ihre Liebe zu zeigen.

Ich kenne Norman gerade drei Monate und kann nicht sagen, was aus uns wird. Ich zögere.

»Hast du Angst?«, fragt Norman. »Ich wusste zwar, dass du ein Hase bist, aber ein Angsthase?«

Das kann ich nicht auf mir sitzen lassen. Norman schwingt sich in den Sattel, tritt in die Pedale, und im letzten Augenblick springe ich auf den Gepäckträger. Ich sitze seitlich, und um nicht herunterzufallen, muss ich mich mit beiden Armen an Norman festhalten. Der harte Metallgittersitz presst sich durch das dünne Kleid in mein Fleisch.

Es ist eine wilde Fahrt. Immer wieder donnern Motorräder, große Limousinen und schwere, schmutzige Lastwagen dicht an uns vorbei. Ich klammere mich an den sehnigen Männerkörper und mein Herz schlägt verzweifelt. Ich schließe die Augen und sehe uns schwerverletzt auf der Straße liegen, neben einem verbogenen Fahrrad, während ein riesiger Lastwagen ohne anzuhalten davonfährt.

Nach einiger Zeit aber wird es stiller. Ich öffne die Augen und lockere meinen Griff. Wir sind auf dem Gelände der Tongji-Universität und radeln eine lange, gerade Allee hinunter. »Da hinten ist unser Wohnviertel«, sagt Norman und zeigt auf einen ummauerten Häuserblock.

Vor dem Eingang des Wohnviertels gibt es einen Imbiss, der den Duft gebratener *Jiaozi* verströmt. »Die sind hier unheimlich gut«, sagt Norman. »Die musst du probieren.« Er hält an, holt zwei Blechdosen aus seinem Rucksack und lässt sie mit den gold-braun gebratenen Maultaschen füllen. Vorsichtig verstaut er die heißen Büchsen wieder im Rucksack.

»So«, sagt er, »und jetzt spielen wir dem Kontrolleur einen Streich! Das Tor zum Ausländerviertel ist gleich da hinten.« Er zeigt mir die Richtung. »Du setzt dich jetzt so aufs Rad, dass du nach rechts guckst. Wenn wir am Tor sind, gebe ich ordentlich Gas und wir zischen vorbei, ehe der Kontrolleur etwas tun kann.« Er grinst, als wäre das ein besonderer Spaß, den er sich nur für mich ausgedacht hat.

Ich lache und nicke, bin aber alles andere als begeistert. Ich weiß, die Überwachung ist nicht dazu da, um Ausländer zu kontrollieren, sondern um Chinesen aus dem Ausländerviertel fernzuhalten. In Maos Zeit war jeder Ausländer der Spionage oder Sabotage verdächtig. Jetzt, in der Reformzeit sind sie als Investoren, Handelspartner und Experten willkommen, aber dass die Ausländer sich unter das Volk mischen, westliche Ideen verbreiten und die Bevölkerung aufwiegeln – das ist nicht erwünscht. Damit hatte man schon in der Kaiserzeit keine gute Erfahrung gemacht, und das weiß auch die Partei. Und ihre Frauen wollen die Chinesen selbst behalten, statt sie mit irgendwelchen dahergelaufenen, wohlhabenden Europäern und Amerikanern zu teilen. Deshalb ist es den *Waiguoren* nicht erlaubt, nach Belieben eine Wohnung zu mieten und irgendwo in der Stadt zu leben. Vielmehr werden sie, soweit wie möglich, in eingezäunten oder zumindest abgeschirmten Ausländervierteln untergebracht. Nur diejenigen, die mit Chinesen verheiratet sind, dürfen mit diesen auch zusammenwohnen.

Bei Normans Aufforderung, mich über diese Regeln hinwegzusetzen, wird mir unbehaglich. »Ist es nicht besser, wenn ich mich für den Besuch eintrage?«, frage ich. »Damit ersparen wir uns viel Ärger.«

»Nein. Wenn du dich kontrollieren lässt, dann wollen sie alles von dir wissen: unsere Beziehung, deine Familie, deine Freunde ... Da machen wir nicht mit!«, sagt Norman entschieden.

»Und wenn sie an deine Tür klopfen, um nach mir zu fragen? Was machen wir dann?«

»Ich habe mich erkundigt. Im Studentenwohnheim können sie streng sein. Aber vor den ausländischen Experten haben sie Respekt. Wir werden schließlich gebraucht. Da kommen sie nicht in die Wohnung. Und falls sie doch kommen, werde ich sie nicht reinlassen. Das ist mein gutes Recht.«

Sein gutes Recht? Meine Nasenlöcher werden größer als Scheunentore. Ich habe noch nie gehört, dass die Partei sich keinen Zutritt zu einer Wohnung verschafft, wenn sie wissen will, was in ihr los ist. Norman ist eben doch kein Chinese, auch wenn er es manchmal zu glauben scheint. »Aber wenn nun einer der Wachmänner hinter uns herläuft?«

»Das tun sie nicht«, sagt Norman selbstsicher. »Ich habe selbst gesehen, wie ein deutscher Architekturprofessor mit einer chinesischen Studentin durchs Tor gegangen ist, ohne sie anzumelden. Der Kontrolleur hat nur stumm geschaut und nix unternommen.«

Stumm zugeschaut? Bestimmt macht er hinterher eine Notiz, um irgendwann mit der Chinesin abzurechnen und sie zu melden… Ich fühle mich wie eine Katze auf einem heißen Blechdach und würde am liebsten weglaufen.

»Mach nicht so ein Gesicht. Wenn es schief geht, schiebst du alles auf mich und sagst, du hast nicht gewusst, dass ich dich anmelden muss. Den Rest übernehme ich.«

Ich fühle mich ertappt und schäme mich, dass ich ihm nicht vertraut habe. Ich schaue ihm in die Augen, presse den Mund zusammen und setze mich auf den Gepäckträger.

Norman radelt los. Frauen mit vollen Einkaufsnetzen, Männer mit leeren Aktentaschen und Kinder mit Schulranzen sind unterwegs, vor den Fenstern sind lange Wäscheleinen gespannt, Bettlaken, Hemden, aber auch Anzüge flattern im Wind. Große, alte Bäume und Rasenplätze lassen das Viertel entspannt und friedlich erscheinen. Dann geht es in eine Kurve. »Nicht umdrehen«, sagt Norman leise. »Jetzt sind wir gleich da.« Er beschleunigt noch einmal, seine Beine arbeiten heftig.

Das Tor ist weit geöffnet. Mein Herz schlägt wild und meine Kehle ist wie zugeschnürt. Ich spüre das breite Fenster und bohrende Blicke in meinem Rücken und senke den Kopf. Diese verflixten Zöpfe! Auch der dümmste Wachmann muss merken, dass der Ausländer am helllichten Tage eine junge Chinesin ins Viertel geschmuggelt hat.

Auf das Tor folgt eine große Wiese, dann einige Plattenbauten. Hinter dem letzten Gebäude, an dem Norman anhält, ist eine hohe Mauer zu sehen, die weit über meinen Kopf ragt. Das Viertel hat die Form eines Weinschlauchs, wir haben das hintere, breite Ende des Schlauchs erreicht.

Ich steige ab wie eine nervöse Heuschrecke und schaue mich vorsichtig um, jederzeit sprungbereit. Die Plattenbauten sehen nicht gerade anziehend aus. Aber sie sind kleiner als üblich, nur zwei, drei Stockwerke hoch und wirken dadurch irgendwie exklusiv. Die Rasenfläche ist größer als sonst, die dünnen kleinen Bäume weisen darauf hin, dass dieses Viertel noch jung ist. Während sich draußen vor dem Tor die Menschen zu Hunderten drängeln, ist es hier sauber und still. Der gelbe Schein der Abendsonne erinnert an die Natriumlampen in einem Chemielabor. Was wird geschehen, wenn hier zwei Menschen zusammenfinden? Norman schiebt sein Fahrrad um die Ecke und stellt es dort ab.

»Und, war der Kontrolleur da?«, frage ich leise, als ob mich das Gras hören könnte und die Mauer des Hauses aus Glas bestünde.

Norman lacht. »Sie haben sogar zu zweit dagesessen! Ein großer Dicker und so ein drahtiger Dünner. Jetzt ärgern sie sich bestimmt, weil sie dich nicht zu fassen gekriegt haben.«

Doch ich kann seine Siegerlaune nicht teilen. Für mich ist das Ausländerviertel ein Minenfeld. So unauffällig wie möglich schaue ich über die Schulter. Kein Gärtner, kein Hausmeister, keine Putzfrau. Mit beiden Händen massiere ich meinen Nacken, um ein bisschen locker zu werden.

Norman führt mich ins Haus. Auch hier fällt mir wieder die Stille auf. Im zweiten Stock schließt er eine Tür auf und macht eine Geste wie ein Gutsbesitzer, der eine Besucherin aus der Stadt in sein Schloss bittet. Ich gehe mit ihm durch alle Räume: Wohnzimmer, Schlafzimmer, Bad und Küche. Er ist wirklich ein reicher Mann. Alle Räume haben eine angenehme Größe und sind lichtdurchflutet, die Teppiche in den beiden Zimmern sind neu, die Wände frisch und weiß.

Man hätte meinen können, dass wir uns umarmen, küssen und streicheln, sobald wir allein sind. Aber ich bin so befangen und ängstlich, dass ich mich nicht traue, ihn zu berühren.

»Toll! So eine schöne Wohnung! Gleich zwei Zimmer für dich allein«, sage ich. »Und das in Shanghai, wo es an Wohnungen mangelt! So eine Wohnung würde ich erst zehn Jahre nach meinem Examen kriegen, und auch nur, wenn ich verheiratet bin.«

Norman strahlt. »Tja, ich bin eben ein kostbarer Experte. Eine begehrte Langnase. In Shanghai mit seinen zwölf Millionen bin ich so selten wie ein sprechender Fisch, der am Huangpu steht und Vorträge hält.«

»Ein sprechender Fisch? Ich hoffe, du kannst auch springen. Sonst packt dich noch jemand und schmeißt dich in die Pfanne.« Ich fühle mich wieder sicher genug, um zu lachen. Ich stehe im Flur und halte sein Schlafzimmer fest im Blick. »Aber warum hat ein sprechender Fisch gleich zwei große Betten? Schlafen seine Füße in einem anderen Bett?«

»Nein. Die Wohnung ist eigentlich für zwei sprechende Fische gedacht. Aber da sie momentan nur mich haben, darf ich es mir in beiden Zimmern bequem machen. Die Verwaltung hat aber keine Lust, das zweite Bett rauszutragen. Das gehört einfach zu dieser Wohnung, sagen sie.« Zwei Betten? Die Sache beunruhigt mich.

»Aha. Und du hast sogar eine Loggia!« Die Loggia befindet sich auf der Rückseite des Gebäudes und ist über das Wohnzimmer zu erreichen. Hinauszutreten wage ich nicht. Ich stelle mich ans Fenster und blicke über die hohe Umfassungsmauer hinaus auf eine breite, von großen Platanen gesäumte Verkehrsstraße. Viele Menschen sind unterwegs, und ein Bus fährt gerade ratternd vorbei. Innerhalb der Mauer das Gegenteil: eine stille, verwahrloste Baustelle. Zwischen dem Haus und der Mauer hätte man einen schönen Garten anlegen können. Stattdessen ein großes Loch in der Erde, Betonröhren und andere Baumaterialien, ein Haufen Bretter und Reisig an der Mauer und überall in die Höhe geschossenes Unkraut ...

»Du scheinst aber doch nur ein kleiner Experte zu sein. Sonst hätten sie dir eine Wohnung gegeben, die nicht bloß auf eine Baustelle schaut«, sage ich und ziehe mich ins Wohnzimmer zurück. »Aber dafür wirst du vielleicht nicht so scharf beobachtet.«

»Die Baustelle stört mich überhaupt nicht«, sagt Norman. »Ich habe da unten schöne Wildkatzen streunen sehen. Manchmal sehe ich sie sogar Mäuse jagen. In Shanghai fahrende Busse und zugleich Wildkatzen im Blick zu haben, ist schon etwas Besonderes.«

»Sei vorsichtig, Norman. Fische sind die Lieblingsspeise der Katzen.«

»Na, wenn eine Katze zwei Stockwerke hochspringen kann, ist sie auch eine Expertin. Dann gebe ich ihr natürlich das zweite Bett.« Norman geht lachend in die Küche, um Tee zu machen.

Sein Scherz gefällt mir nicht, aber ihn lachen zu hören tut mir gut. Ich bleibe im Wohnzimmer stehen und bestaune die Möbel. Norman besitzt viele Bücher. Das war mir schon im Studentenheim aufgefallen. Hätte er die Regale an der Wand aufgestellt, wäre das helle Weiß wahrscheinlich verschwunden. Doch Norman hat die Regale in einer Doppelreihe in die dunkelste Ecke des Raumes gestellt wie in einer Bibliothek, und der Rest des Zimmers bleibt hell. In der Mitte des Zimmers hat Norman eine gemütliche Lese-Ecke mit einem Teetisch und zwei kleinen Sesseln geschaffen. Am Fenster steht sein Arbeitstisch, der beeindruckend groß ist.

»Du hast ein Zimmer wie für einen Gelehrten. Akademisch und sehr geschmackvoll«, sage ich lobend.

Norman kommt mit Schälchen und Stäbchen ins Zimmer und beginnt, den großen Tisch zu decken. »Schau, du hast jetzt auch einen Schreibtisch und kannst hier studieren«, sagt er erwartungsvoll und zeigt mit spitzem Mund auf die linke Hälfte des Tisches.

Ich folge seinem Blick. Erst jetzt merke ich, dass der große Tisch eigentlich aus zwei identischen Tischen besteht, die Rücken an Rücken stehen. Ich bin perplex. Wir kennen uns gerade mal drei Monate, schon soll ich bei ihm sitzen und lernen? Das wäre schön, wenn dieser Arbeitstisch sich nicht im streng kontrollierten Ausländerviertel befände. »Du hast sogar einen Arbeitstisch für mich eingerichtet?«, frage ich ungläubig.

Er nickt, als wäre das selbstverständlich. »Ja, du musst nicht mehr zur Bibliothek. Wir sitzen uns gegenüber und können uns in die Augen sehen, wenn uns danach ist. Und wenn wir essen wollen, haben wir einen gemütlichen Esstisch. Gefällt's dir?«

Immer noch kann ich ihm nicht um den Hals fallen, sondern fahre nur mit der Hand über den rötlichbraun glänzenden Tisch und bewundere die makellose Maserung der Platte. Dass Norman mir ein

Zuhause anbieten will, rührt mich und quält mich zugleich. Weiß er nicht, dass ein Zusammenleben in seiner Wohnung unmöglich ist?

»Es ist ein sehr schöner Arbeitsplatz.« Ich lege meine Hand um seine Taille und drücke ihn kurz an mich. »Danke, dass du dein schönes Arbeitszimmer mit mir teilen willst.« Doch innerlich bin ich ratlos und weiß nicht, was ich tun soll.

Norman zieht einen Stuhl heraus. »Setz dich doch mal hin. Nur so zur Probe.« Ich gehorche wie in Trance. Der Stuhl, der Tisch, das breite Fenster, der helle Raum ...

»Es ist ein ausgezeichneter Arbeitsplatz. Ich hoffe, ich bin seiner würdig«, sage ich leise. Je mehr er sich bemüht, desto weniger kann ich ablehnen. Ich kann ihn doch nicht vor den Kopf schlagen. Hätte er außerhalb der Universität gewohnt wie Professor Chen, wäre es vielleicht kein Problem. Aber so?

»Da gibt es keinen Zweifel.« Norman hüpft in die Küche, bringt Tee und die gebratenen *Jiaozi*. Das lenkt mich von meinem Dilemma ab.

Wir beginnen zu essen. Die *Jiaozi* sind wirklich sehr lecker. Angeregt beginnen wir über den Teil der Ferien zu reden, den wir nicht zusammen verbracht haben und in dem wir beide Geburtstag hatten. Ich frage auch nach seiner Mutter, und Norman sagt, dass seine Briefe offenbar eine gute Wirkung erzielt haben. »Sie scheint wieder völlig gesund zu sein und bittet mich nicht mehr, baldmöglichst nach Hause zu kommen. Sie wünscht sich bloß noch mehr Bilder und Fotos von meinen Freunden in China.« Wir werfen uns einen Blick zu. Seine Mutter ist offenbar eine sehr kluge Frau, die ihren Sohn genau kennt. Nachdem wir unseren ersten Hunger gestillt haben, hole ich einen weißen, mit traditioneller Landschaftsmalerei verzierten Becher und eine Tüte Nanfeng-Mandarinen aus meinem Rucksack und überreiche ihm beides.

»Unsere Geburtstage liegen nah beieinander«, sage ich. »Herzlichen Glückwunsch auch dir. Meine Provinz ist berühmt für ihr Porzellan, und diese Mandarinen sind für ihre niedliche Form und für ihre erlesene Süße bekannt.«

»Prima. Den Becher stelle ich auf meinen Schreibtisch. Da kommen die Stifte rein. Und die Mandarinen essen wir gleich nach dem Essen.«

Die gebratenen Maultaschen sind mit Fleisch gefüllt, sehr saftig und sättigend, und allmählich werden wir lockerer. Die Süße der Mandarinen trägt dazu bei.

Nach dem Essen brüht Norman frischen Tee auf, und ich übernehme den Abwasch. Schnell bin ich damit fertig, schon sitzen wir wieder am Teetisch und fächeln uns frische Luft zu. Ich frage, wie weit er mit den Vorbereitungen für seinen Unterricht ist.

»Ich habe mich ausreichend gerüstet, denke ich«, sagt er. »Aber solange ich Zeit habe, werde ich immer noch etwas verbessern. Mir geht die Arbeit leicht von der Hand. Und wenn ich die erste Woche hinter mir habe, gehen wir in die Stadt Kuchen essen.«

Irgendwann muss ich auf Toilette. Kaum bin ich aufgestanden, bemerke ich, dass die Fenster schon völlig dunkel sind. Ich habe völlig die Zeit vergessen. Ich schaue auf meine Armbanduhr. Es ist bereits kurz nach zehn. Ich setze mich nicht wieder hin, als ich ins Wohnzimmer zurückkomme. Ich muss jetzt deutlich werden, und so bleibe ich lieber stehen. »Es ist sehr schön bei dir«, sage ich. »Aber ich glaube, es ist Zeit zu gehen.«

Norman schaut mich an, als müsse er überlegen, was ich gesagt habe. »Willst du nicht hier übernachten? Ich habe auch eine Zahnbürste für dich gekauft«, sagt er schließlich.

Ich hebe erschrocken die Hände. »Vielleicht ... vielleicht haben die Kontrolleure alles notiert und warten nur darauf, uns zu erwischen. Dann klingeln sie mitten in der Nacht an deiner Tür!« Ich schaue mich fieberhaft um, als stünde da jemand. »Sicher klingeln sie Sturm, sobald hier das Licht ausgeht«, sage ich. »Aber ich komme wieder. Dann setzen wir uns an den Tisch und ... und ... lesen zusammen.«

Norman bleibt stumm. Mir wird plötzlich klar, dass er sich den »Streich« am Tor nur ausgedacht hat, damit ich bei ihm übernachte. Wenn ich mich angemeldet hätte, müsste ich das Haus auf alle Fälle vor Mitternacht wieder verlassen ...

Aber ich kann mich nicht einfach aufs Bett legen, wenn ich weiß, dass der Kontrolleur an mich denkt. Ich kann nicht bei Norman bleiben. Dazu habe ich viel zu viel Angst. Außerdem fühle ich mich ohne Vorhang am Fenster wie ein nacktes Ei. Es wird ein Desaster, wenn ich hier übernachte.

»Es tut mir sehr leid. Ich kann nicht. Ich bin zum ersten Mal hier. Es ist alles so still, und draußen schleichen die Katzen herum. Die können uns sehen, wir sie aber nicht ... Es geht nicht. Jedenfalls heute ... Vielleicht später einmal, wenn ich dich ein paar Mal besucht habe ...«, stammle ich. Meine Haut brennt, und ich spüre, wie mir der Schweiß an den Beinen herabläuft.

Norman unterdrückt einen Seufzer. »Du bist ein Angsthase, das wissen wir schon«, sagt er halb spöttisch, halb scherzend. Aber seine Enttäuschung ist offensichtlich. Steifbeinig steht er auf. »Gut, ich fahre dich nach Hause«, sagt er. »Aber vorher will ich dich mit meiner Nachbarin bekanntmachen. Sie ist sehr nett.«

Ich nehme meinen Rucksack und warte. Norman klopft an der Tür gegenüber. Eine Frau mit blondem Haar und einem warmen Lächeln tritt auf den Flur. Sie ist ungefähr zehn Jahre älter als wir, und spricht ein sehr gutes Chinesisch. Sie ist ebenfalls Dozentin für Deutsch.

Norman stellt mich als seine Freundin vor. Ich höre an seiner Stimme, dass er stolz auf mich ist. Das beruhigt mich wieder ein bisschen. Ich gebe Barbara die Hand, und sie lächelt mich freundlich an. Ich weiß nicht, warum es Norman so wichtig ist, dass ich sie kennenlerne. Aber ich spüre, dass er sie schätzt und ihr vertraut. Vielleicht geht es darum, dass sie mich kennenlernt?

Kurz darauf sitze ich wieder auf dem Gepäckträger, und Norman rast durch das immer noch offene Tor. Als wir um die Ecke gebogen sind und keiner hinter uns herkommt, fällt mir ein Stein vom Herzen.

»Ich sage doch, es passiert nichts.« In Normans Stimme schwingt ein Hauch Vorwurf mit.

»Ja, aber ich muss es auch wissen«, sage ich kleinlaut und streichle zur Wiedergutmachung seinen Rücken.

Kurz bevor ich den beleuchteten Eingang meines Wohnblockes erreiche, steige ich ab. Wir umarmen uns flüchtig im Schatten einer großen Ulme, dann fährt Norman zurück.

Unglücklich gehe ich auf mein Wohnheim zu. Habe ich ihn enttäuscht? Das kann ich nur mit Ja beantworten. Er hat eine mutige Freundin erwartet, und die bin ich nicht gewesen. Er hat mir gezeigt, dass er keine Angst hat. Er hat den Tigersprung gewagt. Und ich bin ein Angsthase. Werde ich je mit ihm Schritt halten können? Hastig renne ich in mein Zimmer hinauf und verkrieche mich in mein Bett.

6.
Die Professoren

Am nächsten Tag besuche ich Professor Zhang Guoyu. Er ist mein »Mastervater«, der mich seit einem Jahr betreut. Er ist Anfang 50, groß und kräftig, ein typischer Nordchinese. Sein Benehmen ist mild und zurückhaltend, aber sein profundes Wissen schüchtert mich ein.

Er ist Konfuzianer, und jedes Semester spornt er mich an, noch mehr Bücher zu lesen und noch mehr zu lernen. Und damit nicht genug: Er verlangt regelmäßig, dass ich über die gelesenen Bücher berichte und mit ihm diskutiere. Oft merke ich dann, dass ich wieder einmal unaufmerksam gelesen und nicht verstanden habe, worum es eigentlich ging. Da er der Meinung ist, dass ein guter Journalist über ein umfangreiches Wissen verfügen und literarisch auf hohem Niveau stehen muss, sind die Bücher, die er mir als Pflichtlektüre empfehlt, meist Klassiker von Historikern und gebildeten Schriftstellern, die ihre Zeit sprachlich meisterhaft wiedergeben. Sein eigener Kurs ist die Grundlage meines Studiums, die anderen Kurse kann ich mir aussuchen, aber er muss meine Auswahl prüfen und absegnen.

Zhang wohnt im Viertel der Professoren in einer Vierzimmerwohnung. Es sind vornehme Häuser hinter der Bibliothek mit hohen Räumen und schweren, dunkelroten Türen. Seine Frau öffnet mir. Als Professor Zhang meine Stimme hört, kommt er aus seinem Arbeitszimmer in den Flur. Als Geschenk überreiche ich seiner Frau einen Korb voller Nanfeng-Mandarinen, und für den Professor hole ich eine Flasche *Site* aus meinem Rucksack. Die Geschenke werden freundlich entgegengenommen.

Kurz darauf sitze ich in Zhangs Bibliothek und rede mit ihm über meine Ziele im neuen Semester. Einzeln gehen wir die Kurse durch, die ich besuchen will. Da er die Lehrkräfte besser kennt als ich, macht er mir Vorschläge. Diesen oder jenen Kurs soll ich unbedingt besuchen, von anderen wiederum rät er mir ab, weil sie mir nichts bringen würden oder der Dozent sein Wissen nicht gut vermitteln kann. Dann spricht er von den Büchern, die ich im neuen Semester lesen soll, und legt die Schwerpunkte für mich fest. Nach zwei Stunden habe ich einen genehmigten Studienplan. Zum Schluss plaudern wir noch ein wenig. Professor Zhang fragt mich, was ich in den Ferien gelesen habe. Ich erzähle voller Stolz von ein paar chinesischen und westlichen Gegenwarts-Romanen, erzähle ihm sogar die Handlung des *Zauberbergs.* Der Professor hört ruhig zu, scheint aber nicht ganz zufrieden mit mir zu sein. »Du musst die Meisterwerke der alten Geschichte studieren«, sagt er sanft. »Bücher wie *Shiji* und *Zizhi Tongjian.* Die kann man ein Leben lang lesen. Nur wenn du die alte chinesische Geschichte wie eine mathematische Gleichung vor Augen hast, kannst du die Gegenwart verstehen. Dann kannst du tiefgründige Berichte schreiben, die deine Leser zu sehen lehren.«

»Das werde ich tun«, sage ich, blicke ihm fest in die Augen und senke dann voller Demut den Blick. Das *Shiji* ist zweitausend Jahre alt! Das *Zizhi Tongjian* ist auch nicht viel jünger und hat zehnmal mehr Wörter als der *Zauberberg!* Unsere vier Jahrtausende alte Kultur kann einen echt fertigmachen. »Ich habe schon bemerkt, wie gut mir das Lesen der alten Chroniken tut«, sage ich sehr bescheiden. »Je mehr ich lese, desto ruhiger werde ich.« Unter was für Ängsten ich leide, sage ich lieber nicht, aber die Menschenkenntnis meines Gegenübers reicht wahrscheinlich aus, um zu erraten, was mich bewegt.

»In Chaos und Unruhe die Ruhe bewahren zu können ist eine der Wirkungen guter Bildung«, bestätigt Zhang. »Ein alter Spruch sagt: In den Büchern stecken goldene Häuser. Präsident Mao hat nicht umsonst bis ins hohe Alter Bücher gelesen. Dass er China regieren konnte, hat auch damit zu tun, dass er viel von den alten Kaisern gelernt hatte. Für dich als künftige Journalistin ist es wichtig, dass du dich bei deinen Berichten auf die Details konzentrierst. Denn jedes große Ereignis und jede Entwicklung besteht aus vielen Details. Welche du auswählst, zeigt bereits, ob du den richtigen Blick hast. Wie du es machen sollst, kannst du von den alten Chronisten lernen. Wenn du so weit bist, dass du einen einzigen Tropfen beschreibst und die Leser darin den Sturm und die Wellen des Meers erkennen, dann wirst du eine gute Reporterin sein und überall auf der Welt Arbeit finden.«

Überall auf der Welt? Ist der Professor mir auf die Schliche gekommen? Wieder flüchte ich mich in eine Verbeugung. »Ja, ich werde versuchen, in den alten Büchern noch mehr zu entdecken, Professor Zhang«, sage ich.

Der Professor ist nicht nur ein strenger Gelehrter, sondern auch ein fürsorglicher Familienvater und Gastgeber. Als ich aufbrechen will, lässt er mich nicht gehen. Er bindet sich eine Schürze um und geht in die Küche. Ich darf ihm assistieren, Knoblauch schälen und Teller reichen. Dann esse ich mit seiner Familie zu Mittag. Ich lobe Zhangs Kochkunst und lasse es mir schmecken.

Am nächsten Tag fahre ich in die Altstadt und besuche meinen anderen großen Mentor: Professor Chen Wenqing, meine ehemalige große Liebe. Er ist an der Fakultät für chinesische Literatur. Er ist nicht verpflichtet, mich zu betreuen. Doch ich habe ihn zu meinem privaten Berater gemacht und besuche ihn regelmäßig. Auch er ist ein Konfuzianer, aber vom äußeren her fast das Gegenteil von Professor Zhang. Er ist beweglich und zierlich, eindeutig ein Südchinese, und er liebt die chinesischen Dichter und Literaten so leidenschaftlich, dass er noch jeden Kurs damit ansteckt. Er ist zwei Jahre älter als Professor Zhang, wirkt aber viel jünger.

Chen gehört zu den wenigen Professoren, die nicht auf dem Campus wohnen. In der Altstadt am Huangpu Fluss wohnt er mit seiner Frau und seiner Mutter in einer alten Zweizimmerwohnung. Die Küche befindet sich in einer Ecke am Treppenhaus, und eine Toilette mit Wasserspülung gibt's nicht. Die Exkremente werden in einem Eimer gesammelt und jeden Morgen zur Sickergrube hinuntertragen. Aber Chen liebt die Atmosphäre in der Stadt, sagt er. Und die Universität setzt ihn nicht auf die Warteliste, solange er keine Wohnung beantragt. Ich mag das bunte Treiben in seiner Gasse und fühle mich bei ihm und seiner Frau wie zu Hause.

Als ich ankomme, ist Su Li wie üblich in der Küche beschäftigt, und Chen bereitet sich im Schlaf- und Arbeitszimmer auf einen neuen Kurs vor. Seine alte Mutter schafft es schon lange nicht mehr, die Treppe hinunterzusteigen. Sie sitzt auf ihrem Bett und fächelt sich Luft zu. Ich wechsle ein paar Sätze mit ihr und überreiche ihr einen Korb Mandarinen. Jetzt habe ich alle meine Mandarinen verschenkt. Für den Professor habe ich eine kleine Kanne aus dunkelroter Keramik. Er trinkt gern Tee und liebt schöne Kannen.

Professor Chen hat es im Leben nicht einfach gehabt. Wegen seiner spöttischen Art und seiner Kritik an der Universitätsverwaltung wurde er denunziert und zum Rechtsabweichler erklärt. Fünfzehn Jahre lang verschwand er in einem Arbeitslager, während sich der Mann, der ihn denunziert hatte, seinen Posten, sein Arbeitszimmer und seine Frau schnappte. Erst 1979 wurde er rehabilitiert und hat wieder geheiratet. Heute ist er bei seinen Studenten sehr angesehen, steht aber immer noch unter Beobachtung, heißt es. Sein Widersacher ist immer noch da, gehört aber jetzt der Verwaltung an und verzichtet aufs Unterrichten. Chen scheint das nicht weiter zu kümmern. Er ist ganz unbefangen und diskutiert mit seinen Studenten alles, wonach sie fragen.

Sobald ich ihm gegenübersitze, reden wir über die heißen Ferienwochen, die Tagespolitik und die neuesten Bücher, die ich gelesen habe, dann erst über meinen Semesterplan. Ich frage, welchen seiner Kurse ich nehmen soll. »Ach, sie sind alle sehr spannend«, sagt er. »Aber ich weiß ja, du hast wenig Zeit. Komm in den Kurs über Großstadtromane. Da werde ich vielleicht sogar ein paar Autoren einladen.«

Autoren einladen! Das ist ganz unerhört. Bücher von lebenden Autoren kommen an der Uni in der Regel nicht vor, und wenn, dann sind sie ihrem Publikum völlig entrückt. Einen Autor im Seminar kennenzulernen und ihm vielleicht sogar Fragen stellen zu dürfen, das wäre fantastisch.

Für den Abend hat die Frau des Professors eine leckere Suppe aus Schweinebein und frischen Bambussprossen gekocht. Ich mag Su Li und lobe sie reichlich. Sie ist fast zehn Jahre jünger als Chen und bewundert ihn sehr.

Nach dem Essen ist es noch hell. Professor Chen will ein paar Schritte tun und geht mit mir spazieren. Unterwegs halte ich es mit meinem Geheimnis nicht länger aus und erzähle dem Professor von Norman. Es sprudelt einfach alles aus mir heraus: Die Begegnung in der Bibliothek, die gemeinsame Ferienreise. Ich kann das alles gar nicht schnell genug loswerden. Warum weiß ich auch nicht. Mir zittern die Knie und ich kann mich kaum auf den Beinen halten. Am Ende muss ich fast weinen. Als ich fertig bin, starre ich Chen ins Gesicht, als erwarte ich mein Todesurteil.

Der Professor lächelt mich vielsagend an. »Du hast dich nie besonders für Jungs interessiert. Jetzt verguckst du dich in einen Deutschen. Denkst du nicht, dass ich eifersüchtig sein könnte?«

Ich lache erlöst. Professor Chens Zauber liegt darin, dass er sein Herz offenbart und mich mit einem Witz von aller Schuld freispricht. Er ist der einzige, dem ich vertrauen kann, bei dem ich mich nicht verstellen muss.

»Du bist doch nicht frei«, sage ich. »Außerdem hast du genug Studentinnen, die in dich verliebt sind und gar nicht genug von dir kriegen können. Du wirst bestimmt keine Zeit haben, wegen mir eifersüchtig zu sein.«

»Das ist viel zu logisch. Aber der Eifersucht ist die Logik völlig egal«, sagt er wie ein Mann, der von Liebe träumt. Dann seufzt er. »Nun ja, junge Mädchen wollen eben heiraten, wenn sie erwachsen sind. Das liegt wohl in der Natur der Dinge. Was hat der Deutsche denn mit dir vor?«

»Ich weiß nicht. Momentan will er mit mir zusammen studieren. Er hat mir sogar einen Schreibtisch angeboten, in seiner Wohnung.«

»Eine Wohnung? Ist er denn schon fertig mit seinem Studium?«

»In Deutschland studiert man langsamer. Am Ende wird er wahrscheinlich viel später fertig als ich. Aber er hat einen Lehrauftrag und kriegt etwas Geld.«

»Oho! Aber einen Heiratsantrag hat er dir noch nicht gemacht?«

»Professor Chen, du bist wieder mal altmodisch. Ich kenne ihn doch erst seit drei Monaten. Ziehen wir den Ferienmonat ab, in dem wir uns gar nicht gesehen haben, sind es bloß acht Wochen. Ich habe keine Ahnung, ob ich ihn heiraten will. Und ich glaube, ihm geht es genauso.«

Chen lässt nicht locker. »Ist er zuverlässig? Will er dich heiraten? Was sagt dein Bauchgefühl?«

»Zuverlässig ist er schon. Und er scheint von mir begeistert zu sein. Aber er hat gesagt, in Deutschland sei es viel freier als hier. Die jungen Leute heiraten nicht mehr so schnell wie früher. Sie leben einfach so zusammen.«

»Hm, das klingt nicht nach Heirat. Da musst du gut aufpassen. Du lebst nun mal hier. Die Freiheit in Deutschland bringt dir nichts.«

Ich weiß, was er meint: Ich soll nicht schwanger werden. »Ja, ich passe auf«, sage ich.

»Sei nicht zu stürmisch«, sagt Chen, der keine guten Erfahrungen mit den Behörden hat. »Wenn es brennt, kann ein Ausländer einfach den Koffer packen und sich davonmachen. Du aber kommst nicht vom Fleck und verbrennst dich.«

»Ja, ich weiß«, sage ich kleinlaut.

Wir sind ins Zentrum der alten Stadt gelangt und stehen am taoistischen Tempel des Chenghuang Miao. Vor dem Tempel des Stadtgottes wimmelt es wie immer von Menschen.

»Die Einwohner sagen, der Stadtgott konnte früher weissagen, hat aber jahrzehntelang schweigen müssen. Jetzt ist er gerade erst wieder aufgestellt worden. Wie du siehst, hat er schon wieder großen Zulauf. Ob seine Weissagungen stimmen, weiß ich allerdings nicht«, sagt Professor Chen.

Ich schaue zu dem hohen Tempel mit seinen vielen geschwungenen Dächern, der in dichte Weihrauchwolken gehüllt ist. Soll ich da reingehen, und mir meine Zukunft weissagen lassen? Ist es das, was mir Professor Chen rät? Ich bin ein bisschen enttäuscht. »Mir fehlt es momentan an nichts. Aber *du* möchtest anscheinend zu ihm«, sage ich.

Der Professor lacht. Dabei erscheinen zwei hübsche Grübchen auf seinen Wangen. Er weiß genau, dass er unwiderstehlich ist. »Sei nicht so frech«, sagt er. »Sonst kriegst du einen noch frecheren Mann. Dann bist du verloren.« Er nimmt mich bei der Hand und führt mich aus der Menschenmenge heraus. Erst als wir nicht mehr länger herumgestoßen und angerempelt werden, lässt er mich los.

Wir stehen im Yu-Garten. Auf einer Brücke in Zickzack-Form kann man über den kleinen See wandern und die Spiegelung der Laternen im Wasser betrachten. Jede Menge Liebespaare stehen auf der Brücke und halten sich an den Händen. Wir bleiben auch stehen. Es ist dunkel geworden. Ein Stückchen Himmel wiegt sich auf der Wasseroberfläche.

»Ich habe mich schon gefragt, warum du dich nie in einen jungen Kommilitonen verliebt hast«, sagt Chen. »Dein Deutscher scheint etwas zu haben, was du bei den Chinesen nicht findest.«

»Ich weiß nicht«, sage ich. »Ich glaube, das richtige Wort ist: außergewöhnlich. Kannst du dir das vorstellen?«, frage ich. Chen wartet, dass ich ihm das erkläre.

»Ich bin eigentlich ein ganz gewöhnliches Mädchen«, sage ich. »Nicht schick und nicht schön, nicht sehr groß. Er ist sportlich und stark, er kann besser Chinesisch als ich, er kann sich genauso gut eine andere aussuchen. Aber er scheint einzig und allein von der kleinen Tanya verzaubert zu sein. Ich weiß nicht, wie mir das geschehen konnte ...«

»Du redest wie eine Verliebte«, brummt der Professor.

Wir wandern durch die engen Gassen hinunter zum Bund. Inzwischen ist es ganz dunkel. Wir schauen auf den Huangpu hinaus, in dem sich die Lichter der neuen Hochhäuser spiegeln, und lassen die kühle Brise, die vom Fluss zu uns herüberweht, über unsere Gesichter spielen.

»Weißt du, einmal hatte ich so einen komischen Traum, als ich in den Wuyi-Bergen war. Da war Norman der Affenkönig Sun Wukong. Er hatte einen Auftrag in China. Er sollte mich suchen und zu seiner Frau machen.«

»Oje, mein Mädchen. Du bist dem Liebesfieber verfallen. Aber dein Traum kann nicht stimmen. Überleg mal: Der Affenkönig begehrt nie eine Frau. Er will immer nur kämpfen und alle zum Narren halten. Und er zeugt keine Kinder. Wenn er kleine Affen braucht, zupft er sich ein Haar aus, bläst einmal drauf, und schon hat er eine ganze Affenarmee. Hast du das vergessen?«

Stumm blicke ich auf den Fluss. Ist also alles ein großer Irrtum? »Du glaubst, er will mich eigentlich gar nicht?«, frage ich mit enttäuschter Stimme.

Professor Chen blickt mich von der Seite an. Dann sagt er langsam: »Nein, Tanya. Ich glaube, ich weiß, was seine Aufgabe ist: Er soll deine Reise begleiten, die dich in den Westen führt.«

Es ist, als wäre ein Blitz in mich gefahren. Plötzlich fällt mir die Stimme ein, die gesagt hat: *Das ist mein Ehemann.* Aber was soll ich im Westen?

Professor Chen zupft mich am Ärmel. Ich komme zu mir und atme schwer. »Nein, das glaube ich nicht. Du fantasierst, Professor Chen.«

»Ich fantasiere nicht«, sagt Professor Chen. »Ich bin eifersüchtig.«

Ich lache erleichtert. Der Themenwechsel ist mir ganz recht. »Dann musst du halt einen Kurs über Eifersucht halten!«, sage ich. »Die kleinen Studentinnen werden begeistert sein!«

Professor Chen schüttelt traurig den Kopf. »Eifersucht ist eine private Sache, eine dornige Unterwäsche. Deshalb haben die Dichter nicht viel über sie geschrieben. Ich gebe dir lieber Privatunterricht, wenn du darauf bestehst.«

Kurz vor zehn bringt er mich zur Bushaltestelle und verabschiedet sich.

7.
Zu dritt im Käfig

Norman hat seine erste Woche an der Universität gut überstanden. Die Professoren und Dozenten, die seine ersten Unterrichtstunden überwacht haben, scheinen zufrieden zu sein. »So«, sagt er, »jetzt gehen wir Kuchen essen.«

Mit dem Bus fahren wir in die Innenstadt und bummeln über den Bund. Zuerst führt Norman mich ins Peace Hotel, um die Wechselkurse zu prüfen.

Das Peace ist ein sehr großes, mondänes Haus, das ich bislang nur von außen gesehen habe. Ein jüdischer Bankier aus England hat es in den Zwanzigerjahren gebaut, als Shanghai noch ein Sündenbabel war, voller ausländischer Abenteurer mitsamt deren Geliebten. Schüchtern wandere ich durch die kühlen Säle, bestaune den Marmorboden, die glitzernden Kronleuchter, die Glaskuppeln, die prächtigen Blumenarrangements und die nackten Statuen in den Wandnischen.

Norman benimmt sich, als wäre er in diesem Palast ein Stammgast. Zielstrebig geht er in einen Laden im Erdgeschoss, ohne mir zu sagen, was er vorhat. Ich kehre zurück ins Foyer und betrachte die ein- und ausgehenden Gäste. Erstaunlicherweise fühle ich mich hier ganz wohl. Niemand beachtet mich, niemand fragt, was ich hier zu suchen hätte. Ich bin ein Gast wie alle anderen.

Als Norman zurückkehrt, überqueren wir die Straße und betreten das Café im Schwestergebäude auf der gegenüberliegenden Seite. Hier ist es nicht wirklich gemütlich. Der Saal ist groß und weitgehend leer, nur ein paar Ausländer in schwarzen Anzügen sitzen am

Fenster. Ich komme mir ein wenig schäbig vor in meinem bunten Kleid und meinen billigen Sandalen. Auch Norman in seinem karierten Hemd und seinen Bermuda-Shorts sieht aus, als ob er nicht hierhergehöre. Aber das scheint ihn nicht weiter zu stören. Er wählt einen Tisch in der Mitte des Raumes, lässt mich auf einem Stuhl mit Blick auf die Straße Platz nehmen und setzt sich mir gegenüber.

Ich muss gestehen, dass ich bislang noch nie in einem Café war, um Kuchen zu essen. Ich kannte auch keinen Chinesen, der ins Café geht, um Kuchen zu essen. Wir kaufen gelegentlich süßes Gebäck und essen es dann zu Hause, oder bestellen im Restaurant etwas Süßes zum Nachtisch. Aber in ein Café gehen, um Kuchen zu essen? Undenkbar. Allein deshalb, weil wir keinen Kaffee trinken. Da ich keine Ahnung habe, was ich tun soll, bestelle ich einfach dasselbe, was Norman bestellt: schwarzen Tee und ein Stück Butterkuchen mit Mandeln.

Norman erklärt mir, dass in diesem Café die englische Tradition gepflegt werde. »Die Engländer trinken am Nachmittag gern Tee und essen dazu Kuchen«, sagt er. »In Deutschland trinken die Leute Kaffee zum Kuchen.« Ich nicke.

»Was isst du denn am liebsten zwischen den Mahlzeiten?«, fragt er, und plötzlich spüre ich, wie ich blutrot werde.

Völlig unpassender Weise muss ich an Professor Chen und seine Eifersucht denken. »Schnecken«, sage ich. »Scharfe Schnecken.« Dann kommt mir kein Wort mehr über die Lippen. Das Schneckenschälchen mit Professor Chen in der Altstadt gehört zu meinen tiefsten Geheimnissen. Niemand darf davon wissen.

»Schnecken?«, Norman schüttelt angewidert den Kopf. »Das sind doch bloß gewürzte Kaugummis.«

Ich nicke gehorsam und bin innerlich froh, dass ich ihm keine Details über die Schnecken erzählt habe.

Der Tee wird von einem Kellner in feiner Uniform serviert. Geschnittene Zitronenstücke, Milch und Zucker werden in die Mitte des Tisches gestellt. Dann schenkt uns der Kellner ein.

Wie die meisten Chinesen trinke ich den Tee rein und durchsichtig. Was aber jetzt vor mir steht, sieht aus wie Sojasoße in einer Teetasse. Ich kann es nicht fassen: Im feinsten Café von Shanghai wird einem eine so barbarische Brühe serviert?

»Milch oder Zitrone?«, fragt Norman.

»Lass nur, ich mach schon«, sage ich, noch immer unter Schock. Eilig kippe ich das Milchkännchen in meinen Tee, löffle ordentlich Zucker hinein und presse die Zitrone darüber aus. Die Farbe ist jetzt hellbraun, aber der Tee sieht noch trüber und unappetitlicher aus als zuvor.

Norman schüttelt den Kopf. »Jetzt hast du alles verdorben. Die Milch wird doch sauer, wenn man auch Zitrone hineintut.«

»Aha«, sage ich. »Macht nichts.« Ich habe keine Ahnung, was man mit Milch macht. In den Läden gibt's so was nicht. Es würde auch niemand kaufen.

Um nach der Milch nicht auch noch Norman sauer werden zu lassen, hebe ich meine Tasse und nehme einen herzhaften Schluck. »Sehr gut«, sage ich tapfer.

Norman fängt an zu lachen. Ein Glück! Wenn er mich schon in ein so teures Café einlädt, soll er wenigsten seinen Spaß haben. Frech greife ich nach seiner Tasse und nehme einen Schluck von seinem Tee mit Zitrone. Prompt verbrühe ich mir den Mund. Ich habe nicht bedacht, dass ein paar Tropfen Zitrone den Tee nicht wesentlich gekühlt haben, und muss mit schiefem Maul pusten, um meine Schleimhaut zu retten. Normans Lachen entschädigt mich für mein Leiden. Aus seinen Bernsteinaugen scheint Honig zu fließen. Vielleicht sollte ich Komikerin werden?

Dann kommt der Butterkuchen mit Mandeln. Was für eine Überraschung! Er ist lecker und zart und zergeht auf der Zunge wie eine süße, duftende Wolke. So etwas habe ich noch nie gegessen. Nun bin ich fast glücklich. Mit dem süßen Mandelgeschmack noch im Mund gehen wir wieder hinaus auf die Straße und wandern zur Nanjing East Road.

Ich bleibe vor dem berühmten Juweliergeschäft Hengdeli stehen und betrachte die feinen Uhren in der Auslage. Wieder muss ich an Professor Chen denken. Er ist so stolz auf diesen Laden, der schon über hundert Jahre existiert. In der alten Zeit, als Shanghai in den Händen der Ausländer war, als Engländer, Franzosen, Amerikaner und Japaner die Häfen und allen Handel beherrschten, hat sich hier ein kleiner Chinese aus Ningbo festgesetzt und mit Fleiß und Demut eine Oase des Luxus geschaffen, die sich nicht nur gegen die Handelsherren aus Paris und London behaupten konnte, sondern auch den Zweiten Weltkrieg, den Bürgerkrieg und die Kulturrevolution überstand und irgendwann sicher ein Weltkonzern sein wird. Plötzlich sehe ich aus den Augenwinkeln, wie ein junger Chinese mit blauen Hosen und weißem Hemd dicht an Norman herantritt. Was er zu ihm sagt, kann ich nicht verstehen. Die Sache ist mir unheimlich. Ist der Mann einer seiner Studenten? Oder ein Polizist? Ich starre auf die teuren Uhren und überlege, ob ich Norman von dem Fremden weglocken soll. Als ich mich umdrehe, sind beide verschwunden.

Ich gerate in Panik und drehe mich suchend im Kreis. Die vorbeiströmenden Menschen bilden eine fließende Mauer um mich, so dass ich nichts sehen kann. Ich wage nicht weiterzugehen. Wenn Norman mich sucht, wird er zu diesem Schaufenster zurückkehren. Nach drei, vier Minuten, die mir wie eine Ewigkeit vorkommen, sehe ich ihn aus einem Hauseingang kommen. Allein.

Ich gehe auf ihn zu. »Was ist los? Warum warst du plötzlich weg?«, frage ich mit erstickter Stimme.

»Später«, sagt er leise und führt mich schnell fort. Erst als wir uns ein gutes Stück vom Uhrenladen entfernt haben, sagt er zu mir: »Ich habe Geld gewechselt. Zu einem guten Kurs.«

»Wie? Ich dachte, das hast du vorhin im Hotel gemacht oder wärst in eine Bank gegangen«, sage ich. »Du brauchst doch eine Quittung.« Mir flattert mein Herz wie ein aufgeschreckter Vogel im Wind.

»Sprich leiser«, sagt Norman. »Der Wechselkurs auf der Straße ist höher.«

»Aber das ist doch verboten!«, sage ich besorgt.

Norman schweigt.

»Und wo habt ihr euch dabei versteckt?«, frage ich. »Bist du sicher, dass euch niemand gesehen hat?«

»Neben einer Garküche im Hinterhof halt. Hätte die Polizei mich erwischt, wäre ich jetzt nicht bei dir«, sagt er grinsend.

Ich blicke mich vorsichtig um, während wir zügig weiterlaufen. Jeder Passant kann ein Spitzel sein. »Wenn du schon gegen die Gesetze verstoßen musst, dann nicht mitten in der Stadt auf der Nanjing Road. Ich möchte nicht, dass du eingesperrt wirst. Du wirst noch gebraucht.«

»Okay«, sagt er und lächelt geschmeichelt. »Vom nächsten Monat an krieg ich sowieso nur noch Yuan. Dann ist Schluss mit der Umtauscherei.« Ich drücke seine Hand ganz fest, um ihm zu zeigen, wie glücklich ich darüber bin.

Wir erreichen unser Ziel: die Xinhua Buchhandlung. Ich gehe zur Literaturabteilung, hocke mich wie die anderen zwischen die Bücherregale und beginne zu lesen. Norman wandert im Haus herum. Als er wieder erscheint, trägt er zwei säuberlich zusammengeschnürte

Pakete mit Büchern. Eilig stehe ich auf und lege das Buch weg, in dem ich gelesen habe.

»Hier für dich«, sagt er und drückt mir das größere Paket in die Hand.

Ich werfe einen Blick auf die Buchrücken. Goethe, Hermann Hesse, Thomas Mann, Heinrich Heine, William Golding, Günter Grass … Alles neu übersetzt und frisch gedruckt.

Ich fühle mich sehr geliebt und schaue ihn mit leuchtenden Augen an. Wenn er für imaginäre Küsse empfänglich ist, muss er sie gespürt haben. Auf dem Rückweg sind wir beide vergnügt und lachen viel miteinander.

Am Sonntag nehme ich meinen Arbeitsplatz in Normans Wohnung ein. Allerdings arbeite ich nicht, sondern lese bloß zu meinem Vergnügen. Plötzlich fragt Norman, ob ich nicht ein Buch mit ihm übersetzen wolle.

»Aber ich kann doch gar kein Deutsch«, sage ich.

»Nee«, sagt er, »aber Chinesisch. Du kannst ja mal durchlesen, was ich geschrieben habe.« Er zieht einen Schreibblock aus seiner Schublade und schiebt ihn mir zu. Ich nehme den Block und beginne zu lesen. Norman hat bereits zwei Seiten vollgeschrieben. Seine Handschrift wirkt ein wenig steif und erinnert an die eines Grundschülers, aber sie ist beeindruckend kräftig und gut lesbar. Zu meiner Überraschung sehe ich gar keine Korrekturen oder Änderungen. Offenbar handelt es sich schon um eine Reinschrift. Der Text ist ein Theaterstück. *Frühlings Erwachen*. Die Geschichte ist mir ziemlich fremd. Gleich die erste Szene wirkt auf mich komisch. Da will ein Mädchen das Kleid nicht anziehen, das ihr die Mutter genäht hat. Es ist ihr zu lang.

»Dass ein vierzehnjähriges Mädchen ihr Kleid als *Strafkleid* bezeichnet, weil es ihr nicht kurz genug erscheint, ist für chinesische

Leser recht ungewöhnlich«, sage ich. »Und was, bitte, soll eine *Nachtschlumpe* sein? Du hast das bestimmt sehr genau übersetzt, aber da müssen wir noch etwas anderes finden.«

Norman lacht. »Du machst also mit?«

»Äh, ja«, sage ich. »Du hast mich doch erst letzte Woche mit Butterkuchen gefüttert.« Das soll natürlich ein Witz sein. Ich kann ihm ja schlecht sagen, dass ich immer schon dichten wollte. Große Romane oder Theaterstücke zu schreiben, ist mein heimlicher Traum. Nicht einmal Professor Chen hab ich davon erzählt. Ich hätte viel zu viel Angst gehabt, dass er mich auslacht.

»Komm, wir setzen uns nebeneinander«, sagt Norman. Wir wechseln zum Teetisch und setzen uns auf die Couch. Es ist schön, so nebeneinander zu sitzen und miteinander zu arbeiten. Atemlos starren wir auf den Schreibblock, und wissen: Gleich wird ein Wunder geschehen.

Jeden Satz gehen wir Wort für Wort durch. Ich stelle Fragen, rümpfe die Nase und schaue ungläubig drein, er redet und gestikuliert und erklärt mir, was er gemeint hat. Bald liegt auch das Original auf dem Tisch: ein bräunliches Buch mit einem kahlen Baum auf dem Cover, ein paar Blumen und einem Schwalbenpärchen. Es ist bestimmt hundert Jahre alt. Wir reden und reden, und ab und zu gibt Norman mir einen Kuss, wenn wir ein gutes Wort gefunden haben. So geht es zwei Stunden lang, dann sind wir völlig erschöpft. Dabei haben wir von der ersten handgeschriebenen Seite gerade ein Drittel geschafft. Es ist mühsam, jedes Wort dreimal umzudrehen und jeden Satz zehnmal zu formulieren. Doch was herausgekommen ist, macht uns glücklich. Norman liest den neuen Text noch einmal vor, und ich klatsche vergnügt in die Hände.

Am nächsten Wochenende gehen wir nach der Übersetzungsarbeit spazieren und entdecken zufällig einen Haustiermarkt. Norman verliebt sich in einen hübschen Wellensittich und kauft ihn sofort. Das erstaunt mich. »Willst du jetzt wie ein Rentner jeden Morgen mit dem Käfig im Park spazieren gehen?«

»Nein. Wozu braucht er einen Park? Er hat doch uns«, lacht Norman.

»Wenn er dauernd singt, wie willst du dabei studieren?«

»Wenn er singt, ist alles in bester Ordnung. Vielleicht verstehe ich irgendwann auch seine Sprache, dann muss er sich bei uns nicht einsam fühlen«, sagt er und schaut den Vogel zärtlich an. »Ihr würdet sagen, er ist hübsch wie ein Pfirsich. Aber er denkt wahrscheinlich die ganze Zeit, wie er dem Käfig entfliehen kann. Wir nennen ihn Taozi.«

»Ein genialer Name«, gebe ich zu. Doch innerlich frage ich mich, ob Norman sich vielleicht einsam fühlt und sich mehr Zärtlichkeit wünscht. Denn seit wir wieder in Shanghai sind, haben wir nur noch selten Körperkontakt. Das ist bestimmt meine Schuld. Ich fühle mich in seiner Wohnung ohne Vorhang immer von unsichtbaren Augen beobachtet und bin einfach nicht in der Lage, mit Norman zu schmusen. Da er mich zu nichts drängt, wird unsere Liebe immer abstrakter. Nur wenn er mich im Dunkeln aus dem Ausländerviertel hinausfährt, streichle ich ihm manchmal über den Rücken oder presse meinen Körper an seinen.

Ich würde ihm sehr gern mehr Zärtlichkeit schenken, habe aber viel zu große Angst, von ihm schwanger zu werden, als dass ich mich entspannen könnte, wenn wir zusammen sind. »Tu das nicht«, sagt mein Kopf, wenn meine Hände ihn berühren und meine Beine sich öffnen wollen. »Warte damit, oder willst du die Uni verlassen müssen, ehe du dein Examen hast?«

Ich bin wie gespalten. Die eine Hälfte sehnt sich nach ihm, die andere ist gefesselt und geknebelt. Nachts finde ich keinen Schlaf. Ich zapple im Bett herum, schlinge die Beine ums Laken und schicke stumme Hilferufe zur Mondgöttin. Doch sie scheint nichts zu hören. Und während ich mit mir ringe, frage ich mich, was bei alledem wohl in Norman vorgeht. Wird er mich irgendwann fortschicken, wenn ich ihm nicht mehr gebe, als er jetzt von mir kriegt?

Da Norman in China nicht frei wohnen darf, ist er in einem gewissen Sinn auch eingesperrt. Sein Verhalten wird beobachtet und wahrscheinlich mit Zeit- und Ortsangaben notiert. Wenn ich zu ihm komme, ist mir bewusst, dass ich in einen Käfig steige. Weiß er das? Ich kann nichts für ihn tun. Ich bin viel zu sehr damit beschäftigt, selbst keine Fehler zu machen. Ich weiß keine Antwort, außer mich an das zu halten, was man mir vorschreibt.

Letzte Nacht war ich im Traum wieder in der Bibliothek. Plötzlich sah ich ein kleines Haus in der Luft schweben und schob es in das schöne Tal im Wuyi-Gebirge. Dort war es umgeben von Bäumen, Blumen und Schmetterlingen. Kein Kontrolleur würde sich zu ihm verirren. Bei offener Tür lagen Norman und ich im Bett. Seine Hand umfasste meine Brust und in diesem Augenblick wachte ich auf.

Zu Hause stellt Norman den Vogelkäfig oben auf sein Regal. Sofort ändert sich die Atmosphäre im Zimmer. Taozi hüpft im Käfig herum und lenkt die Aufmerksamkeit auf sich. Wenn er zwitschert, füllt sich das Zimmer mit Freude, und wir fühlen uns nicht mehr allein. Wer hätte das gedacht? Zu dritt eingesperrt sind wir freier. Irgendwann lässt Norman den Vogel noch aus dem Käfig, er schwirrt im Zimmer herum, setzt sich mal hier hin mal dort hin, legt den Kopf schräg und betrachtet uns, als wollte er uns etwas fragen. »Du musst ihm Futter in seinen Käfig hängen!«, sage ich. »Er hat bestimmt Hunger.«

Seit wir Taozi haben, gehen wir kaum noch spazieren, sondern arbeiten mehr an der Übersetzung als zuvor. Es ist aber nicht mehr so lustig. Wir kämpfen verbissen um jedes Wort wie zwei Löwen um einen Knochen. Ich merke, dass ich immer mehr rede. Und Gründe für Küsse finden wir kaum noch. Wenn wir müde sind, spielen wir mit dem Vogel oder Norman kocht frischen Tee.

Am Wochenende kommt Raffael mit seiner amerikanischen Freundin. Sie bestaunen die Wohnung. So eine hätte er auch gern, sagt er. »Du brauchst bloß Sprachexperte zu werden«, antwortet Norman, und Raffael nickt. Taozi flattert im Käfig herum, und wir trinken Tee.

Dann bekommen wir Hunger und gehen in ein Restaurant. Raffaels steifes Chinesisch gefällt mir. Nach dem Essen machen wir einen langen Spaziergang. Als sich Raffael und seine Freundin verabschieden, ist ein halber Tag um. Als wir wieder in der Wohnung sind, müssen wir uns konzentrieren, um die verlorene Zeit einzuholen.

Ein andermal gehen wir ins deutsche Konsulat zu einem Filmabend. Norman wird freudig begrüßt. Er stellt mich vor und ich gebe mehreren Männern in Anzügen die Hand. Ich komme mir sehr klein und fremd neben den vielen Deutschen vor. Nach der Begrüßung sage ich nichts mehr.

Zum Filmabend kommen in der Regel zwanzig bis dreißig Zuschauer. Die Filme haben englische Untertitel, damit auch die wenigen Chinesen im Publikum etwas verstehen. Das Programm hat Niveau: *Der blaue Engel, Die Blechtrommel.* Norman erklärt mir hinterher einiges. Aber die Filme bleiben mir fremd. Die Liebe sieht in den deutschen Filmen anders aus als in den amerikanischen. »Wenn ich Deutsch könnte, hätte ich wahrscheinlich mehr verstanden«, sage ich.

Mit dem Theaterstück, das wir übersetzen, kommen wir nur langsam voran. Für mich selbst habe ich fast keine Zeit mehr. Ich vernachlässige meine Zimmergenossinnen und Kommilitonen. Professor Chen sehe ich nur noch in seinen Vorlesungen. Früher habe ich nach seinem Unterricht manchmal mit ihm in der Mensa gegessen, aber das ist nun seit Wochen nicht mehr vorgekommen. Eines Tages winkt mich Professor Chen nach seiner Vorlesung zu sich. »Nun?«, fragt er, »wie weit ist der Affenkönig gekommen? Macht er Fortschritte?«

Ich schüttle den Kopf und senke den Blick. »Nein. Ich helfe nur bei einer Übersetzung. Sobald wir damit fertig sind, habe ich wieder Zeit.«

»Das wird auch Zeit. Ich muss mit dir über Eifersucht reden.«

»Ich weiß«, sage ich.

Ich begleite ihn in sein Büro und wir trinken eine Tasse Tee. Aber das hilft weder ihm noch mir weiter. Ich kann ihm nicht sagen, was los ist. Ich weiß es ja selbst nicht.

Ich arbeite wie ein Automat. Mein Studium macht keine Probleme. Aber die Übersetzung belastet mich immer heftiger. Ständig ist davon die Rede, dass Jungen und Mädchen zusammen schlafen wollen, es aber nicht dürfen. Und wir müssen so tun, als ob uns das alles nichts anginge. Dann kommt das Wort *Droschkengaul*. Erst machen wir nach langen Diskussionen daraus einen *Pflugochsen*, weil das für Chinesen verständlicher ist, aber dann verwandeln wir das Tier doch wieder in ein *Pferd, das häufig geschlagen wird*. Ich hätte nicht gedacht, dass ein Satz manchmal mehrere Stunden kosten kann. Das Projekt zieht sich in die Länge.

Da ich nun regelmäßig zu Norman gehe, hat er natürlich fast täglich den Fahrdienst zu leisten, damit ich mit den Wachmännern nicht in Berührung komme. Ich fahre nach meinem Kurs direkt mit dem Bus zu ihm, und er holt mich am *Jiaozi*-Imbiss ab. Ich setzte mich auf den Gepäckträger, und er fährt mich ins Ausländerviertel.

Immer wieder lädt er mich ein, bei ihm zu übernachten, aber ich lehne stets ab. Also fährt er mich hinaus. Sobald ich das Ausländerviertel hinter mir habe, atme ich auf und kann wieder normal sein. Wir lachen sogar. Wir verabreden, wann wir uns wieder treffen, dann gehen wir auseinander.

Da Norman seinen Unterricht halten und bei der Übersetzung »vorarbeiten« muss, gerät er immer stärker unter Zeitdruck. Er will, dass ich »selbständiger« werde und das Ausländerviertel abends ohne seine Begleitung verlasse.

Ich habe kein gutes Gefühl, aber ich traue mich nicht, ihm zu widersprechen. Ich gehe im Dunkeln auf das offene, beleuchtete Tor zu. Mir ist, als krabbele eine Ratte in meinen Eingeweiden herum. Ich lasse mir aber nichts anmerken und gehe starren Blicks durchs Tor. Nichts passiert.

»Siehst du«, sagt Norman beim nächsten Mal, »das machst du jetzt immer so. Du brauchst nicht so viel Angst zu haben.«

»Vielleicht war es Zufall«, sage ich unsicher. Ich versuche, genauso mutig zu sein wie Norman, aber das ist nur die eine Hälfte von mir. Die andere hat Angst und weiß genau, dass sie es sich nicht leisten kann, so unverschämt zu sein wie ein ausländischer Experte. Ja, ich habe nicht übernachtet im Ausländerviertel. Also habe ich auch nicht direkt gegen die Regeln verstoßen. Aber ich habe mich nicht kontrollieren lassen. Das ist eine Herausforderung. Für Norman bin ich ein Angsthase, für die Wächter eine verdächtige Person, die sich nicht an die Vorschriften hält. Eine ausweglose Situation. Am liebsten wäre ich unsichtbar.

Aber das bin ich natürlich nicht. Ich werde von beiden Seiten beobachtet und zapple wie ein Käfer, der auf dem Rücken liegt. Norman lässt mich jetzt immer allein gehen. Wenn ich komme, holt er mich ab. Aber wenn ich gehe, bleibt er am Schreibtisch und arbeitet weiter. Ich schaffe es immer wieder, das überwachte Tor zu passieren. Aber die Angst in meiner Brust wächst. Die Partei ist bis in den letzten Winkel gut organisiert und wird ausgerechnet die Tongji-Universität nicht aus dem Blick verloren haben.

Wahrscheinlich stellen die Kontrolleure mir eine Falle. Eines Tages werden sie mich vernichten. Nein, sage ich zu mir selbst, hab doch Vertrauen. Niemand hat Böses mit dir vor. Norman nicht und auch nicht die Partei. Sie wollen dein Bestes, sage ich zu mir, damit die Ratte in meinen Eingeweiden nicht weiter nagt. Schließlich bitte ich Norman, mich wieder mit dem Fahrrad hinauszufahren. Er seufzt ein bisschen, aber er tut es.

Dann ist das Semester um. Die Abschlussklausuren habe ich bestanden, und die Übersetzung von *Frühlings Erwachen* ist sehr weit gediehen. Sie hat mich aber nicht glücklich gemacht. Die Geschichte ist einfach so traurig. Da liegt ein vierzehnjähriges Mädchen im Bett, der Arzt hat ihr ein Abtreibungsmittel gegeben, und ich ahne schon, dass die Sache kein gutes Ende nehmen wird.

Ich habe mich noch nie so erschöpft gefühlt wie nach diesem Semester. Und auch nicht so eingesperrt. Meine Periode wird von Mal zu Mal schmerzhafter. Die Vorstellung, Sex zu haben, erscheint mir inzwischen wie eine Bedrohung. Norman will in den kurzen Winterferien nicht wegfahren, sondern die Übersetzung zu Ende bringen. Es ist mir ganz recht. Ich verabschiede mich und fahre zu meiner Familie. Das Frühlingsfest steht vor der Tür.

8.
Es wird Zeit, dass sie heiratet

Mein Vater kocht acht Gerichte für uns. Aber meine Mutter fragt mich: »Wieso gehst du so komisch, krumm und angespannt?« Ich schaue sie verwirrt an. »Ich gehe komisch?« Da macht meine kleine Schwester Diya mich nach, und dann lachen wir alle. Erst jetzt wird mir klar, dass meine Schmerzen und meine Verkrampfung nach außen sichtbar geworden sind. Ich nehme die Schultern zurück und drücke die Brust raus.

Nach dem Essen nimmt mich meine Mutter beiseite und führt mich ins Schlafzimmer. »Was ist los?«, fragt sie. Ich erzähle ihr von den Schmerzen vor der Periode, die sich immer mehr in die Länge zieht. Früher hatte ich nur drei oder vier Tage Bauchschmerzen, jetzt einen halben Monat oder noch länger. Auch die Brüste tun weh. Jede Berührung ist schmerzhaft. Schon deshalb laufe ich so gebeugt und benutze die Arme als Schutzschild. Meine Mutter legt mir die Hand zum Trost auf den Rücken. Aber ich zucke zusammen und schüttle sie ab.

Am nächsten Tag bringt mich mein Vater zu einer Ärztin. Sie ist eine Kollegin von ihm, und seit ich ein kleines Mädchen war, habe ich sie Tante Yu genannt. Mein Vater bleibt auf einem Stuhl sitzen, während die Ärztin mich hinter einem Vorhang untersucht. Dann kommen wir wieder nach vorn und setzen uns an den Tisch. Sie schlägt mir Tabletten vor, die gegen die Schmerzen helfen.

Mit vierundzwanzig soll ich schon Tabletten schlucken? Nein. Ich lehne es ab, auch wenn die Tabletten aus chinesischen Kräutern bestehen und bestimmt keine Nebenwirkungen haben. Ich habe Angst, dass ich süchtig werde.

Die Ärztin empfiehlt mir Hormontabletten, um den Zyklus zu regulieren und leichter erträglich zu machen. Das will ich erst recht nicht. »Ich komme schon durch«, murmle ich.

»Du siehst blass und verkrampft aus«, sagt sie. »Du hast zu viel Kälte in dir gesammelt, Tanya. Wenn du schon keine Tabletten willst, dann trink wenigstens viel heißes Wasser mit braunem Zucker und Ingwer. Leg dir eine Wärmflasche auf den Unterleib, wenn du ins Bett gehst. Das wird dich entspannen. Und wenn die Periode vorbei ist, musst du Sport treiben und jeden Tag dreimal lachen.«

Sie wendet sich meinem Vater zu. »Solche Schmerzen haben junge Mädchen oft. Sie sind unangenehm, aber vorübergehend. Wenn Mädchen heiraten, verschwinden die Symptome sofort. Ist ein Bräutigam schon in Sicht?«

»Davon hat Tanya mir nichts gesagt«, erwidert mein Vater. Ich erröte und senke den Blick.

»Wie alt ist sie jetzt? Vierundzwanzig? Ich glaube, sie liest zu viel. Es wird Zeit, dass sie sich verliebt und heiratet.«

»Diese Entscheidung überlassen wir den Kindern«, sagt mein Vater, »aber Tanya wird wohl zuerst fertig studieren müssen. Danach ist sie sechsundzwanzig und erreicht damit das von der Partei empfohlene Heiratsalter.«

Um die Überbevölkerung zu drosseln, haben wir nicht nur die Ein-Kind-Politik. Es gehört vielmehr zum guten Ton, erst mit 26 Jahren zu heiraten. Bei Staatsbetrieben und staatlichen Einrichtungen wie den Universitäten ist das ein ungeschriebenes Gesetz. Dass eine Studentin oder ein Doktorand heiraten, ist nicht vorgesehen. Dafür kriegt man keine Genehmigung.

Würde Norman mich überhaupt heiraten? Ich bin mir nicht sicher. Ich spüre zwar, dass er mich liebt, doch gesagt hat er es bislang nicht. Und unsere Lebenspläne sind ganz unterschiedlich. Die Deutschen studieren länger als wir. Während ich noch anderthalb Jahre vor mir habe, ist bei ihm das Ende nicht absehbar. *Das ist mein Ehemann,* hat vor zehn Monaten eine innere Stimme zu mir gesagt, aber ich frage mich, ob sie sich nicht einen Scherz mit mir erlaubt hat. Meine Zukunft steht auf wackeligen Beinen in reißender Strömung und kann jederzeit fortgerissen werden. Über all das kann ich mit meinen Eltern nicht reden.

»Hast du einen Freund?«, fragt die Ärztin jetzt ganz direkt.

»Sehe ich danach aus, Tante Yu?«, sage ich. Aber dann werde ich glühend rot und muss die Lippen zusammenpressen, damit sie nicht zittern und mich verraten.

Am Ende gehe ich mit einer Kräutermischung nach Hause. Meine Mutter zeigt mir, wie ich sie aufbrühen muss. Zweimal täglich soll ich den Sud trinken. Abends kocht meine Mutter eine Brühe mit Ingwer und braunem Zucker für mich und gibt sogar noch ein Ei dazu. Meine Geschwister sind neidisch und machen dumme Bemerkungen. Es geht ihnen aber nicht um die Suppe, sie sind bloß eifersüchtig, dass unsere Mutter mir so viel Aufmerksamkeit widmet. Am Ende muss meine Mutter sie aus dem Zimmer jagen.

»Werde mir bloß nicht krank, Kind«, sagt sie, und ich nicke.

Nachdem ich die Suppe gegessen habe, macht sie mir eine Wärmeflasche und schickt mich ins Bett. Mit der zusätzlichen Wärme schlafe ich schnell ein. Am nächsten Tag geht es mir besser.

Die Winterferien sind kurz. Nach zehn Tagen bin ich wieder in Shanghai. Ich fahre zu Norman und überreiche ihm einen Füllfederhalter:

sein Neujahrsgeschenk. Er schenkt mir erneut einen Stapel Bücher. Jetzt habe ich schon eine richtige kleine Bibliothek mit europäischer Literatur. »Ich wünsche uns beiden, dass wir im Jahr 1988 das Übersetzungsprojekt gut abschließen, aber gemeinsam noch mehr unternehmen und das ganze Jahr viel Freude miteinander haben!«, sage ich feierlich.

»Ja, das werden wir«, bestätigt Norman ebenso feierlich.

Plötzlich fällt mir auf, dass es im Zimmer sehr still ist. »Wo ist Taozi?«, frage ich.

»Weggeflogen«, antwortet Norman traurig. »Als ich mal auf den Balkon gegangen bin, hatte ich vergessen, dass ich ihn im Zimmer herumfliegen ließ. Er ist blitzschnell durch die Tür und war weg. Wahrscheinlich hat er den Winter nicht überlebt.«

Irgendwie bin ich stolz auf den Vogel. »Nun ja, der Winter in Shanghai ist nicht sehr kalt. Bei uns in Jiangxi hat es Schnee gegeben, aber hier? Vielleicht ist er nach Süden geflogen. Die Vögel sind schlau«, sage ich, um ihn zu trösten. »Wirst du dir einen neuen kaufen?«

»Nee. Die kacken nur alles voll und verstreuen das Futter. Ich musste dauernd den Teppich sauber machen, und manchmal sogar meinen Kopf.« Ich lache, verwuschle ihm seine Haare und gebe ihm einen Kuss.

»Die Rohübersetzung von *Frühlings Erwachen* ist fertig«, sagt Norman. »Sobald wir sie durchgearbeitet haben, schicke ich sie an den Verlag.« Seine Augen funkeln. Es ist nicht zu übersehen, dass er berühmt werden will.

Wir setzen uns an den Tisch und diskutieren wieder über die Bedeutung von Wörtern. In einer Pause fährt Norman los und kauft uns gebratene Jiaozi. Als er zurückkommt, hat er nasses Haar. Draußen hat es zu regnen begonnen. Ich gebe ihm ein Handtuch, damit er sich abtrocknen kann.

Dann essen wir, und während er auf einem Jiaozi kaut, verkündet Norman, dass er Besuch aus Hongkong bekommen wird. »Sie war noch nie in Shanghai«, sagt er. »Du wirst sie mögen. Sie heißt Alison. Ich hab ihr geschrieben, sie ist willkommen, auch wenn wir arbeiten müssen und ich sie nicht dauernd begleiten kann.«

»Wie alt ist sie denn?«

»Hm, lass mich mal nachdenken. In unserem Alter, würde ich sagen, vielleicht zwei, drei Jahre älter.«

»Und wo soll sie übernachten?«, frage ich weiter.

»Na, auf dem zweiten Bett natürlich«, sagt Norman, als wäre das so selbstverständlich wie eine Tasse Tee.

Mir bleibt vor Überraschung der Mund offenstehen. Ist das im Ausland so üblich? Eine junge Frau und ein junger Mann schlafen einfach im selben Zimmer, obwohl sie sich kaum kennen?

Plötzlich fällt mir ein, dass ich in Xiamen im Gästehaus der Universität schlafen musste. Wo Norman übernachtet hat, habe ich nie gefragt. Im Wohnheim bei Anna. Vielleicht gleich in ihrem Bett? Damals habe ich ihm blindlings vertraut, denn ich war mir sicher, dass er in mich verliebt war. Außerdem war Anna von edlem Charakter. Aber diese Alison ist Chinesin. Und die soll bei Norman im Zimmer schlafen? Ist Norman verrückt? Oder bin ich es?

Es wird mir bewusst, dass ich noch immer mit offenem Mund in die Luft starre. Ich klappe den Mund zu und versuche fortschrittlich auszusehen. »Etwas an mir muss geändert werden«, denke ich.

Wir arbeiten weiter. Der Regen prasselt ans Fenster. Erst finde ich das ganz gemütlich, aber dann wird es mir unheimlich. Will der Regen denn gar nicht mehr aufhören? Ich muss doch nach Hause ins Wohnheim. Als wir schließlich erschöpft die Köpfe hängen lassen, ist es schon Mitternacht. Draußen regnet es immer noch und ein heftiger Wind ist aufgekommen.

Den Regeln entsprechend hätte ich spätestens um zwölf das Ausländerviertel verlassen müssen. Wenn wir schnell aufbrechen und uns aufs Fahrrad schwingen sind wir in fünf Minuten draußen. Das könnte gerade noch gutgehen. »Komm schnell!«, rufe ich und streife meine Jacke über. »Wir hätten nicht so lang warten dürfen. Der Regen will heute nicht aufhören.«

»Du hörst doch, wie es donnert«, sagt Norman. »Du wirst dich erkälten, wenn ich dich jetzt rausfahre. Wenn du unbedingt gehen willst, sollten wir noch ein wenig warten, sonst trifft uns womöglich der Blitz.«

Ich weiß nicht, warum, aber ich höre mich sagen: »Na gut. Ich bleibe.«

Ich ziehe meine Jacke wieder aus und streife sogar meine Hose ab. Fast nackt werde ich neben ihm schlafen! Aber jetzt wird er fürsorglich. Er gibt mir eins seiner T-Shirts. Das soll ich als Schlafkleid anziehen. Trotzdem weiß ich nicht, was geschehen wird, wenn ich mich zu ihm aufs Bett lege. Was wird er tun? Wo wird er mich zuerst berühren?

Doch als ich neben ihm liege ... geschieht gar nichts. Mir schmerzen Bauch und Brüste wegen der nicht eintretenden Monatsblutung so sehr, dass ich krumm und matt im Bett liege und mich nicht bewege. Er drückt mich an sich. In seinen Armen schlafe ich irgendwann ein.

Am nächsten Morgen überkommt mich die Angst. Es ist sechs Uhr, mein Mund ist trocken, mein Herz schlägt wilde Haken, und ein paar Minuten lang weiß ich nicht, wo ich bin. Ich muss so schnell wie möglich das Ausländerviertel verlassen. Norman dagegen freut sich, dass ich endlich »Fortschritte« mache. Er albert herum. Erst als er die Tränen in meinen Augen sieht, wird er ernst. »Wenn du jetzt am Vormittag gehst, merken die Kontrolleure, dass du über Nacht hier warst. Es ist besser, wenn wir später am Nachmittag, nach dem Schichtwechsel, rausfahren. Dann denken sie, dass du am Vormittag gekommen bist.« Ich muss ihm recht geben.

»So, jetzt hol ich uns Frühstück!« Vergnügt geht Norman hinaus. Ich stehe verlassen im Wohnzimmer und überlege, was ich tun soll. Da fällt mir ein, dass ich jetzt erfahren kann, wie *Frühlings Erwachen* ausgeht. Ich hole mir seinen Notizblock. Aber was ich da lese, erfüllt mich mit kaltem Entsetzen. Wie kann man so grausam sein? Der Abtreibungsarzt hat die vierzehnjährige Wendla mit der Abtreibungsmedizin umgebracht! Ich sitze da und kann kaum meine Tränen zurückhalten. Nur weil sie neugierig auf alles war, hat sie sich dem Mitschüler Melchior einmal hingegeben. Dafür wurde sie in den Tod getrieben. Wie soll ich das übersetzen? Das ist alles so schrecklich. Und ich dachte, es sei eine Liebesgeschichte. Erst als ein roter Tropfen auf den Block fällt, merke ich, dass ich mir die Lippe blutig gebissen habe, und lese weiter. Der Schüler Melchior, der Wendla geschwängert hat, wird in eine Irrenanstalt gesperrt und spricht auf dem Friedhof mit Toten. Es ist eine düstere Tragödie, und die junge Generation ist der Verlierer.

Als Norman mit dem Frühstück nach Hause kommt, sitze ich mit starrem Blick auf meinem Stuhl und kann mich nicht rühren.

»Hast du alles gelesen?«, fragt Norman.

Ich nicke. Nach einer Weile sage ich: »Lass es uns schnell zu Ende bringen. Es tut mir sehr weh.«

Nach dem Essen arbeiten wir. Der Vormittag vergeht. Als der Nachmittag da ist, sage ich: »Lass uns weiterarbeiten. Wenn ich das Viertel im Dunkeln verlasse, ist es noch besser.«

Gegen neun Uhr gehen wir die Treppe hinunter, ich setze mich mit zitternden Knien auf den Gepäckträger und Norman fährt mich hinaus. Es ist genau wie er gesagt hat: Niemand hält uns an. Mir ist nichts passiert! Ich fühle mich wie aus einem Eisloch gezogen und möchte am liebsten schreien.

Bevor wir die Bushaltestelle erreichen, lege ich Norman im Dunkeln den Arm um die Taille und ziehe ihn an mich. »Danke«, sage ich leise.

Im neuen Semester sind für mich zwei Praktika vorgesehen. Ein vierwöchiges Lehrpraktikum an der Universität und ein viermonatiges Praktikum als Journalistin. Nach einer Besprechung mit Professor Zhang schicke ich meine Bewerbung an eine große Zeitung.

Während ich auf Antwort warte, bereite ich mich auf das Lehrpraktikum vor. Ich muss einer Klasse von Bachelorstudenten eine Vorlesung halten. Zur Vorbereitung habe ich knapp einen Monat Zeit. Als ich Professor Zhang sage, dass ich eine Vorlesung über Beethoven halten will, ist er überrascht. Musik ist nicht seine Stärke, aber er hält mich nicht davon ab. Dafür ist er zu behutsam. Trotzdem will er nicht, dass ich scheitere, und verlangt von mir, dass ich ihn jede Woche über meine Vorbereitungen unterrichte.

»Ja, gern«, sage ich. Dann gehe ich in die Bibliothek und suche nach Material. Viel finde ich nicht.

Dann erzähle ich Norman von meinem Vorhaben. Er macht ein Gesicht, als wollte ich in voller Fahrt einen Kopfstand auf seinem Fahrrad machen. Aber dann merkt er, dass ich ihn brauche, und fängt an zu strahlen. »Beethoven wird dich bestimmt nicht enttäuschen. Von ihm kann man lebenslang lernen!«, versichert er.

»Ja«, sage ich. »Das will ich: von Beethoven lernen, von Deutschland lernen.«

»Gut«, sagt er, »dann lass uns mal loslegen. Wir wollen ja nicht, dass du dir blaue Flecken holst.«

Er legt seinen Schreibblock weg, stellt sich vor seine Regalwand und zieht ein paar Bücher heraus. Dann setzt er sich zu mir und übersetzt mir die Stellen, die mit Beethoven zu tun haben. Ich mache mir Notizen, um nichts zu vergessen. Den ganzen Abend reden wir über den Komponisten.

Dabei bleibt es nicht. Am nächsten Tag fährt Norman nach seinem Kurs in die Stadt, kauft neue CDs und Bücher und ruft mich am nächsten Tag wieder zu sich, damit wir weiter diskutieren können. Das Übersetzungsprojekt rührt er nicht an.

Zwei Tage später hat er wieder neues Material für mich. Er hat im Hotel International Zeitungen mit langen Berichten über die Tournee eines japanischen Pianisten gefunden, der als Beethovenspezialist gilt. Ich bin überrascht über den sachlichen, völlig unpolitischen Stil des Artikels. Ich wusste nicht, dass Japaner Beethoven spielen. Und das ist nur einer von drei Artikeln. Norman zeigt mir, dass auch die anderen Zeitungen ausführlich berichtet haben. Aber es ist schon fast Mitternacht. Heute ist keine Zeit mehr, über all das zu reden.

»Ich muss gehen«, sage ich.

»Nein, musst du nicht«, sagt er.

Es ist Samstag. Und das letzte Mal ist nichts passiert, als ich bei ihm übernachtete. Gar nichts. Ich habe nicht mehr viel Zeit, um meine Vorlesung vorzubereiten. Wenn er mir nicht hilft, schaffe ich es womöglich nicht.

Am nächsten Morgen koche ich Tee und scheuche ihn aus dem Bett. Er lacht über meine Eile: »Bei dir brennt's wohl!«, spottet er.

Um mich zu retten, will er mich unter die kalte Dusche stellen. Das lasse ich natürlich nicht zu. Ich nehme eins seiner Bücher und stecke es mir unters Hemd. »Wenn du mich duschst, wird dein Buch auch nass.«

Norman verzieht das Gesicht. »Mach bloß keine Eselsohren rein! Du verbiegst ja die kleinen Buchstaben, die so fleißig Gedanken tragen! Sei brav! Dann muss ich dich auch nicht abduschen.« Ich gebe ihm seinen Schatz zurück und lache, weil ich Siegerin geblieben bin.

Kurz darauf sitzen wir mit frischem Tee am Tisch. Er übersetzt mir noch die beiden anderen Artikel. Sie besagen nicht viel mehr als der erste, klingen aber doch irgendwie anders. »Lass uns jetzt frühstücken«, sage ich.

»Reicht es dir schon?«, fragt Norman enttäuscht.

»Nein«, sage ich und gebe ihm einen Kuss. »Es ist interessant. Ich habe bloß Hunger.« Mehr denn je bin ich überzeugt, dass er der ideale Mann für mich ist.

9.

Ein Fleck auf dem Teppich

Dann lerne ich Alison Lam kennen. Norman hat mich abgeholt, wir sind an den Kontrolleuren vorbeigefahren und in seine Wohnung gegangen. Als ich zur Tür hereinkomme, sitzt sie auf der Couch. Ihre Kleidung ist nicht nur moderner als meine, sondern auch schicker als die der meisten Mädchen in Shanghai. Da wir uns an der Uni grundsätzlich nicht schminken, springt mir als Erstes ihr Make-up ins Auge. Sie trägt Lippenstift, und ihre Wimpern sind gekämmt und lackiert. Immerhin lacht sie gern, und das hat Tante Yu mir ja auch empfohlen. Ich lasse mich also anstecken und lache viel mehr als mit Norman allein.

Wir gehen zu dritt essen und sprechen über Hongkong. Nach dem Essen kehren wir in Normans Wohnung zurück, trinken Tee und unterhalten uns über Shanghai, Hongkong und China. Als ich auf die Uhr schaue, ist es schon nach Mitternacht. Ich gerate in Panik.

»Bleib doch!«, sagt Norman. »Du hast schon zweimal hier übernachtet, dann kannst du auch ein drittes Mal bleiben. Außerdem sind wir drei gemeinsam raus und rein. Die Kontrolleure haben bestimmt mehr auf Alison geachtet als auf dich.«

Das Paradoxe ist: Hongkong ist britische Kronkolonie, und Alison gilt als Ausländerin. Sie darf bei meinem Freund übernachten. Ihr chinesisches Gesicht ist kein Hindernis. Meins aber schon. Aber Alison einfach das Feld überlassen, geht auch nicht. Ich will genauso fortschrittlich sein wie sie. So übernachten wir zu dritt in einem Zimmer, ich neben Norman, und Alison im zweiten Bett.

Am nächsten Morgen staune ich, dass ich besser geschlafen habe als sonst. Alisons Gegenwart hat mich von meiner Angst abgelenkt. In dieser Hinsicht ist sie genau wie der Wellensittich. Sie zwitschert ja auch so ähnlich.

Nachdem Alison sich geschminkt hat, verlassen wir das Ausländerviertel zu Fuß. Die beiden nehmen mich in ihre Mitte und schirmen mich ab. Als wir an der Bushaltestelle sind, verabschieden wir uns. Alison fährt drei Tage später nach Peking weiter.

Anfang März ist es in Shanghai bereits ziemlich warm. Die Bäume werden schnell grün. Meine Mutter hat mir in den Ferien eine schöne Bluse mit roten Blumen geschenkt. Die probiere ich nach dem Duschen an. Als ich in den großen Spiegel des Duschhauses blicke, sehe ich plötzlich, was für schöne Brüste ich habe. Ich erkenne mich selbst nicht wieder. »Na, du junge Frau«, flüstere ich meinem Spiegelbild zu, »was hast du vor?«

Am nächsten Tag halte ich meine Beethoven-Vorlesung. Professor Zhang und ein weiterer Prüfer sitzen hinter der Klasse. Mit unbewegten Mienen hören sie zu. Danach sind sie freundlich. Der zweite Prüfer sagt, dass ich mir ein ungewöhnliches Thema ausgesucht hätte. »Es ist wichtig, über westliche Dinge zu sprechen«, sagt er. »China braucht diese Kenntnisse.« Professor Zhang steht daneben und lächelt. Mit einer tiefen Verbeugung bedanke ich mich für die gute Note.

Als ich zurück im Wohnheim bin, schießt mit wochenlanger Verspätung endlich die Monatsblutung aus meinem Körper und färbt meine Unterwäsche tiefrot. Mein Körper entspannt sich, und die Bauchschmerzen lösen sich auf. Ich wasche mich und gehe früh schlafen.

Am Samstag bin ich schon am frühen Morgen bei Norman. Die Übersetzung soll endlich fertig werden. Wir sitzen den ganzen

Tag nebeneinander und arbeiten. Eigentlich könnte ich ihn jetzt ohne Schmerzen küssen und streicheln. Ich warte sogar darauf, dass er mich umarmt und aufs Bett zieht. Aber wir reden nur über das Stück. Nach dem Abendessen machen wir weiter, und am Ende übernachte ich sogar bei ihm, aber unsere Berührungen bleiben ganz unschuldig, so als wären wir stillschweigend darin übereingekommen, nichts zu tun, was über harmlose Zärtlichkeiten hinausgeht. Begehrt er mich vielleicht gar nicht mehr? Habe ich seinen Trieb so weit unterdrückt, dass er gar nicht erregt ist, wenn er neben mir liegt? Ich schaue durch das vorhanglose Fenster zum nebligen Himmel und suche unbewusst nach der Mondgöttin. Warum muss ich jetzt wieder schlaflos neben ihm liegen, statt mich einfach nehmen zu lassen, wie Frauen von ihren Männern genommen werden?

Am nächsten Tag kämpfen wir wieder verbissen um jedes Wort. Nur zwei Seiten noch! Auf dem Friedhof begegnet Melchior dem Geist seines Freundes. *Du bist immer noch derselbe Angstmeier*, sagt er. Herrje, Norman und ich sind doch viel älter als diese Kinder! Was soll uns denn schon passieren?

Am Nachmittag klopft es an unserer Tür. Überrascht springe ich auf und will ins Schlafzimmer flüchten. Norman drückt mich auf den Stuhl zurück. »Die Wände sind dünn. Man merkt von draußen, wenn im Zimmer gesprochen wird«, sagt er leise. »Außerdem brauchst du dich nicht zu verstecken.«

Er macht die Tür auf, ich höre ihn mit jemandem reden. Es ist ein Chinese, der sich als Verwaltungsdirektor des Ausländerviertels vorstellt und höflich um Zutritt bittet. Er möchte wissen, ob Norman mit der Wohnung und der Innenausstattung zufrieden sei und ob ihm vielleicht etwas fehle. Außerdem wolle er sich überzeugen, in welchem Zustand die Ausstattung ist, ob Dinge repariert oder ausgetauscht werden müssen.

Norman reagiert ungehalten. Er sei bei der Arbeit und habe keine Zeit für Besuch. Aber der Beamte lässt sich nicht abwimmeln. Er weist darauf hin, dass ein Zettel im Eingangsbereich sein Kommen schon vor über einer Woche angekündigt habe. Außerdem brauche er nur ein paar Minuten. Er klingt höflich und ruhig.

»Gut, dann treten Sie ein«, sagt Norman schließlich sehr laut. Er will offenbar sicher sein, dass ich es höre und mich darauf einstelle.

Alles Blut verlässt meinen Kopf, und ich erstarre. Im selben Augenblick erscheint Norman auch schon mit dem Besucher. Er sieht aus wie ein freundlicher Techniker: Ein großes, glattrasiertes Gesicht, dickes schwarzes Stoppelhaar und ein billiger, blaugrauer Anzug. Als er mich sieht, zeigt er sich überrascht, sagt aber höflich: *»Nihao.«*

Ich ringe mir ein Lächeln ab und sage ebenfalls Guten Tag.

»Wie Sie sehen, arbeiten wir gerade«, sagt Norman und bringt dem Besucher trotzdem einen Stuhl.

Hastig räume ich den Tisch frei, husche in die Küche, um eine frische Tasse zu holen, und schenke dem unerwarteten Gast Tee ein. Dann setze ich mich wieder auf meinen Stuhl und halte den Kopf leicht gesenkt, als wäre ich eine studentische Hilfskraft. Was ja auch irgendwie stimmt.

Norman bringt seine Zufriedenheit mit der Wohnung zum Ausdruck. Der Verwaltungsdirektor, groß und breit, lächelt bescheiden. Wären wir nicht auf dieser von Kontrolleuren belagerten Ausländer-Insel, hätte ich gern ein paar nette Worte zu ihm gesagt. Aber so sitze ich nur stumm da, als gehörte ich nicht dazu. Ich sehe seine Augen zu Tischen, Stühlen und Regalen wandern, dann nickt er zufrieden.

Beim Teppich erscheint jedoch eine Sorgenfalte auf seiner freundlichen Stirn. Er beugt sich nach vorn und befingert eine kleine, weiße Kruste, die wahrscheinlich der entflogene Wellensittich auf dem Gewissen hat. Mit einem rosigen Fingernagel versucht der Direktor, den Fleck wegzukratzen. »Hm, der Teppich ist stärker benutzt als ich mir vorgestellt habe«, sagt er. »Ich schicke Ihnen morgen den Reinigungsdienst.«

»Nein. Ich mache es lieber selbst«, sagt Norman kalt. Der Service im Ausländerviertel ist nicht viel anders als in einem Hotel. Die Experten haben Anspruch auf einen regelmäßigen Putzdienst. Das hat Norman von Anfang an abgelehnt. Für ihn sind das alles nur Spitzel, die heimliche Berichte an die Partei schicken. So einen will er nicht in der Wohnung haben.

Der Verwaltungsdirektor lässt sich nichts anmerken. »Es freut mich, dass Ihnen die Möbel gefallen«, sagt er und steht auf. »Darf ich noch einen Blick in das andere Zimmer werfen?« Er vermeidet offenbar ganz bewusst das Wort »Schlafzimmer«. Mit dem Teppich im Schlafzimmer ist er zufrieden, und was er über die Betten denkt, lässt er sich nicht anmerken. Im Badezimmer klopft er an das Abwasserrohr, legt den Kopf schräg und horcht. »Im oberen Stockwerk gibt es manchmal ... Schwierigkeiten«, sagt er unbestimmt. »Ich schicke Ihnen besser auch mal den Klempner.«

»Kein Problem«, sagt Norman sachlich. »Er soll mich aber vorher anrufen und einen Termin vereinbaren.«

Der Verwaltungsdirektor lächelt, bedankt sich und geht, ohne mich zu beachten. Norman schließt die Tür: »Hast du gesehen, wie er am Teppich rumgekratzt hat?« Er grinst, als hätte er einen riesigen Sieg errungen.

Ich habe leider nichts zu grinsen. »Jetzt wissen sie, wer ich bin«, sage ich. »Sie erkennen mich jederzeit wieder.«

»Ach, der wird dich schon nicht verpetzen. Er hat sich doch gar nicht um dich gekümmert.«

Ich nicke. Vielleicht liegt es ja wirklich an diesem Direktor, dass man Norman und mich bisher nicht behelligt hat. Andererseits hätte er es gar nicht nötig, mich oder Norman zur Rede zu stellen. Er braucht bloß einem seiner Untergebenen einen Wink zu geben, und die Schlinge um meinen Hals zieht sich zu. Aber ich will mich nicht selbst noch mehr unter Druck setzen und tue so, als wäre ich ganz entspannt.

Wir müssen endlich die Übersetzung zu Ende bringen. *Ich lege mich auf den Rücken, wärme mich an der Verwesung und lächle …* Das ist der letzte Satz. Wir stoßen einen Jubelschrei aus und umarmen uns. Das Manuskript ist gerade mal hundert Seite lang. Acht Monate lang haben wir daran gearbeitet, und jetzt haben wir ein Baby, ohne auch nur einmal miteinander geschlafen zu haben. Ich bin sehr stolz auf uns.

Mein zweites Praktikum ist viel länger und wichtiger als das erste. Wenn ich jetzt die richtigen Kontakte knüpfe, habe ich eine Chance, in Shanghai zu bleiben. Als Hafenstadt und zweitgrößte Metropole Chinas ist Shanghai das Tor zur Welt und Motor der Veränderung und des Fortschritts. Wer hier arbeitet, gehört zu den Besten des Landes. Zudem lebt hier Professor Chen, und obwohl meine erste heiße Liebe zu ihm verraucht ist und ich mir mein Kind jetzt von Norman wünsche, ist er mir doch immer noch sehr wichtig. Ganz auf ihn zu verzichten und irgendwo in der Provinz zu verschwinden, würde mir schwerfallen. Doch Norman, den Sprachexperten, als Ehemann und Professor Chen als Freund und Berater – das kann ich mir gut vorstellen. Weder auf den einen noch auf den anderen will ich verzichten.

Mitte März fahre ich klopfenden Herzens zu der renommierten Zeitung, bei der ich mich beworben habe. Die Redaktion der *Wenhui bao* hat ihre Büros am Bund mit Blick auf den Fluss, ganz in der Nähe des Hotels Heping und jenes Cafés, in dem ich mit Norman Butterkuchen gegessen habe. Wer hier am Fenster steht, hat Macht.

In ihrer heroischen Phase war das die Zeitung der Intellektuellen, die gegen die japanischen Invasoren kämpften. In den sechziger Jahren hat sie mit einem Artikel die mörderische Kulturrevolution ausgelöst und Ende der siebziger Jahre die Kritik daran angeführt. Diese Zeitung hat Geschichte geschrieben. Auf Befehl der Partei. Werde ich hier das Geheimnis der Macht kennenlernen? Werden mir die Köpfe begegnen, die das Neue China und seine Reformen vorantreiben? Werde ich hier erfahren, wie die Zukunft des Landes aussehen wird?

Nichts geht in diese Richtung. Ich sitze in einem staubigen grauen Raum ohne Fenster und werde zu keiner Konferenz zugelassen. Außerdem gibt es kaum etwas für mich zu tun. Und meiner Betreuerin, einer Frau von ungefähr vierzig Jahren, geht es nicht anders. Sie scheint ständig auf etwas zu warten, das nie eintritt, und malt sich alle zwei Stunden die Lippen rot an, wird nur selten nach oben gerufen und nimmt bloß zweimal im Monat an Konferenzen teil. Sie ist eine erfahrene Journalistin, erzählt manchmal von der Zeit vor zehn Jahren, als mit Deng Xiao Ping die großen Reformen begannen, aber sie hat nie viel zu schreiben und führt selten Interviews. Manchmal frage ich mich, ob sie früher einmal die Geliebte eines wichtigen Redakteurs war, der in Ungnade gefallen ist oder sich nicht mehr für sie interessiert. Aber das sind bloß müßige Fantasien, weil ich mich so langweile.

Immerhin beschließe ich, auf keinen Fall Lippenstift zu benutzen, damit ich nicht verführt werde, sollte doch einmal einer der Redakteure unser Büro betreten. Meine schöne neue Bluse ziehe ich nach dem ersten Tag auch nicht mehr an. Ich will ja nicht wie Frau Wang enden. Falls ich entdeckt werde, dann wegen eines tollen Artikels und nicht wegen schöner Brüste. Obwohl das eine das andere nicht ausschließt.

Im Vergleich zu westlichen Zeitungen sind die chinesischen schrecklich dünn und haben nur wenige Seiten. Die wichtigsten Nachrichten werden in Peking gemacht und wörtlich von der Partei zum Druck festgelegt, und Anzeigen gibt es keine. Ist das der Grund, warum es so wenig zu tun gibt? Ich weiß es nicht. Ich weiß nur, ich muss im Büro sitzen und auf Anrufe warten, die niemals kommen. Dabei darf ich Leserbriefe sortieren, die bereits einige Jahre alt sind und niemanden mehr interessieren. Zwischendurch beobachte ich eine kleine Raubspinne, die über die Wände wandert und winzige Dinge frisst, die für mich unsichtbar sind. Ich frage mich, ob ich nicht zu einer weniger berühmten Zeitung in der Provinz hätte gehen sollen, die wenigstens kein Kellergeschoss hat. Aber dafür ist es zu spät.

Doch die Redaktion hat mich nicht vergessen. Nach zwei Wochen Telefondienst werde ich zum Benefizkonzert eines Sängers aus Japan geschickt. Da ich nur 20 Zeilen schreiben darf, habe ich die Arbeit schnell erledigt. Mein Titel lautet: *Benefizkonzert des japanischen Starsängers Yuki Takahashi in Shanghai*. Mein Bericht ist so groß wie meine linke Handfläche:

»Am Dienstag hat der japanische Starsänger Yuki Takahashi im Opernhaus mit seinem Lied *Shanghai unterm Sternenhimmel* die Herzen der Zuhörer erobert. Dieses Lied hat er von bekannten japanischen Komponisten und Textern für das Konzert schreiben lassen. Mit seiner gefühlvollen und ausdrucksstarken Stimme sang er für Liebe und Freundschaft und erntete mehrmals stürmischen Beifall.

Yuki Takahashi ist seit 20 Jahren in Japan aktiv und hat mehr als zehn nationale und internationale Preise erhalten. Gestern sang er sowohl traditionelle als auch moderne Lieder und erhielt für beides den wohlverdienten Beifall des begeisterten Publikums. Die Einnahmen des Konzerts sollen dem chinesisch-japanischen Musikschüleraustausch zugutekommen.«

Ich gebe den Bericht bei meiner Betreuerin ab. Sie setzt an den Anfang des Berichts noch das Wort SHANGHAI und einen Punkt. Dann bringt sie ihn nach oben in die Redaktion. Als ich am nächsten Tag meinen Bericht samt meinem Namen unten auf der vierten Seite der Zeitung erblicke, platze ich fast vor Stolz.

Ich nehme ein Exemplar der Zeitung mit und schenke es Norman. Er schneidet meinen Bericht sorgfältig mit der Nagelschere heraus und legt ihn in eine leere Mappe. »Bring auch alle anderen Berichte mit, die du noch schreibst«, sagt er. »Man kann nie wissen, wozu man das brauchen kann. Vielleicht wirst du ja mal berühmt.«

Während des Praktikums muss ich jeden Tag in die Stadt fahren. Der Weg ist weit, und der Bus braucht sehr lange. Ich gehe morgens um sieben aus dem Haus und komme abends um acht zurück. Unter der Woche habe ich für Norman keine Zeit mehr. Er scheint mich zu vermissen und schlägt mir ein neues Projekt vor. Er will mir Deutsch beibringen. »Dann kannst du deutsche Bücher im Original lesen«, sagt er.

»Ja, aber das dauert doch Jahre«, sage ich vorsichtig.

Er schaut mich verblüfft an. »Das macht doch nichts«, sagt er. »Oder hast du was anderes vor?«

Ich weiß nicht recht, was ich sagen soll, aber er redet schon weiter. »Ich bin doch Experte«, sagt er. »Wir schaffen das ganz schnell. Das verspreche ich dir.«

Weil mir nichts Besseres einfällt, nicke ich und drücke ihm die Hand. Wenn es ihm Freude macht, kann ich auch Deutsch mit ihm lernen. Dann fühlt er sich groß und stark, und ich brauche nicht darüber nachzudenken, wie es sonst mit uns weitergeht. »Gut«, sage ich, »aber du darfst nicht schimpfen, wenn ich nur wie eine Schildkröte vorwärts komme.«

Normans Haarlocken tanzen vor Freude. Er macht den Eindruck, als hätte er das alles schon lange geplant. »In einem Monat werde ich beantragen, dass sie meinen Vertrag für ein weiteres Jahr verlängern. Das Büro des Rektors hat mir schon signalisiert, dass ich weiter gebraucht werde.«

Ich schaue ihn ungläubig an. »Du willst noch ein ganzes Jahr bleiben?« Ich falle ihm um den Hals. »Ich liebe dich!« Ich weiß nicht, was mit mir los ist. Plötzlich ist mir der Satz über die Lippen geflutscht, und ich hab's gesagt.

Norman hebt mich hoch und wirbelt mich herum. »Ja, ja!«, ruft er, »wir bleiben zusammen!« Er dreht sich um seine Achse und ich werde herumgeschleudert wie auf einem Karussell. Im Nu bin ich seekrank. »Stopp! Stopp!«, schreie ich. »Mir ist schwindelig! Lass mich runter!«

Er glaubt mir nicht, und eine Sekunde lang denke ich, mir wird schlecht und ich muss mich erbrechen. »Der Teppich! Der Verwaltungsdirektor«, stöhne ich, und da lässt er mich endlich herunter.

Unter meinen Füßen hebt und senkt sich der Boden wie das Deck eines Ozeandampfers. Ich klammere mich an einem Stuhl fest und schließe die Augen, während Norman lacht. Erst als ich reichlich nach Luft geschnappt habe, hört das Drehen in mir allmählich auf.

Aber Norman verschwendet keinen Gedanken daran und tritt vergnügt vor sein Bücherregal. Er findet sofort, was er sucht, und legt es mir auf den Tisch.

»Das ist das Lehrbuch, das auch vom Goethe-Institut eingesetzt wird. Wenn du willst, können wir sofort beginnen.«

Ich muss das Buch aufschlagen und ihm nachsprechen: *Gooden Tag, Heer Berger. Wii geht es innen?* Er korrigiert mich geduldig und spricht mir jede Silbe langsam vor. Dann muss ich zur Tür gehen und wieder zurückkommen. Norman steht auf, und ich muss ihm die Hand schütteln: *Goten Taag, Hea Beaga! Wie gähtes Ihnen?*

10.
Über die Mauer

Ich sitze wieder in der Zeitung in meinem Kellerbüro und sortiere verstaubte Leserbriefe. Ich habe das Gefühl, unter einer riesigen Pyramide begraben zu sein, die wie ein Berg auf mir lastet. Immer noch hat es niemand für nötig gehalten, mich den verschiedenen Abteilungen und ihren Chefs vorzustellen. Selbst wenn ich das Glück hätte, hier je eine Festanstellung zu bekommen, würde ich doch weder erfahren, wer im Haus die Entscheidungen trifft, noch wie. Ich würde das entsprechende Gesicht nie aus der Nähe sehen. Denn ich bin nicht in der Partei.

Der Grund dafür ist meine Mutter. Mein Vater ist während seines Studiums der Partei beigetreten und gilt als zuverlässiger Mann, der sich in der Provinz bewähren und vielleicht mal zum Direktor der Schule aufsteigen darf. Aber meine Mutter ist angeblich »kapitalistischer Herkunft« und wurde jahrzehntelang kritisch beäugt. Ihr Vater stammte aus einer bitterarmen Bauernfamilie, hatte aber in den Dreißigerjahren mit Fleiß und schwerer Arbeit ein kleines Geschäft für frisch gepresstes Erdnussöl und allerlei nützlichen Dingen aufmachen können und nach jahrelangem Sparen dann in den Vierzigerjahren zwei Grundstücke erworben. Das wurde ihm und seinen Kindern zum Verhängnis. Er wurde bei der Bodenreform enteignet und als Großgrundbesitzer gebrandmarkt, den jeder totschlagen durfte. Aufgrund einer über Jahre anhaltende Flucht und ständiges Untertauchen bei Verwandten konnte er diesem Schicksal entkommen. Dafür nahmen die Kommunisten seine Frau als Geisel und sperrten sie ins Gefängnis, wo sie an Scham und Typhus starb. Meine Mutter wurde also mit dreizehn Halbwaise und lebte ständig in Angst, litt Hunger, und hatte stets das Gefühl von Schutzlosigkeit und Verlassenheit. Aber sie gab nicht auf. Sie war intelligent, fleißig und ehrgeizig. Da der Staat dringend Lehrer benötigte und eine Ausbildung zum Lehrer das einzige Studium war, bei dem man ein kleines Stipendium erhielt, wurde sie Lehrerin an einer Grundschule. Sie war streng, pflichtbewusst und tüchtig, und ihre Schülerinnen und Schüler wurden von allen gelobt. Meinen Vater lernte sie in der Schule kennen und zweifelte keinen Tag ihres Lebens daran, dass er der Richtige war. Sie schenkte dem Staat – ganz wie es von Mao gewünscht war – sogar fünf Kinder und ist ihrer Pflicht als Bürgerin stets nachgekommen, aber die Partei fürchtet sie immer noch.

Sie hat mir nie gesagt, dass ich mich von der Politik fernhalten soll. Aber Kinder spüren genau, was ihre Eltern empfinden, und es gab in meiner Umgebung niemanden, der eine besondere Begeisterung für die Partei in mir geweckt hätte. Für mich war die Partei nur die Obrigkeit, der man besser gehorchte, zu der man aber bestimmt nie gehören würde. Ich fühlte mich nie dazu berufen, über andere zu herrschen. Als Schülerin hatte ich unter dem Status unserer Familie nicht besonders gelitten. Ich hatte stets gute Noten und war bei meinen Mitschülern beliebt. Die Lehrer setzten mich gern als Vorbild ein, indem sie mir im Unterricht besonders heikle Fragen stellten oder meine Hausaufgaben vor der Klasse vorlasen und sie als hervorragend bewerteten. Ich fühlte mich geschmeichelt und träumte von einer Zukunft, in der ich gute Arbeit leisten und dafür gelobt werden würde. Aber seit ich studiere, weiß ich, dass gute Arbeit nicht ausreicht. Wer Karriere machen will, muss sich darum bemühen, in die Partei aufgenommen zu werden. Aber die Opfer, die man dafür bringen muss, und die Risiken, die man dabei eingeht, sind groß:

Man muss moralisch vorbildlich sein, extrem hart arbeiten und in seinem Glauben nie schwankend werden. Und selbst wenn man all diese Bedingungen erfüllt, muss man damit rechnen, dass man plötzlich von einem Denunzianten als Enkelin eines Großgrundbesitzers »entlarvt« und von der Partei doch verschmäht wird.

Schon fange ich an, mein Praktikum im Keller als unabänderliches Schicksal zu sehen: Ich werde irgendeine Arbeit machen, aber die Partei wird mir nicht vertrauen. Es wird mir genauso ergehen wie meiner Mutter. Ich zittere in der Kälte und Trauer, die das monumentale Gebäude bei mir verursacht. Unglaublich, dass ich die Hände noch rühren kann, um Berge von toten Briefen zu ordnen.

Und dann passiert doch etwas. Ich werde in die Feuilleton-Abteilung geschickt, um einen Bericht meiner Chefin nach oben zu bringen, während sie auf einen »dringenden Anruf« wartet. Ich bin noch nicht ganz durch die Tür, da stellt sich mir eine junge Frau in den Weg. »Gib her«, sagt sie und streckt ihre Hand aus. Sie kommt mir bekannt vor. Ist sie nicht auch an der Fudan?

»Das soll ich dem Feuilleton-Chef geben«, sage ich.

»Gib schon her, ich bring's ihm«, sagt sie. Sie ist mindestens drei Jahre jünger als ich, aber sie trägt einen sehr kurzen Rock, Stöckelschuhe und Lippenstift.

»Bist du die Assistentin?«, frage ich.

»Nein«, sagt sie, »ich bin die Literatur-Praktikantin.«

»Und was machst du so?«

Sie streicht sich mit der Hand durchs Haar. »Alles Mögliche«, sagt sie dann und lacht. Dann dreht sie sich um und verschwindet mit dem Bericht, den sie mir aus den Händen gerissen hat. Ich finde, dass ihr Hintern gefährlich wackelt, aber sie fällt nicht. Jedenfalls nicht hier und jetzt.

Als ich wieder im Keller bin, tut mir der Bauch weh, als hätte ich einen Schlag in den Magen erhalten. Hastig wische ich mir die Tränen ab. Als meine Betreuerin mich mit schniefender Nase sieht, geht sie ins Nebenzimmer, telefoniert mit dem Redaktionsleiter und schickt mich anschließend für zwei Tage nach Hause.

Ich bin so frustriert, dass ich es in meinem Zimmer im Wohnheim nicht aushalte. Ich habe keine Lust, auf meinem Bett zu liegen und krank zu sein, stattdessen rufe ich Norman an. Er holt mich von der Bushaltestelle ab und bringt mich in seine Wohnung. Kurz darauf muss er in die Universität. Den Wohnungsschlüssel lässt er mir da. Doch er schärft mir ein, keinem Fremden die Tür zu öffnen. »Sollte irgendein Problem auftreten, dann geh zu Barbara, oder warte, bis ich zurück bin«, sagt er zum Abschied.

Es ist nicht das erste Mal, dass ich allein in seiner Wohnung zurückbleibe, aber heute muss er seinen Unterricht halten und kommt erst in einigen Stunden zurück. Kaum sind seine Schritte im Treppenhaus verhallt, schließe ich die Tür von innen ab und lasse den Schlüssel quer im Schloss stecken, damit kein Fremder hereinkommt. Dann lege ich mich ins Bett.

Nachdem ich eine Weile geschlafen habe, geht es mir besser. Ich mache mir Tee, setze mich an den Tisch und beginne zu lesen. Plötzlich beginnt der Boden unter meinen Füßen zu vibrieren. Jemand ist im Treppenhaus. Kurz darauf klopft es an meiner Tür. Ist das ein Nachbar? Ich sitze ganz still und horche. Da die Wohnzimmertür offen ist, höre ich sogar, wie der Mann vor der Tür leise seufzt und das Standbein wechselt.

Wieder klopft er, noch lauter. Dann klimpert ein Schlüsselbund, und ein Schlüssel wird ins Schloss gesteckt. Ich spüre, wie ich zu zittern beginne und Blitze vor meinen Augen zucken. Da der Mann gar nicht versucht, leise zu sein, gehe ich davon aus, dass es sich um den Verwalter handelt.

Der Fremde kommt natürlich nicht weiter, weil mein Schlüssel im Schloss steckt. Deshalb klopft er noch lauter. »*Kaimen* – Mach auf!«, ruft er. Als immer noch nichts passiert, donnert er mit der Faust gegen die Tür.

Mein Herz hämmert. Ich presse die Hand auf den Mund. Der Mann soll kein Geräusch von mir hören.

Eine Tür öffnet sich. Dann höre ich Barbaras Stimme. »Was machen Sie hier für Lärm?«, fragt sie auf Chinesisch.

»Ihr Nachbar macht die Tür nicht auf«, sagt der Mann.

»Wenn er nicht aufmacht, dann passt es ihm eben nicht. Kommen Sie morgen oder an einem anderen Tag wieder«, sagt Barbara.

»Aber es gibt Probleme. Ich muss nach den Rohren sehen.«

»Die Probleme gibt es schon lange. Da müssen Sie nicht gerade heute in die Wohnung da.«

»Nun ja, vielleicht ist Ihr Nachbar ja krank oder ohnmächtig. Wir sollten lieber mal nachsehen.« Der Mann hat seine Lautstärke deutlich heruntergeschraubt. Der Stimme nach stelle ich mir einen schlanken, aber kräftigen Mann mit listigen Augen vor.

»Nein, Sie brauchen sich nicht zu bemühen«, sagt Barbara. »Er ist gesund. Ich habe heute Morgen noch mit ihm gesprochen. Schreien Sie hier nicht herum, sondern gehen Sie einfach. Und vereinbaren Sie einen Termin, wie es sich gehört.«

Der Mann scharrt mit den Füßen, dann schleppt er sich die Treppe herunter und lässt die Haustür krachend ins Schloss fallen. Ruhe kehrt ein.

Langsam entweicht die Luft aus meiner Kehle. Barbara hat mich gerettet. Ich nehme mein Buch wieder in die Hand. Aber die nötige Ruhe ist weg. Dann höre ich draußen ein lautes Knacken. Ich schleiche zum Fenster und ducke mich rasch. Ein Mann mittleren Alters streift über die verlassene Baustelle. Er hat ein Stück Schlauch in der Hand, schaut aber mit seinen schmalen Augen suchend zu Normans Fenster hinauf. Ist das der ›Klempner‹?

Ich wage mich nicht mehr ans Fenster. Ich nehme mein Kissen vom Bett, lege es auf den Boden und setze mich drauf. Ohne Vorhang am Fenster kann ich mich in der Wohnung nicht wirklich verstecken. Aber jetzt braucht der Mann eine Leiter, wenn er mich sehen will.

Ich werde später nicht mehr wissen, was ich in dieser Situation gelesen habe. Ich werde nur noch wissen, dass ich nervös meine Zöpfe aufgelöst und wieder zusammengebunden und die ganze Zeit auf meinen Lippen herumgekaut habe. Über Stunden sitze ich starr auf dem Kissen und gehe nicht einmal auf Toilette, um bloß kein Geräusch zu machen.

Erst als Norman wiederkommt und nach mir ruft, stehe ich auf und mache die Tür auf.

Ich muss elend aussehen, denn Norman fragt sofort: »Sollen wir zum Arzt?«

»Ich bin so froh, dass du wieder da bist. Jemand hat versucht, in die Wohnung zu kommen.« Ich erzähle ihm, was passiert ist. Er ist wütend. »Die Kontrolleure haben mir nichts gesagt. Wahrscheinlich sind sie regelmäßig in meiner Wohnung, und ich hab's nicht bemerkt. Ich muss mich beschweren, sonst kommen sie jeden Tag.«

»Lieber nicht«, sage ich. »Sonst musst du erklären, wer in der Wohnung war.«

Norman hat frische Jiaozi mitgebracht. Während ich den Tisch decke, klopft Norman bei Barbara. Er will sie zum Essen einladen. Doch sie ist nicht da. Er kehrt in die Wohnung zurück, und wir beginnen zu essen.

»Ich glaube, du fährst mich jetzt besser nach draußen«, sage ich.

»Lass uns warten, bis es dunkel ist«, sagt er.

Ich will zwar so schnell wie möglich aus dem Ausländerviertel weg und fühle mich bei dem Gedanken, noch länger bleiben zu müssen, nicht wohl, aber Norman hat wahrscheinlich recht. Den Abend verbringen wir mit Lesen. Für den sonst üblichen Deutschunterricht habe ich jetzt nicht die Nerven. Einmal höre ich ein Geräusch von draußen, als wäre ein Stein umgefallen. Ich schicke Norman zum Fenster. Er kann nichts sehen, weil er im hellen Licht steht. Wir machen das Licht aus. Er schaut noch einmal hinunter. Nichts. »Wahrscheinlich sind es die wilden Katzen«, sagt er. »Ich glaube, du solltest hier übernachten. Sonst wissen sie, dass du heute allein in der Wohnung warst.«

Ich bin zu müde und zu schwach, um zu widersprechen. Außerdem habe ich jetzt große Angst vor dem, was da draußen ist. Dann muss ich auch noch niesen. Ich bin wohl wirklich nicht ganz gesund. Ich gehe ins Bett, Norman streichelt mich noch ein bisschen, dann schlafe ich ein.

Mitten in der Nacht träume ich, dass jemand an die Tür pocht. Ist das wirklich ein Traum? Plötzlich werde ich hellwach. Tatsächlich, es klopft an der Tür, und zwar ziemlich laut. Dann ist alles wieder still und dunkel. Ich wecke Norman. Er schaut auf den Wecker: Es ist kurz nach eins. In dem stillen, hallenden Betonhaus klingt jedes Geräusch wie eine Bombe. War es doch nur falscher Alarm? Nein, jetzt fängt jemand an zu schreien.

»Mach auf, die Chinesin muss raus!«, ruft er und betont seine Forderung durch neuerliches, donnerndes Klopfen.

Norman steht wütend auf. »Du bleibst liegen. Lass nichts von dir hören«, sagt er leise und zieht seine Jeans an.

»Nicht wütend werden«, sage ich. »Du musst Ruhe bewahren.« Ich rutsche noch tiefer unter die Decke, als ob ich mich so verstecken könnte.

Norman verlässt das Zimmer und zieht die Tür hinter sich zu. Dann macht er die Wohnungstür auf und fängt sofort an zu schreien: »Was für eine Unverschämtheit! Was soll das?«

»Sie haben eine Chinesin in Ihrer Wohnung. Das geht nicht. Sie muss das Viertel verlassen«, sagt die Männerstimme von heute Vormittag. Eine zweite Männerstimme pflichtet ihr bei: »Das ist nicht erlaubt.«

»Sie haben hier nichts zu suchen!«, sagt Norman. »Sie haben schon heute Morgen versucht, meine Tür aufzubrechen. Ich werde das gleich morgen früh melden. Und jetzt verschwinden Sie!«

»Die Chinesin muss raus!«

»Bei mir ist niemand. Verschwinden Sie!« Die Wände zittern. »Ich informiere die Botschaft, wenn Sie nicht augenblicklich hier abhauen.«

»Aber das ist das Ausländerviertel. Chinesen müssen das Viertel vor Mitternacht verlassen.«

Die Stimmen werden immer schriller und aggressiver. Hoffentlich gibt es keine Schlägerei. Ich habe das Gefühl, Norman habe seine Faust geballt und werde sie jeden Augenblick einsetzen. Lautlos stehe ich auf und ziehe mich an.

Plötzlich höre ich Barbaras Stimme: »Was machen Sie hier mitten in der Nacht? Wir haben morgen alle zu unterrichten. Gibt es denn gar keine Manieren mehr?«

»Eine Chinesin ist in seiner Wohnung. Das ist nicht erlaubt«, sagt der falsche Klempner, aber sein Ton ist weniger aggressiv als zuvor. Eine Ausländerin muss man respektieren, sonst gibt es schnell Ärger, besonders nachts.

»Verlassen Sie sofort das Haus!«, sagt Barbara. »Oder holen Sie den Direktor!«

Weiter oben öffnet sich eine Tür. Ein Mann mit russischem Akzent verlangt Ruhe.

Das ist zu viel für die Eindringlinge. Das ganze Haus wollen sie nicht gegen sich aufbringen. Ich höre schwerfällige Schritte und dann geht die Haustür ganz leise zu. Barbara und Norman reden aufgeregt miteinander. Dann kommt Norman zu mir ins Schlafzimmer. Barbara steht im Wohnzimmer.

»Mach kein Licht«, sage ich leise, »sonst sehen sie uns durchs Fenster.«

»Barbara meint, du kannst bei ihr übernachten«, sagt Norman. »Wer weiß, ob sie nicht mit Verstärkung noch mal zurückkommen.«

»Ich glaube, ich muss einfach von hier verschwinden«, sage ich. »Da unten an der Mauer liegt ein Haufen Reisig. Wenn ihr mir helft, auf die Mauer zu klettern, bin ich mit einem Sprung weg von hier.«

»Das ist zu gefährlich«, sagt Barbara. »Wir bringen dich morgen gemeinsam raus. Norman lenkt die Kontrolleure ab, und wir beide laufen zügig zusammen raus.«

»Nein. Das ist keine Lösung, dann habt ihr den Ärger«, sage ich. »Ich bin als Kind oft auf Bäume geklettert und wieder runtergesprungen.« In Wirklichkeit habe ich eine Höllenangst. Die Mauer ist bestimmt über drei Meter hoch.

Norman überlegt einen Augenblick. »Das klingt gar nicht schlecht«, sagt er. »Aber wir müssen noch warten. Sie lauern wahrscheinlich im Dunkeln, oder patrouillieren um das Gebäude herum. Wir versuchen es erst in einer Stunde.« Barbara grinst. Das Abenteuer scheint ihr zu gefallen.

Gegen zwei Uhr geht Norman mit einer Taschenlampe hinunter. Gespannt sehen wir vom dunklen Fenster aus zu, wie das Licht um die Hausecke kommt und der Strahl über die Baustelle und die dahinterliegende Mauer huscht. Dann kommt das Signal: Norman lässt die Lampe zweimal kurz blinken, dann macht er sie ganz aus und wartet. »Die Luft ist rein!«, heißt das.

Barbara nimmt mich an der Hand und wir schleichen lautlos die Treppe hinunter. Hinter der Haustür warten wir eine Sekunde im Dunkeln, dann kratzt Norman zweimal leise von draußen. Barbara öffnet die Tür, und wir schlüpfen hinaus.

Draußen ist es viel heller. Die Straßenlaternen werfen ein schwaches Licht auf die Häuser, die uns aus schwarzen Fensterhöhlen beobachten. Norman ist schrecklich aufgeregt, Barbara schaut nach links und rechts.

Ich bin erstaunlich ruhig. Wenn sie jetzt aus dem Dunkeln hervortreten und mich festnehmen, dann werde ich meine Rolle als ihre Jagdbeute annehmen, denke ich. Mir ist längst alles egal. Ich habe mich aufgegeben. Sollen sie mich doch erwischen! Aber niemand brüllt, niemand tritt aus dem Dunkel.

Hinter dem Haus ist es stockdunkel, und der Weg über die Baustelle ist wie ein Dschungelpfad. Norman geht vorneweg. Die Disteln reißen an meinem Kleid, und die Stacheln stechen mich in die Haut. Einmal höre ich Barbara leise fluchen, als sie an einen Balken stößt, der quer auf dem Weg liegt. Endlich sind wir an der Mauer und finden den Reisighaufen.

Auf Händen und Füßen klettere ich hoch. Es knistert und knackt unter mir. Ich strecke die Arme aus, aber es reicht nicht. Es fehlt mindestens ein halber Meter bis zur Mauerkrone. »Ihr müsst mir helfen!«, flüstere ich.

»Wir machen eine Räuberleiter«, sagt Norman, und Barbara nickt. Sie kommen herauf und fassen sich an den Händen. Dann gehen sie in die Knie und sagen, ich solle mich auf ihre Hände stellen. Ich zögere.

»Na los!«, sagt Barbara. Ich gehorche, stelle erst einen und dann den anderen Fuß auf ihre verschränkten Hände und stütze mich an der Mauer ab. »Eins, zwei!«, kommandiert Norman. Sie richten sich auf, und ich kann die Mauerkrone erreichen. Ich ziehe mich an ihr hoch, die beiden schieben von unten nach. Schon liege ich oben. Keine Scherben, kein Stacheldraht. Die Zhangwu ist tagsüber eine belebte Straße mit viel Verkehr. Nachts aber ist sie nur schwach beleuchtet, und weit und breit ist kein Mensch zu sehen. So ein Glück!

Doch das Knacken des Reisigs könnte jemand gehört haben. Ich muss von der Mauer runter, um nicht erwischt zu werden. Ich ziehe meine Beine hoch, hocke eine Sekunde lang auf der Mauerkrone und springe todesmutig hinunter. Es ist viel höher, als ich gedacht habe, und der Aufprall ist heftig. Einen Augenblick bleibe ich liegen, dann betaste ich meine Beine. Keine Schmerzen. Ich stehe auf und mache zwei Probeschritte. Alles in Ordnung. Mich erfüllt ein wilder Triumph: Ich habe den Sprung überlebt und bin draußen!

»Gelandet«, rufe ich im Flüsterton über die Mauer. »Gute Nacht!« Dann gehe ich, mich wachsam umblickend, auf die vertraute Bushaltestelle zu, obwohl um diese Uhrzeit kein Bus mehr fährt. Als ich den Jiaozi-Imbiss erreiche, der jetzt nur eine schwarze Kiste ist, verspüre ich plötzlich Hunger, vergesse ihn aber schnell wieder. Ich fühle mich so frei wie noch nie. Die Kontrolleure haben die Krallen ausgestreckt, aber ich bin ihnen entwischt. Nein, mehr noch: Ich habe die Angst besiegt und bin wie ein Tiger gesprungen.

11.
Nachts allein in Shanghai

Die Sipingstraße ist mindestens dreimal so breit wie die Zhangwu. Kaum habe ich sie erreicht, wird mir doch flau im Magen. Es ist kurz nach zwei und stockdunkel. Ich bin noch nie so früh am Morgen unterwegs gewesen. Genauer gesagt: Ich bin in meinen 24 Lebensjahren noch *nie* nachts allein gewesen. Ich will so schnell wie möglich ins Wohnheim, ins warme Bett, aber dann fällt mir ein, dass ich gar nicht weiß, wie ich hineinkommen soll.

Das Wohnheim für Studentinnen ist von Mitternacht bis fünf Uhr morgens geschlossen. Erst letzte Woche ist eine meiner Mitbewohnerinnen abends mit einem Jungen spazieren gegangen und fand, als sie zurückkam, die Haustür verschlossen vor. Sie war nur wenige Minuten zu spät und hatte lange am Eingang geklopft, ohne dass die Pförtnerin sich gerührt hätte. Stattdessen wachten einige Kommilitoninnen auf, die ihr aber nicht helfen konnte. Die beiden mussten stundenlang auf dem Hof herumgehen, bis dann um fünf Uhr früh die Haustür wieder geöffnet wurde.

Wenn ich jetzt zu meinem Wohnheim gehe, werde ich fast zwei Stunden vor der Tür warten müssen. Wohin könnte ich gehen? Zu meinen Kommilitoninnen von früher, die mit mir an der Jiaotong studiert haben und dort geblieben sind? Das bringt gar nichts. Die beiden Universitäten liegen so weit auseinander, dass ich mehr als zweieinhalb Stunden bräuchte, um hinzukommen, und kaum da, könnte ich gleich wieder zurückfahren.

Mein Mastervater Professor Zhang kommt mir kurz in den Sinn. Aber den kann ich gleich wieder vergessen. Er wohnt auf dem überwachten Universitätsgelände, und wenn ich nachts zu ihm wollte, müsste ich beim Pförtner meinen Ausweis vorzeigen und einen Grund angeben. Das schadet mir nur. Und dem Professor womöglich auch.

Es bleibt mir nur eine einzige Zuflucht: Professor Chen. Weil er weit weg von der Universität wohnt und unsere Gespräche über Literatur sich oft über Mitternacht hinaus gedehnt haben, habe ich schon einige Male bei ihm auf dem Gästebett übernachtet.

An der Sipingstraße muss die Entscheidung fallen: Nach Nordosten führt sie zur Fudan, nach Südwesten ins Stadtzentrum. Ich gehe zur Bushaltestelle, wo die Busse ins Zentrum fahren. Der nächste Bus kommt erst in zwei Stunden. Soll ich hier warten? Was ist, wenn mich jemand sieht und auf falsche Gedanken kommt? Dann wäre ich ihm ausgeliefert. Nein, ich bleibe lieber in Bewegung. So kann ich meine Angst in Grenze halten.

Ich marschiere los. Bis zur Altstadt ist es aber ziemlich weit. Sind es vier, fünf oder gar sechs Kilometer? Ich hoffe, dass ich so weit laufen kann, bis ich einen Nachtbus finde. Immerhin ist die Straße hell beleuchtet. Das lindert meine Nervosität. Nur die Bäume am Straßenrand machen mir Angst. Hinter jedem Baum kann jemand stehen, der mir alles Mögliche rauben will.

Lange begegne ich niemandem. Dann klappert ein alter Mann auf einem Fahrrad vorbei. Er summt vor sich hin, was mich beruhigt. Aber schon bald ist er nicht mehr zu sehen.

Dann höre ich Stimmen. Drei Halbstarke, die krakeelen und sich gegenseitig herumschubsen. Sie sind noch hundert Meter entfernt. Ich wechsle auf die Straßenseite, als ob ich dort wohnte. Zum Glück sind sie mit sich selbst beschäftigt und werfen mir nur einen flüchtigen Blick zu.

Dann kommt mir ein junger Mann entgegen. Ein stattlicher Mann. Aber ich kann nicht schon wieder die Straßenseite wechseln, damit verriete ich nur meine Angst. Ich senke den Kopf und marschiere mit weit schwingenden Armen und kräftigen Schritten voran. Ich atme auf, als ich endlich an ihm vorbei bin, wage aber nicht, meinen Schritt zu verlangsamen.

Es war mir noch nie so bewusst, dass die Straßen nachts völlig von Männern beherrscht sind. Und weit und breit kein Bus in Sicht. Nur gelegentlich donnert ein Lastwagen an mir vorbei. Jetzt folgt eine Strecke, auf der keine Häuser stehen. Links und rechts leeres Niemandsland. Wenn mich da jemand ins Dunkle zieht, bin ich ihm hilflos ausgeliefert. Wenn ich schreie, hört mich kein Mensch.

Wieder höre ich hinter mir einen Radfahrer. Ich schaue über die Schulter: Ein Mann in mittleren Jahren. Er sieht müde aus. Seine kleine Glatze wirkt gutmütig und vertrauenswürdig.

Ich entschließe mich, gehe auf die Fahrbahn und winke ihm. Er hält an und betrachtet mich neugierig. »Brauchst du Hilfe?«

»Guten Morgen«, stammle ich aufgeregt. »Ich muss wegen einer dringenden Familienangelegenheit in die Stadt. Können Sie mich ein Stückchen mitnehmen? Es fährt anscheinend kein Bus.«

Er nickt. »Busse fahren jetzt keine.« Er mustert mich von oben bis unten und überlegt, ob ich gefährlich sein könnte. Dann, endlich, sagt er: »Na gut, es ist besser, wenn man nachts nicht allein unterwegs ist, Genossin. Aber ich fahre nur bis zu Bund. Dann muss ich rechts abbiegen.« Jetzt lächelt er sogar fast.

»Bis zum Bund wäre mir eine große Hilfe. Den Rest schaffe ich zu Fuß.«

»Gut. Steig auf.« Er wartet, bis ich mich seitlich auf seinen Gepäckträger gesetzt habe. Als er sich nach vorne beugt und in die Pedale tritt, muss ich sofort an Norman denken. Ich habe den Fremden wohl richtig eingeschätzt. Das Rad beginnt zu rollen, und meine Angst schmilzt wie Schnee in der Sonne. Nach einer halben Stunde sind wir am Bund. Ich steige ab und bedanke mich mit einer tiefen Verbeugung. Der Mann biegt in die Nanjing Road ab und ist bald nicht mehr zu sehen.

Von hier aus finde ich den Weg zu Professor Chen mit verbundenen Augen. Es ist unser Lieblingsspaziergang. Aber jetzt habe ich es plötzlich gar nicht mehr so eilig. Die nächtliche Stadt überrascht mich. Der Bund liegt im Dunkeln, aber die Prachtstraße nebenan, die Zhongshan Dongyi Road, ist hell erleuchtet. Auch in der Nacht gibt es Leute, die hier spazieren gehen. Eine ganze Familie mit Kindern ist unterwegs. Wahrscheinlich Touristen. Hier und da stehen Pärchen und Einzelne, die mir den Rücken zukehren und auf den Fluss hinausstarren.

Ich fühle mich wie ausgewechselt und gehe die Treppe zur Promenade hinauf. Der Huangpu glänzt wie schwarzes Gold und plätschert leise gegen die Ufermauer. Sogar die Lichter der Boote draußen sind zu sehen. Ich gehe die Promenade entlang Richtung Süden, bis die Prachtstraße der europäischen Kolonialherren mit ihren Palästen zu Ende geht und das französische Viertel beginnt. Hier verlasse ich die Promenade und biege in eine vertraute, schwach beleuchtete Gasse ein.

Die Häuser hier sind weder europäisch bombastisch noch sozialistisch pragmatisch, sondern altchinesisch. Die Altstadt ist kreisförmig angelegt und war früher von einer Mauer umgeben. Die Häuser sind niedrig, und die Gasse, auf der ich gehe, ist eng. Sie ist das Mauseloch, in dem ich mich verstecken werde.

Hier brauche ich keine Angst zu haben, denke ich gerade. Und dann überrascht mich ein unerwarteter Anblick: Vor einem Restaurant werden Hühner geschlachtet. Ein bulliger Mann hackt ihnen den Kopf ab. Ein anderer zieht sie durch einen dampfenden Kessel mit kochendem Wasser, zwei Frauen rupfen sie. Dann werden sie ausgenommen. Herzen, Leber und Mägen kommen in einen Topf, die Eingeweide in einen anderen. Das kochende Wasser im Kessel und der Dampf aus dem Wok bilden eine gewaltige, heiße Nebelwand, so dass ich die Leute dahinter nicht richtig erkennen kann. Sie erscheinen wie schwarze Schatten und sprechen einen harten, brutalen Dialekt. Sie sehen mich gleichgültig an, und der tierische Blutgeruch lässt keinen Zweifel daran, was da gerade geschieht. Es überläuft mich ein plötzlicher Schauder und ich beginne zu rennen. Am Ende bin ich froh, als ich das vertraute zweistöckige Eckhaus erreiche. Es ist kurz nach vier. Ich schwitze und bin glühend heiß.

Die Gasse ist still und friedlich. Das Eckhaus schlummert wie seine Nachbarn im Dunkeln. Professor Chen wohnt im ersten Stock. Sein Fenster schimmert im schwachen Mondlicht.

»Professor Chen, Professor Chen …«, rufe ich leise.

Das Fenster bleibt dunkel.

»Professor Chen, Professor Chen …«, rufe ich etwas lauter.

Das Fenster bleibt weiterhin dunkel, aber es öffnet sich einen Spalt. Nach einer Sekunde höre ich eine Stimme. »Bist du das, Tanya? Warte, ich komme herunter.«

Die Haustür öffnet sich mit einem leisen Kratzen und ich schlüpfe hinein. Kurz darauf stehe ich in seinem Schlaf- und Arbeitszimmer. Chen zieht die Vorhänge zu, dann knipst er die kleine Lampe auf seinem Schreibtisch an. »Tut mir leid, dass ich euch aus dem Schlaf geweckt habe«, sage ich mit einem unsicheren Lächeln. »Aber du hast mich gerettet. Ich bin nämlich auf der Flucht.«

»Das habe ich mir gedacht. Du kommst direkt von deinem Norman, nicht wahr? Erzähle!«, sagt Professor Chen und steckt sich eine Zigarette an, um seine Aufregung und seinen Schreck ein bisschen unter Kontrolle zu bringen. Auch seine Frau ist jetzt aufgestanden und macht uns Tee. Als der Tee da ist, setzt sie sich aufs Bett und steckt sich ebenfalls eine Zigarette an.

Ich beginne zu erzählen. Ich beichte das ganze Katz-und-Mausspiel mit den Kontrolleuren seit Beginn der Beziehung mit Norman. Als ich fertig bin, lacht Professor Chen leise. »Da hast du aber Glück gehabt, Tanya. Hätten die Kontrolleure dich erwischt, hättest du bis zum Ende deines Studiums nur Ärger.«

»Ja, aber ich bin ihnen entwischt«, sage ich triumphierend.

»Psst! Die Nachbarn schlafen noch«, mahnt der Professor. »So wie es aussieht, haben die Kontrolleure längst Notizen zu dir gemacht und beobachten dich schon lange.«

»Aber Sie können nicht beweisen, dass ich da übernachtet habe«, sage ich beharrlich.

»Aber sie wissen genau, was ihr treibt. Und so heiß wie du auf deinen Deutschen bist, brauchen sie bloß zu warten, bis ihr einen Fehler macht, nicht wahr?« Der Professor steckt sich eine neue Zigarette an.

Ich weiß, dass er sich Sorgen macht, sonst würde er nicht so viel rauchen. Aber ich will auf meinen Triumph nicht verzichten. »*Chuan dao qiaotou ziranzhi* – wenn man zur Brücke kommt, findet das Schiff von selbst seinen Weg.«

»In den Zeitungen sind seit einiger Zeit wieder Leitartikel gegen die Liberalisierung der Wirtschaft und der Gesellschaft zu lesen. Einen Ausländer anzugreifen würden die Leute wahrscheinlich nicht wagen, aber du bist ein leichtes Ziel. Es gibt bestimmt ein paar Denunzianten, die sich einen Vorteil davon versprechen, dich als verdorbene Studentin anzuschwärzen, oder selbsternannte Tugendwächter, die gern ein Exempel an dir statuieren würden.« Chen schaut mich scharf an. »Ich glaube, wenn ihr schon so weit seid, dass du bei ihm übernachtest, dann solltet ihr heiraten. Sonst könnte es schnell brenzlig werden. Und am Ende bist du die Verliererin.«

Seine Fürsorge rührt mich, und am liebsten würde ich ihm einen Kuss geben. Aber das geht nun wirklich nicht. Außerdem hat er genau meine schwache Stelle getroffen; ich schaue zur Seite. Durch einen Spalt im Vorhang sehe ich, dass es draußen allmählich hell wird.

»Nun ja, ich bin ein Mädchen. Den Heiratsantrag muss schon der Mann machen. Aber die Ausländer denken vielleicht nicht so sehr ans Heiraten wie wir«, sage ich.

»Siehst du, kaum ist unser Mädchen den Hyänen entkommen, wird es frech wie eine Quakente«, sagt er zu seiner Frau, und wir lachen alle drei.

12.
Es muss da etwas geklärt werden

Der Sprung über die Mauer hat mich beflügelt. Ich fühle mich leicht und frei. Tatsächlich beschwert sich Norman am nächsten Tag mit Barbara zusammen beim Büro für ausländische Angelegenheiten über die nächtliche Heimsuchung und berichtet zufrieden, man sei ihm sehr höflich begegnet. Jedenfalls verspricht das Büro, mit der Verwaltung des Ausländerviertels zu reden und deren Mitarbeiter zur Mäßigung zu veranlassen.

Die Lage scheint sich zu beruhigen, und ein paar Tage später fährt mich Norman wie gewohnt mit dem Fahrrad ins Ausländerviertel. Ich hätte gern gewusst, ob mich die Kontrolleure erkennen, aber ich sitze wie immer mit dem Rücken zu ihnen und kann ihre Blicke nicht sehen. Als wir in Normans Wohnung angekommen sind, malen wir uns das Gesicht des ›Klempners‹ aus und machen dabei unsere Witze.

An diesem Abend schlägt Norman vor, ich solle mal allein durchs Tor gehen. Er lauert hinter einem Gebäude, um sofort eingreifen zu können, sollte es brenzlig werden. Aber das wird es nicht. Im Pförtnerhaus schwatzen zwei Kontrolleure und heben nicht einmal den Blick, als ich an ihnen vorbeigehe, das hell beleuchtete Tor passiere und um die Ecke biege.

Ich kann’s kaum glauben. Hat sich der Wind gedreht? Nun bin ich fest überzeugt, dass Normans Beschwerden gewirkt haben und die Verhältnisse immer freier und leichter werden. Zwei Tage später, am Samstag, übernachte ich wieder bei ihm. Ich bin viel entspannter als sonst und erlaube ihm, dass er mich überall anfasst. Ich staune, wie geschickt und vorsichtig er mit mir umgeht, ohne mehr zu verlangen, als ich ihm geben will. Jetzt haben wir nicht nur die Kontrollcure gezähmt, sondern auch eine Methode gefunden, zärtlich zu sein, ohne mein Studium in Gefahr zu bringen. Ich bin sehr stolz auf uns, und als ich am nächsten Tag aufbreche, sage ich: »Lass nur, heute gehe ich mal allein.«

Ich verabschiede mich und marschiere mit geradem Blick durch das offene Tor. Es ist Mittag. Das Licht ist grell. Ich bin schon zwei Schritte draußen, da ruft der Mann im Kontrollhäuschen durch die offene Tür: »Halt! Stehenbleiben!«

Die Stimme kenne ich. Der Klempner! Mir schwant nichts Gutes. Ich tue so, als hätte ich nichts gehört, und gehe weiter. Da springt der Mann aus der Tür. Mit zwei Schritten hat er mich eingeholt. »Du, komm mal her. Es muss da etwas geklärt werden.«

Ich drehe mich um und sehe in zwei stechende Fledermausaugen. Der Mann ist ungefähr dreißig. Sportliche Figur, graues T-Shirt und schwarze Hose, ein typischer Shanghai-Chinese: lässig und überlegen. Wenn nur dieser schreckliche Blick nicht wäre. Hätte ich gewusst, dass er zu den Kontrolleuren gehört, wäre ich bestimmt nicht so mutig durchs Tor gelaufen. Ist er extra wegen mir gekommen? Jetzt habe ich mich durch meinen Leichtsinn selbst auf die Schlachtbank geschickt. Ich schleppe meine bleiernen Beine in die von ihm gedeutete Richtung.

Dann stehe ich im Kontrollhaus. Es ist ungefähr drei mal vier Meter groß und hat zwei Türen. An den Wänden hängt nichts. Außer einem Büroschrank, einem Tisch und zwei Holzstühlen gibt es kein weiteres Möbel. Auf dem Tisch liegt das Meldebuch. Hinter dem Tisch sitzt ein zweiter, etwas älterer Mann, der mich wortlos mustert.

»Du hast dich nicht angemeldet«, sagt das Fledermausgesicht mit gedehnter Stimme.

»Ich hab's vergessen«, nuschele ich.

»Zeig mal deinen Ausweis her.« Er setzt sich mit gespreizten Beinen auf seinen Stuhl. Der andere schaut zu, als wäre er im Theater.

Ich krame umständlich in meinem Rucksack herum und hoffe, dass jemand vorbeikommt – Norman, Barbara oder irgendein anderer Ausländer. Ich würde zu ihm hinrennen und um Hilfe bitten.

Aber es lässt sich keine Langnase blicken. Ich schiele auf das dunkelrote Telefon, das nur einen Meter neben mir auf dem Tisch steht. Norman hat gesagt, dass ich ihn sofort anrufen soll, wenn es eine schwierige Situation gibt, aber das Fledermausgesicht wird mir niemals erlauben, dass ich telefoniere. Ich senke den Kopf.

»Deinen Ausweis!«, wiederholt der Mann.

Widerstrebend rücke ich die rote Plastikhülle mit meinem Studentenausweis heraus. Das Fledermausgesicht klappt ihn auf und vergleicht das Foto mit mir. Dann sagt er: »Du studierst an der Fudan-Uni?«

Ich nicke.

»Und du hast einfach hier übernachtet?«

»Nein. Ich bin heute morgen hergekommen«, behaupte ich. Aber ich bin es nicht gewohnt zu lügen und höre selbst, wie dünn meine Stimme klingt.

»Das kann nicht sein. Ich habe den ganzen Vormittag hier gesessen und dich nicht gesehen«, sagt er gedehnt. Und dann plötzlich, ganz hart und brutal: »Wen hast du besucht?«

Ich zucke zusammen. »Norman Berger.«

»Aha. Der deutsche Mann im letzten Gebäude. Wie oft hast du hier übernachtet?«

»Ich habe hier nicht übernachtet«, murmele ich.

»Du hast hier sehr wohl übernachtet. Und das nicht nur einmal«, sagt der Mann bestimmt. »Wir werden deinen Ausweis gleich prüfen.«

Er greift nach dem Telefon und lässt sich mit meiner Fakultät verbinden. Du schwarzer Himmel! Was soll ich jetzt machen?

Kaum ist die Verbindung hergestellt, verlangt das Fledermausgesicht den Büroleiter der Fakultät. Und bekommt ihn auch gleich. Jetzt bin ich mir sicher: Das ist kein einfacher Kontrolleur.

Nachdem der Unsichtbare am anderen Ende bestätigt hat, dass eine Studentin namens Lu Tanya tatsächlich bei der Fakultät Journalistik studiert und mein Geburtstagsdatum stimmt, gibt es keinen Zweifel mehr an meiner Identität.

»Ihre Studentin hat hier übernachtet. Im Ausländerviertel! Sie erhalten einen schriftlichen Bericht von uns.«

Ich bin wie vom Blitz getroffen, kann weder sprechen noch denken. Bloß nicht die Nerven verlieren und heulen!

Das Fledermausgesicht notiert meine Daten und gibt mir den Ausweis zurück. »Du kannst jetzt gehen.«

Mit zitternden Knien verlasse ich das Kontrollhäuschen.

Im Bus wische ich mir ständig über die Augen, damit niemand die Tränen sieht. Als ich im Wohnheim ankomme, gehe ich gleich ins Pförtnerzimmer und rufe Norman an. Er ist noch zu Hause. Mit erstickter Stimme erzähle ich schluchzend, dass die Kontrolleure mich angehalten und meine Fakultät informiert haben.

Norman wird wütend, statt mich zu trösten. »Ich hab dir doch gesagt, in einem solchen Fall musst du mich anrufen. Warum hast du das nicht getan?«

Vor meinen inneren Augen taucht das unerreichbare dunkelrote Telefon mit der Wählscheibe auf. »Die hätten mich doch nicht telefonieren lassen. Ich hatte Angst …«, sage ich. Tränen rollen mir über die Wangen und fallen auf die Bluse.

Norman stößt einen Seufzer aus. »Gut. Du unternimmst nichts. Ich gehe gleich zu der listigen Fledermaus und werde mich beschweren.«

»Bitte nicht«, will ich schreien. Aber die Angst steckt mir wie eine Fischgräte im Hals und lässt nur wimmernde, schwer verständliche Laute aus mir heraus. Am liebsten würde ich einfach weglaufen. Aber wohin könnte ich jetzt noch flüchten? Ich steige schweren Schrittes hinauf in mein Zimmer und verkrieche mich sofort ins Bett. Mit einer Wäscheklammer fixiere ich das Moskitonetz, damit keine meiner Zimmergenossinnen an mich herankann, um mir Trost zu spenden.

Ich ziehe die Decke über den Kopf und lasse die Tränen fließen. Durch meinen Übermut werde ich alles verlieren. Meine Zukunft als Journalistin rückt wie ein Dampfer auf hoher See in weite Ferne, und ich bin über Bord gegangen – bin nichts als ein ertrinkender Angsthase, von dem Norman längst begriffen hat, dass er seiner nicht würdig ist. Ich beiße mir auf die Lippen und ersticke mein Schluchzen im Kissen, bis keine Tränen mehr fließen und ich erschöpft einschlafe. Alpträume reißen mich aus dem Schlaf und drücken mich wieder zurück in die Finsternis. Mein Bauch fühlt sich an, als wäre er voller Stein.

Beim Abendessen unterhalten sich meine Zimmergenossinnen laut miteinander und wecken mich mit ihrem Geplapper. Ich habe keinen Appetit und bleibe liegen. Dann höre ich die Pförtnerin durch den Lautsprecher rufen: »Zimmer 311, Lu Tanya, Telefon.« Ich stehe auf und renne mit gesenktem Kopf aus dem Zimmer, damit meine Kommilitoninnen mein rot verheultes Gesicht nicht sehen.

Es ist Norman. Er ist nicht mehr so streng wie eben noch. »Ich habe mich beschwert, dass die Fledermaus in meiner Abwesenheit versucht hat, meine Tür aufzubrechen, und seine Versetzung verlangt«, sagt er. »Ich habe im Konsulat angerufen und werde auch die deutsche Botschaft in Peking informieren.« Ich höre mir alles wortlos an.

Am nächsten Tag schleppe ich mich zum Praktikum. Aber ich bin nicht mehr dieselbe. Meine Betreuerin macht große Augen. »Was ist mit dir los? Du siehst ja noch schlechter aus als gestern. Leidest du an Eisenmangel?«

»Nein, es sind nur die üblichen Schmerzen«, sage ich und setze mich an meinen Platz.

Doch ich fange bald an zu husten. Kopfschmerzen habe ich schon seit gestern. Meine Stirn ist glühend heiß. Ich nehme eine frische Ingwerknolle aus meiner Tasche, beiße ein Stück von ihr ab, zerkaue es langsam und trinke heißes Wasser dazu, während ich nach dem ersten Stapel Leserbriefe greife. Meine Betreuerin schaut mich besorgt an und will mich wieder nach Hause schicken. Aber ich lehne das Angebot ab und bleibe bis Dienstschluss. Ich wäre sogar noch länger geblieben, aber meine Betreuerin knipst einfach das Licht aus und schickt mich weg.

Drei Tage später. Als ich abends ins Wohnheim komme, bin ich zufällig mit Pingping allein im Zimmer. Sie sitzt auf ihrem Bett, das meinem gegenübersteht. »Setz dich«, sagt sie. Dann erzählt sie mit gedämpfter Stimme, dass am Mittag jemand von der Fakultät ins Zimmer gekommen sei und sich nach mir erkundigt habe. Er wollte wissen, ob ich Verwandte in Shanghai hätte, ob ich häufig mit Jungen ausginge, wie oft ich im Wohnheim übernachte, ob ich einen Ausländer kenne und so etwas – einfach alles.

»Und? Was habt ihr gesagt?«, frage ich mit gespielter Gleichgültigkeit.

»Naja. Wir waren zu viert im Zimmer. Bei so vielen Leuten haben wir halt gesagt, was wir wissen. Dass du eine fleißige Studentin bist. Dass du vor ein paar Monaten mal mit einem Ausländer spazieren gegangen bist. Von Verwandten wissen wir nichts, und in letzter Zeit hast du hier nicht mehr oft übernachtet.«

Es ist wie ein Tritt in den Magen. »Danke, dass du es mir gesagt hast«, sage ich und schaue weg, um die Tränen zu unterdrücken.

»Bist du in Schwierigkeiten?«, fragt sie. »Führt die Fakultät was im Schilde?«

»Ich weiß nicht«, sage ich.

Pingping kaut auf ihrer Unterlippe herum und sagt nichts mehr.

Als ich im Bett liege und die anderen schlafen, kann ich endlich weinen. Ich ahne, dass meine Tage an der Uni gezählt sind, und ich habe keine Ahnung, was ich dann tun soll.

Doch es passiert nichts. Ich gehe jeden Tag zu meinem Praktikum, und es passiert nichts. Die Fakultät scheint die Zeitung nicht informiert zu haben. Oder will man mich auf die Probe stellen? Ich erhalte sogar einige Aufträge für Reportagen und ein Interview mit einem unbekannten Kunstschaffenden aus der Provinz.

Ich verpasse keine Gelegenheit mich zu bewähren, benehme mich so korrekt wie möglich und liefere meine Texte pünktlich ab. Es gibt keine Beanstandungen. Mein Name wird jedes Mal mitgedruckt, und jedes Mal, wenn ich ihn in der Zeitung lese, habe ich das Gefühl, dass meine Schuld kleiner geworden ist. Sie geben mir eine zweite Chance, denke ich, und hüte mich, an das Ausländerviertel zu denken.

Nach der Arbeit fahre ich nicht gleich ins Wohnheim, da ich fürchte, mein Gesicht könnte mich verraten, und ich will nicht vor den anderen losheulen. Zu Professor Chen will ich momentan auch nicht, da ich mich zu sehr schäme, und so irre ich ziellos durch die Straßen der Innenstadt. Ich bin selbst überrascht, als ich plötzlich vor dem Schneckenimbiss in der Ningbo Straße stehe. Es duftet wie früher, und die Feinschmecker sitzen wie immer auf der Straße und stochern in den ölglänzenden Schneckenhäuschen nach den Leckerbissen. Der Anblick macht mich so traurig, dass ich mich fast übergeben muss. Das Gefühl, nicht mehr dazuzugehören, niemanden mehr zu haben, der seine Schnecken mit mir teilt, und dass ich dies auch verdient habe, wächst in mir an und nimmt Überhand. Ich gehe weiter.

Wenig später bleibe ich vor dem Juweliergeschäft Hengdeli stehe und starre auf die feinen Uhren. Wenn ich die Augen schließe, spüre ich, dass Professor Chen neben mir steht, lebendig und warm. Mit Begeisterung zeigt er auf die neuen Modelle und erklärt mir ihre Besonderheiten, als hoffte er heimlich, ich würde irgendwann literarische oder journalistische Meisterwerke liefern, die genauso perfekt und langlebig wären wie diese Uhren hinter der Schaufensterscheibe.

Plötzlich sehe ich mein Spiegelbild. Ich sehe aus wie ein Geist. So blass war ich noch nie. Ich kann das Ticken der Uhren nicht hören, aber das Kreisen der Sekundenzeiger spricht eine deutliche Sprache. Auf einmal habe ich das Gefühl, dass meine Zeit in Shanghai bald vorüber sein könnte, und ich sehe mich den Huangpu hinuntertreiben wie ein Herbstblatt ohne Halt.

13.
Die Alternative

Es ist die Stille vor dem Sturm, und es gibt keinen Ort, an dem ich mich verstecken könnte, das weiß ich. Meine Haut ist gespannt wie dünnes Papier, das bei jeder kleinsten Berührung reißen kann.

Nachdem ich zehn Tage im luftleeren Raum gelebt und kaum geatmet habe, kommt am Abend des elften Tages der Bote, der das Unwetter ankündigt. Er ist ein Masterstudent wie ich, ein netter junger Mann namens Wu Dong, freundlich und zugänglich. Er wohnt gleich gegenüber im nächsten Gebäude und teilt sein Zimmer mit fünf anderen. Ich habe sie früher manchmal besucht und über Politik und Kultur diskutiert, um auf dem Laufenden zu bleiben und dabei meinen Scharfsinn zu erproben. Einmal hat Wu Dong die Politik verteidigt und erwähnt, er sei der Partei beigetreten, um beim Aufbau des neuen China zu helfen. Da kam er mir wie ein Idealist vor. Aber das minderte keineswegs meine Sympathie für ihn. Im Gegenteil, ich hoffte sehr, dass Leute wie er die Partei besser und moderner machen würden.

Das war vor Norman. Danach hatte ich keine Zeit mehr, meine Mittagspause mit den männlichen Kommilitonen im Nachbarhaus zu verbringen. Dem Mann mit dem Mitgliedausweis bin ich nur noch gelegentlich auf dem Unigelände begegnet. Er ist aber jedes Mal stehengeblieben und hat sich nach meinem Befinden und meinen Fortschritten im Studium erkundigt. Ich mag ihn.

Genau dieser Kommilitone kommt abends zu mir herüber, winkt mich aus dem Zimmer und spricht mit mir leise im Korridor. Ich soll mich am nächsten Tag um 15 Uhr dreißig bei Herrn Wang Gang melden, dem stellvertretenden Parteisekretär unserer Fakultät. Dessen Büro ist im Verwaltungsgebäude, einer alten europäischen Villa, die etwas abseits im Park liegt.

»Worum geht es?«, frage ich mit zitternden Knien.

»Das wird er direkt mit dir besprechen«, sagt Wu Dong sachlich. »Es war reiner Zufall, dass ich ihn gestern getroffen habe.«

Ich spüre, dass er mir nicht die ganze Wahrheit sagt. Aber er ist klug genug, nur seine Rolle als Bote zu spielen. »Danke«, sage ich. Die Jagd hat begonnen, und ich habe nichts, womit ich mich wehren kann.

»Sei pünktlich«, ermahnt mich der Kommilitone mit ernstem Gesicht. »Der Genosse Wang hat viel zu tun und wartet nicht gern.«

Am Morgen fahre ich noch zur Zeitung, aber ich bin viel zu nervös, um mich mit den blöden Leserbriefen zu beschäftigen. Wozu auch? Ich werde von der Uni fliegen, und dann macht auch das Praktikum keinen Sinn mehr. Ich bitte meine Betreuerin, mir den Nachmittag freizugeben, weil ich mich bei der Fakultät melden müsse. Dass ich wahrscheinlich nie wiederkomme, sage ich nicht. Und als ich mich zum Abschied vor ihr verbeuge, schaut sie mich erfreut, aber auch sehr verlegen an.

Ich melde mich um 15 Uhr sechsundzwanzig im Sekretariat der Fakultät und frage nach dem Büro des Stellvertretenden Parteisekretärs Wang Gang. Dann steige ich die Marmortreppe der alten Villa hoch in die erste Etage, zähle die hohen Türen aus schwarzem Holz und klopfe vorsichtig an der vierten Tür.

»Komm rein!«

Herr Wang sitzt allein in seinem Büro. Er ist im mittleren Alter und lächelt kaum. Er hat keine so feinen Züge wie die Professoren, schon gar nicht wie der vornehme Zhang und der liebenswürdige Chen, sondern ein kräftiges, rundes Bauerngesicht, durchdringende Augen und einen stämmigen Körper. Hätte ich ihn auf der Straße gesehen, hätte ich in ihm den Leiter einer landwirtschaftlichen Produktionsgenossenschaft oder den Manager einer Fabrik vermutet. Mit ihm ist nicht gut Kirschen essen, wenn man auf der falschen Seite steht. Aber böse und grob sieht er nicht aus. Er verkündet nicht, was ihm andere gesagt haben, sondern weiß genau, was er will.

Da ich mich nie darum gekümmert habe, war mir bis gestern gar nicht klar, dass es im Gebäude der Fakultät ein Büro für Parteiangelegenheiten gibt. Auch von Herrn Wang hatte ich nie gehört. Er ist mir völlig fremd. Aber die Partei ist nun mal überall, und in Fragen der Moral die höchste Instanz. Mein Schicksal liegt nicht in den Händen der Fakultät. Der Dekan wird tun, was die Partei ihm befiehlt.

Herr Wang mustert mich sachlich, und sofort habe ich wieder einmal das Gefühl, ich sei zu klein. Mit einer knappen Kopfbewegung zeigt er, dass ich auf dem Besucherstuhl Platz nehmen soll, und kommt gleich zur Sache. »Die Tongji Universität hat uns informiert, dass du mehrfach unangemeldet in ihrem Ausländerviertel warst und dort auch übernachtet hast. Wir haben das überprüft und festgestellt, dass der Bericht stimmt.«

Ich halte den Kopf demütig gesenkt und höre schweigend zu. Ich kann mich nicht verteidigen. Irgendwelche Lügen versuche ich gar nicht erst zu erfinden. Damit bin ich schon beim Fledermausgesicht kläglich gescheitert. Aber was kann ich schon sagen, wenn ich bei der Wahrheit bleibe? Soll ich sagen, ich habe zwar bei einem Ausländer übernachtet, aber Sex mit ihm hatte ich keinen? Das klingt wie: Ich bin zwar auf dem Mond gelandet, habe aber die Füße nicht auf den Boden gestellt. Wer soll das glauben? Ich mache mich damit lächerlich, und obendrein klingt es irgendwie nicht normal, sondern gestört, vielleicht sogar geisteskrank. Dann haben sie einen echten Grund, mich rauszuschmeißen. Dass ich in der verbotenen Zone geschlafen habe, kann ich nicht aus der Welt schaffen, egal ob ich die Beine aufgemacht habe oder nicht. Jetzt warte ich nur noch auf das Urteil des Stellvertretenden Sekretärs, auf den Schnitt, der mein Studium beenden und meine Zukunft vernichten wird. Eisige Kälte kriecht an meinen Füßen hoch und lässt mich erstarren.

»Das kann nicht so weitergehen«, sagt der Sekretär. »Du wirst dich diese Woche im medizinischen Zentrum unserer Universität untersuchen lassen.« Er nennt den Namen einer Ärztin, bei der ich mich melden soll. Dann sagt er: »Die Partei vertritt die Meinung, dass du die Beziehung abbrechen oder den Ausländer heiraten musst.«

Meine erste Reaktion ist unglaubliche Erleichterung. Es ist, als hätte ich unter dem Galgen gestanden und der Parteisekretär hätte mir die Schlinge in letzter Sekunde vom Hals genommen. Ich werde nicht gleich von der Universität verstoßen? Ich habe sogar eine Alternative? Ein Lebensfunke schießt durch meinen gelähmten Körper und erfüllt mich mit Dankbarkeit. Mein Leben geht weiter! Was für ein schönes Gefühl, wieder atmen zu können!

Plötzlich merke ich, dass Herr Wang noch auf eine Antwort wartet. Ich sage ihm, dass ich seinen Anweisungen folgen, seine Worte sehr ernst nehmen und sorgfältig über sie nachdenken werde. Er nickt.

»Es ist uns zu Ohren gekommen, dass dein Freund überall protestiert«, sagt er zum Abschied. »Dieser Unsinn muss aufhören.«

Als ich wieder auf dem Flur stehe, merke ich, dass alles nur knapp zehn Minuten gedauert hat. Aber ich bin so aufgeregt, dass ich stundenlang auf dem Universitätsgelände herumwandere. Zuerst bin ich froh, dass ich noch immer dazugehöre. Jedes Gebäude, jede

Treppe, jedes Fenster und jede Tür erscheinen mir herrlich und neu. Ich darf bleiben! Ich gehöre dazu, ich bin immer noch Studentin der stolzen Fudan-Universität.

Aber dann bedrängen mich plötzlich Ängste, Sorgen und Zweifel. Muss ich auf Norman verzichten? Das würde mir schrecklich wehtun. Wird er mich heiraten? Was kann ich ihm bieten? Ich bin ja ein Habenichts, keine gute Partie. Soll ich ihm überhaupt erzählen, was die Partei von mir verlangt?

Dann fällt mir ein, dass ich noch zur medizinischen Untersuchung muss. Was wollen die damit erreichen? Heißt das, die Entscheidung der Partei ist noch nicht endgültig? Nein, die Partei ist in solchen Sachen stets professionell, sonst hätte mir der Sekretär etwas anderes gesagt. Wollen sie rausfinden, ob ich schwanger bin?

Die Angelegenheit ist mir so widerlich, dass ich beschließe, sie noch am selben Tag zu erledigen. Was soll schon passieren? Da ich keinen Sex gehabt habe, kann ich weder schwanger sein noch irgendwelche Krankheiten haben. Das Ergebnis der Untersuchung kann gar kein schlechtes Licht auf mich werfen. Da bin ich mir sicher. Aber solange ich sie nicht hinter mir habe, kann ich an nichts anderes denken.

Ich renne, so wie ich bin, ins medizinische Zentrum. Ich hätte einen Termin bei Frau Zhong, sage ich, sie wüsste Bescheid.

Es ist schon fast fünf, aber ich habe Glück. Frau Zhong ist noch da. Ich werde zur Blut- und Urinabgabe geschickt, dann muss ich eine Stunde lang warten. Mit zusammengepressten Knien sitze ich auf einer langen, hölzernen Bank. Schließlich werde ich aufgerufen.

Frau Zhong ist ungefähr fünfzig. Ihre harten Hände sind voller Falten. Ihr Haar trägt sie im Nacken verknotet. Sie tastet meine Brüste und meinen Bauch ab. Ich lasse alles über mich ergehen. Dann verlangt sie, dass ich mich unten frei machen und auf den gynäkologischen Stuhl setzen soll. Ich gehorche, aber als sie mit dem Finger in meine Scheide fährt, zucke ich heftig zusammen. Was sucht sie denn?

Wir haben in der Schule viel gelernt, vor allem über den Marxismus und den dialektischen Materialismus, aber wir hatten keine Geografie und auch keine Biologie. Über die menschliche Anatomie und das Zusammenspiel der unsichtbaren Organe weiß ich nichts. Meine Kenntnisse des eigenen Körpers, speziell im unteren Bereich, beruhen auf dem Lesen von Romanen und allerlei Mädchengeflüster.

Sucht sie etwa mein Jungfernhäutchen? Sie sticht mit dem Finger so tief in mich hinein, dass ich es kaum aushalte. Wenn das Häutchen beim Sport noch nicht zerrissen ist, dann hat sie es jetzt wahrscheinlich zerstochen. Sie tut mir bis zum Bauchnabel weh, und ich fühle mich wie ein aufgeschnittener Fisch.

»Wofür ist die Untersuchung?«, frage ich, als ich wieder vom Stuhl steigen und meine Unterhose anziehen darf.

»Das musst du doch selbst wissen«, sagt sie mit heruntergezogenen Mundwinkeln und scheucht mich hinaus.

Mit krummen Knien schleppe ich mich ins Wohnheim. Ich habe das Gefühl, dass ich blute, aber die Schwäche ist nur der Erniedrigung geschuldet. Ich bleibe über eine Stunde im Duschhaus und wasche mich dreimal am ganzen Körper. Dann ziehe ich frische Sachen an.

Norman weiß noch nicht, dass ich zur Partei musste. Ich habe seit Tagen nichts mehr von ihm gehört. Ist er überhaupt noch in Shanghai? Ich gehe zur Pförtnerloge hinunter und rufe ihn an. Als er sich meldet, fällt mir ein Stein vom Herzen. Er will natürlich wissen, was mit mir los ist, warum er mich nicht hat erreichen können, und wann wir uns sehen.

»Lass uns Butterkuchen essen«, sage ich. »Morgen Abend um sechs. Ich lade dich ein.« Er zögert einen Augenblick, dann hat er begriffen.

»Ich komme«, sagt er.

Als ich am nächsten Tag das Zeitungsgebäude verlasse, ist herrliches Wetter. Ein frischer Wind weht vom Meer herein und mildert die Hitze. Ich renne den Bund hinauf und stürme ohne Zögern in das teure Café.

Einen Moment muss ich an der Tür stehen bleiben, bis sich meine Augen an das Dämmerlicht im Inneren gewöhnt haben, dann sehe ich Norman: Er sitzt genau an dem Tisch in der Mitte, wo wir schon einmal gesessen haben.

Ich setze mich ihm gegenüber und sehe, wie seine Augen aufleuchten. »Du bist wieder da!«, sagt er.

»Ja«, sage ich, und dann kann ich nicht mehr weiter. Ich weiß nicht, was ich sagen soll, und spüre, wie mir Tränen übers Gesicht laufen.

Norman sitzt stumm und erschrocken da. Er weiß offenbar auch nicht weiter. Als der Kellner kommt, bestellt er zwei Milchkaffee und den Butterkuchen.

Als der Kellner das Gewünschte bringt, haben wir immer noch nichts gesagt. Aber als er wieder gegangen ist, hält Norman es nicht mehr aus. »Ich habe eine gute Nachricht!«, platzt er schließlich heraus und greift nach seiner Tasse. »Der Verlag hat geschrieben. Sie haben unsere Übersetzung gelesen und wollen sie noch in diesem Jahr drucken!«

»Ach wirklich?«, sage ich ungläubig und nehme den ersten Schluck Kaffee meines Lebens. Ich hatte unser Projekt komplett vergessen. »Das ist ja toll!«

»Der Lektor hat mich sogar angerufen und gefragt, ob wir noch weitere Übersetzungsideen hätten. Er würde gern mehr von uns haben.«

»Du lieber Himmel, das ist ja großartig!«, sage ich und trinke gleich noch einen Schluck. Wenn ein Verlag es wagen kann, ein solches Buch über Sexualität unter Teenagern übersetzen zu lassen und zu drucken, dann ist dies ein deutliches Zeichen dafür, dass die alten, verkrusteten Strukturen bald gänzlich verschwinden werden, dass eine neue, freiere Lebensweise sich Bahn bricht und die Jugend nicht mehr in die engen Moralvorstellungen spießiger Funktionäre eingezwängt werden soll. Vielleicht bin ich doch nicht so allein und verlassen, wie ich mich fühle. Ich richte mein gesenktes Haupt wieder auf. Bei solchen Nachrichten kann ich mich an den bitteren Geschmack des Kaffees gewöhnen.

»Genau, das müssen wir feiern!«, sagt Norman. »Iss deinen Kuchen!«

Aber der Verlag sitzt in Peking und der Kampf um die Freiheit ist langwierig. In meinem Fall muss ich weiter allein zurechtkommen. Während ich den duftenden Butterkuchen angehe, der noch zarter und süßer ist als das letzte Mal, überlege ich verzweifelt, was ich Norman sagen soll. Wenn ich ihm die Alternative nenne, vor die der Parteisekretär mich gestellt hat, stoße ich ihn bestimmt vor den Kopf. Er fühlt sich genötigt und geht einfach weg. Wenn ich ihm nichts sage, verliere ich meinen Studienplatz und Norman am Ende auch.

»Ich habe keine so guten Nachrichten«, fange ich vorsichtig an, und plötzlich fallen mir zwei junge Männer auf, die am Nebentisch sitzen. Waren die eben schon da? Hören die uns etwa zu?

Norman wartet geduldig. Seine Augen folgen meinem Blick, und er begnügt sich damit zu nicken und seinen Kaffee zu trinken. Aber zu meiner Erleichterung rufen die beiden jungen Männer den Kellner und zahlen.

»Ich war beim Stellvertretenden Parteisekretär«, sage ich, »er hat mich vorgeladen.«

»Ja, und?«, fragt Norman.

»Er hat mich vor eine Alternative gestellt«, sage ich, weil mir einfach nichts Besseres einfällt. »Er sagt, dass wir heiraten sollen, oder dass ich mich von dir trennen soll.«

Zu meiner Überraschung fängt Norman laut an zu lachen. Er ist hochzufrieden. »Siehst du?«, jubelt er. »Meine Proteste haben gewirkt.« Er schnurrt wie ein satter Tiger. »Du kannst mich wieder besuchen. Gleich morgen nehmen wir deinen Deutschunterricht wieder auf.«

»Was? Hast du mir nicht richtig zugehört?« Ich bin völlig entgeistert. »Die wollen, dass wir unsere Beziehung abbrechen, wenn wir nicht heiraten.«

»Natürlich wollen die das. Die Partei will immer alles bestimmen. Aber wir müssen uns doch nicht von ihr vorschreiben lassen, was wir tun und lassen. Die Partei kann uns nicht verbieten, dass wir uns treffen.«

Mir bleibt der Mund offen. Er denkt wirklich ganz anders als ich. Ich habe Angst, auch um ihn. Wir sind verbunden wie zwei Bergsteiger, die am selben Seil hängen. Stürzt einer in einen Abgrund, wird er den anderen mit hinunterreißen. Ich muss jetzt klug sein. Ich muss den Mann, den ich liebe, bremsen.

»Der Stellvertretende Parteisekretär hat gesagt, dass du mit deinen Protesten aufhören sollst«, sage ich leise.

»Euer Parteisekretär sagt, ich soll nicht mehr protestieren?«, sagt er verblüfft.

»Schrei nicht so«, sage ich.

Er schraubt den Ton etwas herunter: »Was hat er mit mir zu tun? Er ist noch nicht einmal von meiner Universität.«

»Die arbeiten alle zusammen«, sage ich. »Du kannst nicht gewinnen.«

»Willst du jetzt vor dem Parteisekretär einen Kotau machen und den Kontakt zu mir abbrechen?«, fragt er.

»Nein«, sage ich und nehme wieder einen großen Schluck von dem bittersüßen Kaffee. »Aber wir machen jetzt alles nach Vorschrift. Ich melde mich an, wenn ich dich besuche. Dann melde ich mich wieder ab, wenn ich gehe. Und ich übernachte nicht mehr bei dir.«

Norman holt tief Luft. Ich sehe, dass er nach einem Gegenargument sucht. Aber er findet keins.

14.
Der zweite Skandal

Am Wochenende setze ich mich in den Bus und fahre zu Norman. Ich gehe zum Tor des Ausländerviertels, zeige dem Kontrolleur meinen Ausweis und trage mich wortlos in die Besuchsliste ein. Kurz darauf sitze ich in Normans hellem Arbeitszimmer und lerne Deutsch.

Das deutsche R macht mir zu schaffen. Es wird ganz anders gebildet als das Chinesische. Ich übe und übe, aber meine Zunge will einfach nicht rollen. Und solange ich das R nicht beherrsche, will Norman mir keine weiteren Buchstaben beibringen. Vor lauter Anstrengung werden meine Töne immer kratziger und gutturaler. Habe ich das Zeug, Deutsch zu erlernen? Ich habe meine Zweifel. Mein Mut sinkt.

Aber Norman ist nicht bereit aufzugeben. Je mehr Probleme ich habe, desto kreativer und findiger wird er. Er holt ein Glas Wasser und sagt: »Versuch mal, wie beim Zähneputzen zu gurgeln.« Er nimmt einen Schluck Wasser in den Mund und gurgelt mir etwas vor. Es klingt, als hätte er einen Wasserkocher im Kehlkopf.

Ich nehme das Glas und gurgle, bis mir das Wasser im Bauch herumschwappt.

Norman ist unzufrieden. »Du sollst das Wasser nicht trinken, sondern mit ihm gurgeln«, sagt er und bringt mir ein neues Glas.

Ich übe, bis meine Kehle taub ist: »Ch, ch, ch«, mache ich. Aber Norman ist gnadenlos.

Schließlich taucht Raffael mit seiner Freundin auf und rettet mich vor Normans Eifer. Erleichtert verschiebe ich meine Lektion.

Aufgrund von Normans Empfehlung hat die Tongji Universität Raffael einen Jahresvertrag und eine Wohnung angeboten. Er freut sich riesig auf die neue Arbeitsstelle und seine künftige Nachbarschaft mit Norman. Er will uns zum Essen einladen. Doch zuerst trinken wir noch einen Schluck Tee.

Norman ist erstaunt. »Na, wenn du schon deinen Vertrag hast, will ich meine Verlängerung aber auch schriftlich haben. Ich muss wohl mal im Büro für ausländische Experten nachfragen«, sagt er.

»Ach, das ist doch nur eine Formalität«, sagt Raffael. »Ich habe gehört, sie suchen dringend noch weitere deutsche Lehrer.«

Wir gehen in ein Restaurant nahe des Ausländerviertels. Das Lokal ist nicht gerade schick, aber das Essen ist erstklassig. Als ich von meinem »R« erzähle, sagt Raffael grinsend: »Du musst nicht bei allem auf Norman hören. Er ist ein Perfektionist. Und Perfektionisten sind immer ein bisschen *sadistisch*.« Er weiß nicht, wie er das auf Chinesisch sagen soll, und lässt Norman selbst übersetzen. Ich kenne das Wort nur aus literarischen Übersetzungen und kichere verlegen. »Er hat gesagt, ehe ich das R nicht kann, bringt er mir gar nichts mehr bei.«

»Gemein!«, sagt Raffael. »Komm doch zu mir, ich bring dir das R bei. Du wirst sehen: Es tut gar nicht weh.« Er zeigt sich so begeistert von seiner Idee, dass seine Freundin ihm eine Kopfnuss verpasst. »Überlass das mal Norman!«, sagt sie. »Du kannst noch genug Studentinnen mit deinem Deutschunterricht glücklich machen.«

Von da an geht Norman ein bisschen behutsamer mit mir um. Nach jedem R kriege ich einen Kuss, ob es nun gelungen war oder nicht. Nach drei Tagen habe ich das rollende R gelernt. Es ist, als hätte ich den Schlüssel zur deutschen Sprache gefunden. Ich halte den Mund leicht geöffnet, lasse das R meterlang durch die Wohnung rollen. Dann warte ich auf meinen Kuss. Norman lacht triumphierend und dreht mit mir Karussell, bis ich ganz schwindlig in seinen Armen liege und mich küssen und wieder küssen lasse.

Als ich das nächste Mal zu ihm komme, holt Norman eine dicke grüne Flasche mit silberner Halskrause aus seinem Kühlschrank. »Champagner!«, sagt er. »Wir müssen deine Fortschritte feiern!« Er will mir nicht nur Deutsch, sondern auch europäische Lebensart beibringen.

Ich habe bislang kaum Alkoholerfahrung. Der Champagner schmeckt ungewöhnlich, aber Norman schaut so erwartungsvoll, dass ich mein Glas mit Begeisterung leertrinke. Ich will ihn ja glücklich machen. Aber Alkohol ist die falsche Methode. Bald juckt es mich am ganzen Körper. Mein Gesicht wird krebsrot, meine Kehle schwillt an und lässt kaum noch Luft durch. Als ich nur noch röchle, bringt Norman mich ins Militärkrankenhaus, das für Notfälle aus meiner Universität zuständig ist. Ich bekomme eine Spritze und muss eine halbe Stunde lang ruhig liegen bleiben. Der Arzt sagt, auf Alkohol solle ich in Zukunft lieber verzichten, dann darf ich gehen.

»Jetzt muss ich den Schampus allein trinken«, sagt Norman scherzend, als wir das Krankenhaus wieder verlassen. »Die kleinen Chinesinnen aus dem Süden sind wirklich empfindlich. In Peking wird viel mehr gesoffen.«

Es ist bereits nach neun Uhr abends. Da ich immer noch benommen bin und beim Gehen schwanke, will Norman mich nicht allein in mein Wohnheim lassen und bittet mich, bei ihm zu übernachten. Ich bin gerührt, sehne mich nach seiner Nähe und lasse alle Vorsicht fallen.

Wir fahren mit einem Taxi ins Ausländerviertel. Ich ducke mich, damit mich der Wachmann nicht sieht. Norman beugt sich aus dem

Fenster und erklärt, ihm sei unwohl. Der Wachmann winkt das Taxi durch.

In der Wohnung angekommen, lege ich mich gleich angezogen ins Bett. Norman holt mir noch ein Glas Wasser und stützt mich, damit ich es austrinken kann. Dann legt er sich neben mich, ohne mich anzurühren.

Am nächsten Tag bin ich nüchtern und fahre wieder zum Praktikum in die Stadt. Aber kaum bin ich vom Praktikum ins Wohnheim zurückgekehrt, erhalte ich einen Anruf von Professor Zhang, meinem Betreuer. Er hat etwas mit mir zu besprechen. Am nächsten Tag verlasse ich die Zeitung früher und fahre direkt zu ihm.

Zhang ist allein. Kaum habe ich mich gesetzt, kommt er auf mich und mein Verhalten zu sprechen. Er weiß über alles Bescheid. Der Parteisekretär hat ihn aufgesucht und ihn über mich informiert. »Du und dein Freund, ihr müsst heiraten«, sagt er. »Dass du immer da übernachtest, das kann die Partei nicht durchgehen lassen. Wildes Zusammenleben ohne Trauschein, das passt nicht zum Sozialismus. Verstehst du?«

Ich ahne sofort, was passiert ist. Meine ordnungsgemäß angemeldeten Besuche haben die Wachmänner hingenommen. Aber dass ich gestern Morgen erneut von Norman mit dem Fahrrad aus dem Ausländerwohnviertel transportiert worden bin, müssen sie sofort gemeldet, durch alle Instanzen gepeitscht und den Parteisekretären beider Universitäten gemeldet haben.

Andererseits: Dass die Partei meinen Professor eingeschaltet hat, ist ein gutes Zeichen. Sie wollen mir noch eine Chance geben. Doch sollte Professor Zhang mich nicht zur Vernunft bringen, muss ich irgendwann wieder zu Parteisekretär Wang. Und dann werde ich die Universität verlassen müssen. Ich darf nicht mit dem Feuer spielen, sonst werde ich wie Wendla enden. Ich stoße einen Seufzer aus.

»Du musst an deine Zukunft denken«, sagt Professor Zhang. »Die Sache hat schon einen Fleck in deiner Akte hinterlassen. Einen weiteren Fleck kannst du dir nicht leisten. Sonst hast du's später schwer, eine gute Arbeit zu finden, auch wenn du den Mastertitel hast.« Er macht eine kurze Pause, dann fragt er: »Wie läuft es mit deinem Praktikum?«

»Es geht so. Ich kriege hin und wieder einen kleinen Auftrag, aber es gibt nicht viel zu tun. Ich halte es für ziemlich unwahrscheinlich, dass die Zeitung mich einstellen wird, wenn ich mit dem Studium fertig bin.«

»Da könntest du recht haben«, sagt der Professor. »Ich glaube nicht, dass die Partei die Zeitung vor dir gewarnt hat, da es sich nur um ein Praktikum handelt. Aber wenn es später um eine richtige Stelle geht, wird die Zeitung deine Personalakte sehen wollen. Und ob du dann noch eine Chance hast, weiß ich nicht.«

Ich nicke traurig.

»Sei nicht gleich verzagt«, sagt er. »Es gibt noch andere Möglichkeiten. China ist groß. Es gibt Medien, die viel offener sind. Wenn es so weit ist, werde ich mich umhören und Empfehlungsbriefe für dich schreiben. Aber zuerst musst du dich entscheiden, welchen der beiden Wege du gehen willst.«

Ich nicke und sage mit bleierner Zunge: »Ich werde die Sache in Ordnung bringen. Ich danke dir für deinen Rat und deine Hilfe, Professor Zhang.«

Ich erzähle Norman nichts von diesem Gespräch. Wenn er wieder anfängt, sich zu beschweren, gibt es nur noch mehr Ärger. Ich übernachte nicht mehr bei ihm. Aber ich will ihn auch nicht vor den Kopf stoßen. Das hat er nicht verdient. Ich werde meine Besuche reduzieren und mich langsam von ihm entfernen.

Norman begreift schnell, dass ich mich zurückziehe, und lockt mich mit kleinen Geschenken. Aber ich finde immer eine Ausrede, bis er bereit ist, sich mit mir in der Stadt zu treffen. Vom Deutschlernen habe ich mich gänzlich verabschiedet. Egal wie er bettelt und droht: Ich werde ihn nicht mehr besuchen.

Ein, zwei Tage lang glaube ich, dass ich über den Berg bin und es schaffen kann, mich von ihm zu trennen. Aber plötzlich stehe ich auf der Straße an einer Ampel und schluchze. Wenn ich Pärchen lachen sehen, muss ich wegschauen oder die Augen schließen. Wenn ich allein in meinem Bett liege, wälze ich mich schlaflos hin und her. Ich kann keine Gesellschaft ertragen und rede mit niemandem, wenn ich nicht unbedingt muss.

In dieser Stimmung erreicht mich ein Brief meiner Freundin Gu Yue. Sie hat mich mehrmals angerufen, aber man hat es mir nicht gesagt. Sie bekommt ein Stipendium in Kalifornien, schreibt sie, und will sich von mir verabschieden.

Gu Yue ist genauso alt wie ich. Wir haben vier Jahre lang in einem Zimmer zusammengelebt. Sie ist eine sanfte und warmherzige junge Frau, und ohne sie wäre mein erstes Studium eine freudlose Angelegenheit gewesen. Da sie ein rundes hübsches Gesicht hat, nennen alle sie *Manyue* – Vollmond. Oft sind wir nachts auf dem Sportplatz herumgegangen, um über Liebe und Jungs zu sprechen. Nach dem Studium bekam sie eine Arbeitsstelle in Shanghai zugeteilt. Nun will sie nach Amerika, wie so viele andere Studentinnen.

Ich rufe sie an, und wir verabreden uns für den nächsten Tag in einem Restaurant im Vergnügungsviertel »Große Welt«. Da waren wir früher oft.

»Es tut mir leid. Ich habe viel an dich gedacht. Ich hätte dich früher besuchen sollen«, sage ich.

»Ach, jeder hat genug zu tun. Alle sind in Bewegung«, sagt sie und lächelt. »In den USA verdient man viel mehr. Je länger man hier arbeitet, desto frustrierter ist man. Ich werde mir eine Zukunft in Amerika aufbauen.«

Wir geben unsere Bestellung auf. »Was ist mit deinem Mann? Fliegt er mit?«, frage ich. Yue ist seit zwei Jahren verheiratet.

»Nein, er scheut noch davor zurück. Wenn ich mich eingelebt habe, werde ich versuchen, eine Stelle für ihn zu finden. Dann will er nachkommen.«

Unser Essen kommt: Geschmorte süßsaure Rippen und Erbsen. Wir essen mit Appetit und lassen die Stäbchen nicht ruhen.

»Das ist eine gute Idee. Du bist eine starke Frau und schaffst es bestimmt. Ach, ich hätte dich so gerne geheiratet«, sage ich.

»Ach, ja? Du hast lange nichts von dir hören lassen. Bist du verliebt?«

Ich erzähle ihr mit fünf Sätzen von Norman und vom Ärger mit der Partei. »Ich werde mich von ihm trennen müssen«, sage ich und spüre wieder Tränen aufsteigen. »Ich habe das Gefühl, ich werde verrückt. Ich weiß nicht, wohin das Schicksal mich führen wird.«

»Vielleicht solltest du ihm einfach sagen, dass er dich heiraten soll. Ein Ausländer blickt in China nicht immer durch. Man muss ihnen schon sagen, wo's langgeht. Dann verstehen sie schnell«, sagt Yue.

»Ich habe ihm schon gesagt, dass die Partei eine Heirat als Lösung sieht.«

»Aber du hast ihm nicht gesagt, was es für dich bedeutet, wenn ihr nicht heiratet.«

»Nein, ich kann ihn nicht darum bitten, mich zu heiraten. Er soll sich frei entscheiden.«

»Dann musst du leiden, Schätzchen. Wenn er dich nicht heiraten will, dann liebt er dich nicht genug. Dann ist er auch nicht der Richtige. Aber du wirst deine große Liebe schon finden.«

»Schreib mir, wenn du in Amerika bist. Und viel Glück mit dem neuen Leben!« Wir schauen uns zum Abschied in die Augen und berühren uns an den Armen.

Während der Rückfahrt zum Wohnheim fühle ich mich sehr niedergeschlagen. Meine Freundin hat einen Ausweg gefunden, ich nicht. Es ist nach neun. Der Bus ist wie immer brechend voll. Es gibt Tage, an denen ich nach einer halben Stunden Warten noch immer mit gerecktem Hals an der Haltestelle stehe. Ich kann mich glücklich schätzen, es in den Bus geschafft zu haben. Drinnen ist es dunkel und heiß. Vorbeirasende Scheinwerfer blenden mich und verschwinden wieder. Ein kräftiger Mann drückt sich an meinen Hintern und lässt mich seine Männlichkeit spüren. Ich benutze die Ellbogen, um ihn wegzustoßen. Als ein paar Leute aussteigen, kann ich endlich ans Fenster, wo es weniger nach Schweiß stinkt.

Vielleicht hat Yue recht. Wenn Norman mir keinen Heiratsantrag macht, muss ich davon ausgehen, dass er mich nicht liebt. Jedenfalls nicht so, wie ich ihn. Unser Zusammenleben wird scheitern, wenn der Fluss der Liebe nicht genug Wasser führt. Wie lange kenne ich Norman schon? Seit Juni vergangenen Jahres, und jetzt ist es wieder Juni. Gerade ein volles Jahr. Nicht übermäßig lang für einen Heiratsantrag. Unter normalen Umständen hätte ich noch länger warten können. Aber die Partei verlangt eine Entscheidung. Es bleibt mir nichts anderes übrig als mich von Norman zu trennen. Ich lege meinen Kopf auf die verchromte Haltestange und heule.

15.
Ja!

Norman ruft mich an. Ich solle zu ihm kommen. Er habe etwas Wichtiges mit mir zu besprechen. Seine Stimme klingt angespannt. Ich schlage ihm einen Spaziergang außerhalb seines Viertels vor. Das lehnt er ab. »Nicht in der Öffentlichkeit«, sagt er und besteht darauf, dass ich zu ihm komme. Ich mag mich nicht mit ihm streiten.

Am Samstag melde ich mich bei den Kontrolleuren und gehe zu Normans Wohnung. Es scheint sich nichts geändert zu haben, nur Norman kommt mir irgendwie angekratzt vor.

»Ist was mit deiner Familie passiert?« frage ich, während er Tee macht.

»Nein. Aber mir ist etwas passiert«, sagt er und stellt den Tee auf den Tisch. »Die Uni will meinen Arbeitsvertrag nicht verlängern. Sie haben ihre mündliche Zusage zurückgezogen.«

»Oh, nein!«

Jetzt ist alles aus. Die Partei hat zugeschlagen. Aber dieser Schlag trifft nicht mich, sondern Norman. Er soll aus seiner Universität vertrieben werden. Tränen steigen mir in die Augen, und plötzlich sehe ich zu meinem Entsetzen, dass auch er Tränen in Augen hat. Es ist unerträglich. Mein schöner, geliebter Mann soll nicht weinen. Ich springe auf und umarme ihn. »Es tut mir so leid«, stammle ich. »Es tut mir alles so leid.«

»Es ist nicht deine Schuld.« Norman zieht mich an sich und lässt mich nicht los. Ich bleibe auf seinem Schoß sitzen. Die seit Wochen angestauten Gefühle und die Traurigkeit schlagen über mir zusammen wie eine riesige Welle. Wir dachten, wir hätten das Glück gefunden, aber wir haben es verloren. Was soll nun werden? Norman muss aus Shanghai weg und ich bin wieder allein.

Es ist wohl das Wort »allein« das zu meinem völligen Zusammenbruch führt. Minutenlang sitze ich auf Normans Schoß und schluchze. Eine Sturzflut von Tränen bricht aus mir heraus, ehe ich endlich zur Ruhe komme.

Nach einer Weile holt Norman ein Taschentuch aus seiner Hosentasche und wischt mir und sich die Tränen aus dem Gesicht. Als er versucht, mich anzulächeln, gebe ich mir Mühe dasselbe zu tun. Aber unser Lächeln ist bitter.

»Die Partei ist ein Meister der Bestrafung«, sage ich mit heiserer Stimme. »Wir können nicht gewinnen.«

Er drückt seine heiße Wange an meine genauso brennende Wange. »Ich liebe dich«, sagt er plötzlich. »Ich liebe dich über alles und möchte dich heiraten.«

Ich habe lange auf diesen Satz gewartet und geglaubt, dass er nicht mehr kommen wird. Ich ziehe den Kopf zurück und schaue ihn ungläubig an. Als ich sehe, dass er es ernst meint, streichle ich sein Gesicht. »Ich liebe dich schon so lange.«

»Willst du mich heiraten?«, fragt er. »Wenn wir erst verheiratet sind, kann uns nichts und niemand mehr trennen.«

»Ja!«, sage ich ohne zu zögern.

Es ist, als hätte ich mit einem einzigen Wort das Strafgewitter der Partei weggefegt und den blauen Himmel wieder herbeigezaubert. Wir lachen uns mit heißen Gesichtern und rot geschwollenen Lidern an und umarmen uns lange, aber diesmal voll Hoffnung und Zuneigung.

»Dann heiraten wir gleich übermorgen, ja?«

»Das geht nicht«, sage ich. »Ich bin doch erst fünfundzwanzig.« Schon ist der Traum wieder in weite Ferne gerückt. »Ich darf erst nächstes Jahr heiraten. Und du kannst nicht hierbleiben.«

»War nur ein Scherz. So schnell geht das sowieso nicht.« Norman grinst. »Ich hab eine bessere Idee. Ich geh nach Hongkong und warte auf dich. Wenn du mit dem Studium fertig bist, darfst du heiraten, nicht wahr? Dann heiraten wir, und dann gehen wir nach Berlin.«

Jetzt ist es also heraus: Er will mit mir nach Berlin. Eigentlich war das ja klar. Wo sollen wir sonst leben? In China wird er nach alledem nicht mehr arbeiten können. Wenn ich mit ihm zusammen sein will, muss ich aus Shanghai weg. Als mir das bewusst wird, muss ich erst einmal tief Luft holen. Das war also die große Reise, die Professor Chen mir prophezeit hat.

Während ich vor mich hingeträumt habe, hat Norman unbeirrt weitergeredet.

»In Hongkong finde ich bestimmt Arbeit als Sprachlehrer. Die Stadt hat mir von Anfang an gefallen. Und die Bezahlung ist viel höher als auf dem Festland. Auch höher als in Berlin. Wenn ich eine Arbeit finde, verdiene ich genug für uns beide ... Außerdem ist die Heirat mit einem Ausländer eine schwierige Sache in China. Meine Mutter muss mir meine Geburtsurkunde schicken und wer weiß, was sonst noch. Wenn die Sachen da sind, muss ich sie übersetzen lassen. All das wird Monate dauern. Daher passt es gut, wenn ich ein Jahr lang in Hongkong als Sprachlehrer arbeite. Wir brauchen ja Geld. Bis du das Visum für Deutschland hast, vergeht noch mal Zeit. Aber dann hole ich dich, und dann geht's nach Berlin. Das kannst du der Partei sagen.«

Jetzt wird mir klar, warum er mit dem Heiratsantrag so lange gewartet hat: Er will tausend Berge versetzen, um mir den Weg nach Berlin zu ebnen! Er hat einen richtigen Schlachtplan aufgestellt, und ich bin rumgelaufen und hatte nicht einmal einen Plan bis zu den Sommerferien. Während ich wie ein kopfloses Huhn vor ihm zu flüchten versuchte, hat er nachgedacht, wie er mich nach Berlin kriegen kann. Ich schaue voller Liebe und Bewunderung zu ihm auf. Das ist ein Mann, der weiß, was er will, und seine Liebe gilt ganz allein mir. Ein großes Glücksgefühl durchströmt mich. Ich presse mich an seine Brust. Die Stimme, die ich bei unserer ersten Begegnung gehört habe, hat tatsächlich die Wahrheit gesagt: »Das ist mein Ehemann!«

»Ich folge dir überall hin«, singe ich wie ein Bach in der Frühlingssonne. »Aber du sollst nicht alle Last auf dich nehmen.«

»Wenn wir erst in Berlin sind, tragen wir alles zusammen«, sagt er. »Das wird noch schwer genug. Aber erst müssen wir heiraten, damit du dein Visum kriegst.«

Ich schlinge meine Arme um seinen Hals und küsse ihn leidenschaftlich. »Ich liebe dich aus ganzem Herzen.« Mir treten wieder Tränen in die Augen. Aber diesmal weine ich vor Glück. Ich habe den Mann fürs Leben gefunden!

Zwei Tage später informiere ich Professor Zhang. »Ich werde den Ausländer heiraten«, sage ich, »sobald ich mein Examen gemacht habe.«

Professor Zhang ist erleichtert. »Das ist die beste Lösung für alle Beteiligten«, sagt er und fügt nach einer Pause hinzu: »Wenn ihr euch liebt, sollt ihr auch heiraten.«

Ich bitte ihn, die Neuigkeit an die Fakultät weiterzugeben. Das verspricht er. Von da an meldet sich die Partei nicht mehr bei mir.

Später rufe ich Professor Chen an und informiere ihn ebenfalls von der neuen Entwicklung. Er ist nicht so begeistert. Er seufzt und sagt: »Wenn dem Vögelein die Flügel gewachsen sind, will es wegfliegen. So ist die Natur. Aber solange du noch hier bist, musst du mich oft besuchen kommen, ja?« Ich verspreche es.

Aber gleichzeitig fühle ich mich ungeheuer befreit. Ich bin wie eine Schwalbe im Frühlingswind, kann fliegen, wohin ich will. Norman ist auch glücklich. Wir lachen miteinander und essen zusammen, und Norman gibt mir wieder Deutschunterricht. Jedes Wochenende sind wir zusammen. Aber ich übernachte nicht mehr bei ihm, um die Partei nicht zu reizen. Ich sehne mich danach, dass mich Norman endlich zur Frau macht, aber ich werde auf den Tag warten, an dem wir verheiratet sind.

Aber so viele Wochenenden bleiben uns gar nicht mehr. Ende Juni, einen Monat vor dem Ende von Normans Arbeitsvertrag, erscheint ein Mann von der Verwaltung mit einem anderen deutschen Experten, der in Normans Wohnung einziehen soll. Es sind gar nicht alle Wohnungen im Gebäude besetzt, aber da von Anfang an klar war, dass die Wohnung für zwei Experten vorgesehen ist, muss Norman die Änderung hinnehmen, sein Bett ins Arbeitszimmer stellen und seinen Nachfolger bei sich einziehen lassen. Es ist nicht zu übersehen, dass die Verwaltung alles daransetzt, Norman loszuwerden. Sie wollen ihn dazu bringen, das Feld zu räumen und möglichst bald auszuziehen.

Nun haben wir keinen Ort mehr für uns allein. Und Spazierengehen tut Norman ungern, weil er sich beobachtet fühlt. Außerdem schämt er sich, dass er seine Stelle verloren hat. So müssen wir unsere Treffen radikal reduzieren, und der Abschied rückt immer näher.

16.
Ich werde warten

Die Zeit vergeht wie im Flug. Mitte Juli endet mein Praktikum bei der Zeitung. Danach beginnen die Ferien. Norman hat seinen letzten Unterricht an der Tongji Universität gegeben. Jetzt will er so schnell wie möglich nach Hongkong, um dort nach einer Wohnung zu suchen und Arbeit zu finden. Sein einst schönes und ordentliches Zimmer ist nicht mehr zu erkennen. Der Tisch, das große Bett und die herumliegenden Kartons, Bücher und Kleider füllen das Zimmer vollständig aus. Ich möchte ihm helfen, doch er lässt es nicht zu. Er hat die Kartons bereits nummeriert, und nur er weiß, welche Sachen in welchen Karton kommen. Da bei jeder Bewegung die Gefahr besteht, einen Stapel Bücher oder CDs umzustoßen und das Chaos zu vergrößern, will er mich auch gar nicht lange im Zimmer haben. Nach einem Tee verabschieden wir uns mit einer festen Umarmung und zarten Küssen, dann bringt er mich mit seinem Fahrrad zum letzten Mal aus dem kontrollierten Viertel und wartet mit mir an der Haltestelle auf meinen Bus.

»Das Fahrrad schenke ich dir«, sagt er. »Wenn es dir zu groß ist, kannst du es verkaufen. Dann hast du ein wenig Geld. Sobald du aus den Ferien zurück bist, kannst du dir das Rad bei Raffael abholen, ja?«

Mein Bus dröhnt heran. »Ja«, sage ich. »Du bist immer so großzügig zu mir. Ich hoffe, ich kann dir später auch ein paar schöne Geschenke machen.« Ich schaue ihn von der Seite an, um ihn mir zum letzten Mal einzuprägen. Seine Bernsteinaugen, sein aufmunterndes, warmes Lächeln, seine starke, entschlossene Stirn … Ich streichle sie zärtlich mit meinem Blick. Dann steige ich in den Bus und winke zum Abschied. Ich lächle und in Wirklichkeit könnte ich heulen.

In der Nacht träume ich, dass ich in einem roten Hochzeitskleid stecke und Norman mich von einem weißen Pferd hebt. Wir rennen durch eine herrliche, goldene Wüste, in der ein großes, offenes Tor steht, sonst nichts. Wir wollen gerade unter dem hohen Bogen hindurchlaufen … da wache ich auf. Jetzt weiß ich, wie ich das Jahr der Trennung verbringen will: Ich werde Norman in meinen Herzen tragen und alles mit ihm teilen, was ich erlebe.

Am Nachmittag steige ich in den Zug, der mich nach Jiangxi zu meinem Vater und meiner Mutter bringt. Ich bin voller Zuversicht, aber es steht mir noch eine schwere Prüfung bevor: Ich muss den Eltern sagen, was ich mit Norman plane.

Zu Hause lasse ich die Bombe platzen, als alle am Tisch versammelt sind. Ich werde einen deutschen Studenten heiraten und mit ihm nach Berlin ziehen. Es hört sich an, als wäre ich verrückt geworden, und kaum habe ich's ausgesprochen, laufe ich mit hochrotem Kopf aus dem Zimmer. Dass meine Mutter weinte; dass mein Vater ratlos war und nicht wusste, was er tun sollte, erfahre ich später von meinen Geschwistern. Meine Eltern haben sich da bereits wieder gefangen und verlieren zu dem Thema kein Wort mehr, ja, es wird so offensichtlich vermieden, dass selbst ich es nicht mehr wagen kann, darüber zu sprechen.

Zum Glück erhält meine Schwester Diya wenige Tage später den Zulassungsbescheid zum Studium an einer Universität in Peking, und wir alle sind voller Begeisterung über diesen Erfolg. Meine Mutter vergisst ihren Kummer und fängt sofort an, meine Schwester für ihr neues Leben in Peking auszustatten. Dass meine Eltern mir keine Fragen stellen, ist mir ganz recht.

Zu Hause fühle ich mich stets wie ein Kind und spiele gern mit meinen Geschwistern. Ab und zu machen wir eine gemeinsame Fahrradtour, oder ich besuche ehemalige Mitschüler. Doch egal was ich tue, ich denke unablässig an Norman.

Am Ende der Ferien kommt mein Vater doch noch auf meine Heirat zu sprechen. Die Hochzeit werde wohl in Shanghai stattfinden, vermutet er. Man erwarte nicht, dass wir nach Jiangxi kämen. Er meint, bei diesem Anlass müssten die Eltern und die Familie trotzdem vertreten sein. Ich solle ihn daher rechtzeitig informieren, damit sie entsprechende Vorbereitungen treffen und entscheiden könnten, wer die Familie bei meiner Hochzeit vertritt. Ich nicke. Ich bin enttäuscht und erleichtert zugleich. Es wird also kein großes Fest in Gao'an geben und Norman meine Familie und meine Heimatstadt nicht kennenlernen. Mein Vater lässt keinerlei Begeisterung erkennen, zeigt aber auch keinen Groll gegen mich. Er hat auf seine ruhige Art gezeigt, dass ich gehen darf. Ich danke meinem Vater mit einer tiefen Verbeugung.

Als ich Ende August nach Shanghai zurückkehre, ist Norman längst weg. Mitte September erhalte ich den ersten Brief von ihm. Ein brauner DIN A4-Umschlag, als Absenderadresse ist das Goethe-Institut angegeben. Mein Herz macht einen freudigen Sprung. Norman hat also eine Stelle gefunden! Kaum habe ich mich ein paar Schritte aus dem Postraum entfernt, reiße ich den Umschlag auf. Zwei Zeitschriften und ein Brief sind drin. Ich greife zuerst nach dem Brief und beginne hastig zu lesen.

Hongkong, den 14. September 1988

Meine liebe Tanya,

Hongkong ist so quirlig und aufregend! Ich wünschte, ich hätte das alles mit Dir zusammen erlebt. Es ist wie ein Karussell, und ich hätte so gern dein Lachen und Kreischen gehört. Du fehlst mir sehr.

Ich hatte bisher viel Glück. Am Anfang habe ich bei Bekannten übernachtet. Alison hat mir auch sehr geholfen. Dann habe ich Kontakt zum Goethe-Institut aufgenommen. Da ich in Shanghai schon ein Jahr als Sprachexperte gearbeitet habe, war das Institut sehr an mir interessiert. Ich muss die Leiterin beim Vorstellungsgespräch ziemlich beeindruckt haben. Jedenfalls wurde ich gleich engagiert, außerdem habe ich ein paar Schüler für Einzelunterricht. Die Kronkolonie hat ihre Tore für mich geöffnet.

Hongkong ist eine teure Stadt. Aber wenn man Arbeit hat, verdient man auch gut und kann das Leben genießen. Ich habe eine kleine Wohnung in Kowloon gefunden, bis zum Goethe-Institut sind es nur ein paar U-Bahnstationen.

Es ist viel heißer hier als in Shanghai, aber man schwitzt weniger. Die Stadt ist so raffiniert gebaut, dass man von einem Hochhaus zum anderen wandern kann und immer im klimatisierten Bereich bleibt. Und das Essen hier! Seafood, kleine leckere Happen, asiatische und europäische Küche ... Man kann sich hier wie ein Kaiser fühlen.

Meine Mutter freut sich, dass ich heiraten will. Sie ist schon dabei, die nötigen Papiere für mich zu besorgen. Alles läuft wie geplant. Wenn du nach Deutschland kommst, will dich meine Mutter gleich kennenlernen. Ich bin mir sicher, ihr werdet euch mögen.

Ich habe mit dem Verlag vereinbart, dass sie die Hälfte der Belegexemplare an mich und die andere Hälfte an dich schicken. Das Honorar wird an dich überwiesen. Du brauchst jetzt eine Menge Papiere, damit wir heiraten können. Da kannst du das Geld sicher brauchen.

So, jetzt muss ich aufhören. Ich muss mich für meinen Unterricht vorbereiten.

Lerne fleißig!
Dein Dich unendlich vermissender
Norman

Ich strahle vor Glück und lese den Brief gleich noch einmal. Es ist alles gut. Es steht alles noch genauso da, genau wie beim ersten Mal. Die Zeitschriften, die Norman mitgeschickt hat, sind in China eigentlich nicht erlaubt, werden aber immer wieder eingeschmuggelt, weil so interessante Sachen in ihnen stehen. Ich stecke sie schnell in den Umschlag zurück und überlege schon, wo ich sie in Ruhe lesen kann.

Als ich ins Bett gehe, lege ich mir den Brief unters Kopfkissen. Nach dem Aufwachen lese ich ihn noch mal und noch mal, bis ich ihn auswendig kann. Ich liebe Normans leicht unbeholfene, aber energische Schrift, jedes Auf und Ab ist wie sein kräftiger Herzschlag.

Shanghai, 23. Sept. 1988
Mein lieber Norman,

Du fehlst mir auch sehr. Aber auch wenn du nicht zu sehen bist, spüre ich deine Kraft und deine Liebe in mir. Es ist, als hätte ich zwei Köpfe und zwanzig Arme. Der Alltag, mein Studium – mir fällt alles leicht, und ich komme mit allem gut zurecht. Und egal was ich tue, du bist stets in meinem Herzen, schaust mir zu und teilst meine Freude mit mir.

Wie schön, dass du in Hongkong schon Arbeit gefunden hast. Danke für Deine Großzügigkeit und Deine Fürsorge. Ich wäre nicht darauf gekommen, dass ich mich jetzt schon um die Papiere kümmern soll. Aber nun werde ich es tun.

Ich habe mit Professor Zhang vereinbart, dass ich mich in meiner Masterarbeit mit Zhang Henshui aus Jiangxi beschäftigen werde, der über hundert Romane geschrieben und bei mehreren Zeitungen in

Peking als Redakteur oder Feuilletonchef gearbeitet hat. Stell dir vor, er hat mit einer Hauptfrau und zwei Nebenfrauen zusammengelebt und trotzdem ständig gearbeitet, bis in die frühen Morgenstunden. Er soll täglich einige tausend Wörter geschrieben haben. Das würde ich nie schaffen. Bis vor einigen Jahren wurde er ziemlich negativ betrachtet, weil er ein bürgerlicher Autor aus den Zwanzigerjahren ist und vor allem Liebesgeschichten veröffentlicht hat. Du weißt ja: *Mandarinenten und Schmetterlinge*. Aber jetzt ist er ganz groß im Kommen. Ich hoffe, dass meine Arbeit gut wird. Ein bisschen heikel ist es ja schon.

Ich lerne jetzt auch Deutsch an der Uni. Pro Woche vier Stunden. Die Dozentin hat gesagt, meine Aussprache wäre sehr gut, besonders das R. Dein Unterricht hat also Früchte getragen. Raffael wohnt jetzt mit seiner Freundin in Deinem früheren Haus, nur einen Stock höher. Er ist sehr nett zu mir, hat mich zum Essen eingeladen und mir Dein Fahrrad übergeben. Ich hätte es gern behalten. Schon zur Erinnerung an unsere Abenteuer. Aber ich bin einfach zu klein und komme nicht auf den Sattel. Ich habe es für 120 Yuan verkauft. Das Geld hebe ich für unsere Hochzeitsfeier auf. Raffael hat angeboten, mir kostenlosen Deutschunterricht zu geben. Ich glaube, er tat das aus Freundschaft zu dir. Er ist Dir sehr dankbar. In meinem Lerneifer bin ich letzte Woche tatsächlich zu ihm und wir habe eine volle Stunde gelernt. Als Geschenk habe ich ein köstlich frisches Jogurt mitgebracht. Aber es ist mir doch peinlich, dass ich ihn nicht richtig bezahlen kann. Und ich habe gespürt, wie traurig ich werde, wenn ich das Haus betrete, aus dem man dich vertrieben hat. Ich glaube, ich lerne lieber weiter an der Uni.

Schön, dass Dir das Essen in Honkong so gut schmeckt. Ich muss jetzt gleich in die Mensa. Ich freue mich natürlich sehr darauf, Deine Mutter kennenzulernen. Und ich hoffe, dass jemand von meiner Familie bei unserer Hochzeit dabei sein wird.

Vom Verlag ist noch nichts gekommen. Sobald das Honorar und die Bücher da sind, sage ich Dir Bescheid. Danke für Dein Geschenk! Ich sehne mich nach dir und küsse dich, *Tanya*

Norman schreibt bald zurück und überrascht mich mit einem großen Geschenk: Er hat ein paar Geldscheine zwischen die Blätter gelegt: Hongkong Dollar. Die sind sehr begehrt. Er schreibt mir, ich solle mich jetzt schon auf die Ausreise vorbereiten und mir meine Geburtsurkunde, meine Schul- und Studienzeugnisse, mein Bachelor- und später auch das Master-Zeugnis ins Deutsche übersetzen und amtlich bestätigen lassen. In Deutschland wäre das alles viel teurer. Daher soll ich es lieber in China machen. Dafür hat er das Geld beigelegt. Falls ich Bücher für meine Masterarbeit brauche, soll ich sie einfach kaufen, damit keine Verzögerung eintritt.

Ich schreibe schnell zurück und bedanke mich bei ihm. Dennoch bitte ich ihn, nächstes Mal kein Geld im Brief mitzuschicken, da es so leicht verloren gehen kann.

Raffael nennt mir eine Adresse, wo ich das Geld tauschen kann. Ich kann es gar nicht glauben, als ich mit über sechshundert Yuan in der Tasche wieder auf die Straße trete. Das ist fast ein Jahreseinkommen für mich. Norman hat mich zur reichen Frau gemacht!

Obwohl wir noch nicht verheiratet sind, sorgt er für mich wie ein richtiger Ehemann. Ich kann es gar nicht erwarten, ihm Kinder zu schenken. Aber davon weiß er noch nichts, wir haben ja auch noch nie miteinander geschlafen und ebenso wenig über eine eigene Familie gesprochen.

Die Zeit vergeht schnell mit Studium und den Briefen, die wir uns regelmäßig schreiben. Das Neujahr ist da. 1989 ist das Jahr der

Schlange. Im Volksmund wird es auch als Jahr des kleinen Drachens bezeichnet. Für mich könnte es die größte Änderung meines Lebens bedeuten. Ich werde mein Studium beenden, heiraten und nach Berlin ziehen. Wenn alles so läuft, wie Norman es sich vorstellt, wird 1989 mein letztes Jahr auf chinesischem Boden sein.

Mitte April gebe ich meine Masterarbeit ab. Mitte Mai erhalte ich den ersehnten Anruf von Professor Zhang: »Meine Kollegen waren ebenfalls begeistert. Du kannst dich zur mündlichen Prüfung anmelden.«

Als ich das Sekretariat meiner Fakultät verlasse, laufe ich Wu Dong in die Arme.

»Ich habe gehört, du hast deine Arbeit abgegeben«, sagt er. Ich nicke und will schon weiterrennen, aber er will sich mit mir unterhalten. »Lange nicht gesehen«, lächelt er. »Hast du Zeit, ein bisschen spazieren zu gehen?«

Ich bin überrascht und ein wenig verlegen. Aber er scheint ganz unbefangen zu sein. »Wann gehst du nach Deutschland?«, fragt er, während er mich aus dem Gebäude begleitet.

Hoppla! Woher weiß er denn, dass ich nach Berlin will? Wer in der Partei ist, hat eine längere Antenne. Das hätte ich mir denken können. Gleichzeitig bin ich geschmeichelt, dass er sich offenbar für mein Schicksal interessiert. »Ich weiß noch nicht«, sage ich vorsichtig. »Wenn ich mein Studium abgeschlossen habe, werde ich heiraten und dann die Ausreise beantragen. Und du, wohin gehst du nach dem Studium?«

»Die Fakultät will mich hierbehalten. Ich werde als Lehrkraft gebraucht«, sagt er mit einem gewissen Stolz in der Stimme.

»Wow! Gratuliere!« – So ein Angebot bekommen nur wenige Auserwählte. Es freut mich für ihn.

»Schade, dass du uns verlassen wirst. Unser Land könnte dich gut gebrauchen«, sagt er und schaut mir in die Augen. Was meint er? Wer braucht mich? Die VR China? Die Uni? Die Partei? Ist er wieder einmal der Bote? Oder spricht er für sich selbst? Ich beschließe, einfach nur geschmeichelt zu lächeln.

Wu Dong lächelt ebenfalls, dann sagt er völlig unerwartet: »Ich gehe heute Nachmittag zu einer Demo ins Stadtzentrum. Magst du mitkommen?«

Ich starre ihn an wie ein Wesen von einem anderen Stern. »Was für eine Demo?«, frage ich – eine Vorsichtsmaßnahme. Seit Wochen sind bei uns im Wohnheim die Demos das Thema Nummer eins. Auf dem Weg zur Bibliothek habe ich manchmal gesehen, wie Studenten mit zusammengerollten Transparenten und Bannern den Campus verließen, um im Zentrum zu demonstrieren. Mal waren es zweihundert, mal dreihundert. Die Gruppen waren nicht besonders groß, aber wenn Studenten aus mehreren Universitäten gleichzeitig ins Stadtzentrum ziehen, ist dort schon was los. Das Merkwürdige war, dass niemand genau sagen konnte, wer hinter all dem steckte. Irgendein Studentenrat? Eine Gruppe von Idealisten mit charismatischem Anführer? Ein Flügel der Partei? Oder gar die Parteiführung selbst wie bei der Kulturrevolution?

Angefangen hatte es mit dem Tod des vor zwei Jahren gestürzten Generalsekretärs der KP, Hu Yaobang. Den Gerüchten nach hatte er Mitte April bei einer Sitzung der Parteiführung einen Herzinfarkt erlitten und war schnell gestorben. Er galt als Fahnenträger des progressiven, intellektuellen Parteiflügels, der die Reformen schneller vorantreiben wollte. In Peking hatten Studenten am 17. April eine spontane Trauerfeier auf dem Tian'anmen Platz veranstaltet, die jetzt, zwei Wochen später noch immer anhielt. Aus dem Trauerzug zum Denkmal der Helden war eine Besetzung des Tian'anmen geworden, die immer mehr Demonstranten anzog. Ich kann mir beim besten Willen nicht vorstellen, dass der Partei diese Aktion gefällt.

»Meinst du diese Solidaritätsveranstaltungen, die den Pekinger Studenten Rückenwind geben sollen? Ich dachte, du gehst immer nur dorthin, wo auch die Partei hinzeigt.«

»Viele wollen ein besseres Land und gehen zu Demonstrationen. Was soll daran falsch sein? Ich habe die heutige Demo mitorganisiert.«

»Wirklich?« Ich bin völlig verunsichert. Habe ich ihn falsch eingeschätzt? Oder die Partei? Das ist sehr schwer zu sagen, und mir wird ein wenig flau.

»Die Partei ist immer in Bewegung«, sagt Wu Dong. »Die Demos helfen ihr, sich zu verjüngen und schneller voranzuschreiten.«

Meine Unsicherheit wird noch größer. Will er mir sagen, dass diese Demonstrationen von einer mächtigen Kraft im Hintergrund angefacht und gesteuert werden, so wie damals die Demonstrationen der Roten Garden während der Kulturrevolution, die Mao persönlich inszeniert hatte und dann huldvoll ›begrüßte‹? Oder will er bloß sein Organisationstalent unter Beweis stellen und zeigen, dass er das Fußvolk samt meiner leicht bewegen kann?

Wu Dong muss meinen Zweifel bemerkt haben. »Mach dir keine Sorgen, Tanya. Ich würde dich doch nicht einladen, wenn die Demonstration nicht in Ordnung wäre. Die Demonstrationen von unserer Uni werden vom Studentenrat organisiert, im Aktionskomitee sind eine Menge Parteimitglieder wie ich. Also, hast du Lust mitzumachen? Dann kannst du selbst dabei sein, wenn wir die Welt verändern.«

»Das klingt sehr verlockend«, sage ich und bleibe an der Kreuzung unter dem Magnolienbaum stehen. Ich finde die Situation ziemlich undurchsichtig, und Wu Dong nicht minder. Ich mahne mich zur Vorsicht. »Ich habe meine Zeit verplant, für die mündliche Prüfung«, sage ich. »Den Mädchen in meinem Zimmer geht es genauso. Wir haben alle keine Zeit für die Demonstrationen, obwohl wir jeden Abend heiß diskutieren. Aber ich beneide dich sehr, dass du neben den Prüfungsvorbereiten so viel Kraft hast.« Ich verbeuge mich leicht zum Abschied und nehme den Weg zur Bibliothek.

Abends vor dem Schlafengehen lese ich noch ein paarmal Normans letzten Brief, um mich in Liebe und Zuversicht einzuspinnen. Am nächsten Morgen singe ich vor mich hin. Pingping sagt, ich sähe verliebt aus. Ich lächle und sage: »Ich freue mich auf die Zeit nach dem Studium«, was ja auch stimmt.

Wenn ich morgens aufwache, spüre ich eine mächtige Hitze in meinem Körper. Um mich abzulenken, denke ich über mein Hochzeitskleid nach. Für meine große Liebe will ich wie eine Prinzessin aussehen. Soll ich nach chinesischer Tradition ein rotes Kleid oder nach europäischer Tradition ein weißes Kleid anziehen? Weiß steht für Reinheit und Edelmut, rot für Leidenschaft und Liebesglück. Ich bin ja technisch gesehen noch immer Jungfrau. Vielleicht soll ich zuerst ein weißes Kleid anziehen und während der Feier in ein rotes wechseln?

Am Wochenende fahre ich ins Stadtzentrum und bleibe lange vor dem Schaufenster eines Geschäfts für Brautmoden stehen. Ein rotes besticktes Kleid sticht mir ins Auge und überzeugt mich auf Anhieb, kostet aber 280 Yuan. Ich muss eine andere Lösung finden. Soll ich Professor Chen fragen, ob er ein gutes Geschäft kennt? Schließlich ist er in Shanghai geboren und kennt die Stadt in- und auswendig. Eine halbe Stunde stehe ich bereits vor dem Schaufenster und versuche, mir den Schnitt des Kleides einzuprägen. Ich hole sogar einen

Bleistift aus der Tasche und zeichne das auf die Rückseite des Umschlags von Normans Brief.

Es ist, als wollte das Schicksal mir helfen. Ein paar Tage später erhalte ich einen Scheck. Fast siebenhundert Yuan zahlt uns der Verlag für die Übersetzung von *Frühlings Erwachen*. Nein, sage ich mir, beim Hochzeitskleid brauche ich keine Notlösung mehr.

Ein paar Tage später folgen die Belegexemplare. Ich streichle das schmale Buch und lege es mir an die Brust wie ein Baby. In einem gewissen Sinn ist es ja unser erstes Kind. Dass es hier in Shanghai geboren wurde, macht mir Hoffnung. Für mich und Norman, aber auch für China. Es wird alles gut, sage ich mir, alles gut.

Da jetzt ein kleines Budget vorhanden ist, beginne ich, eine Gästeliste für unsere Hochzeitsfeier zusammenzustellen. Meine beiden Professoren mit Gattin, meine Familie, Raffael und seine Freundin, ein paar Kommilitonen, vielleicht auch meine Zimmergenossin Pingping ... Ich komme schnell auf achtzehn Personen. Das wird bestimmt teuer. Ich muss meinen Eltern sagen, dass nicht die ganze Familie nach Shanghai kommen soll ...

In der Nacht träume ich, meine Freundin Gu Yue sei aus Amerika gekommen und helfe mir nun, das Kleid anzuziehen, das ich im Schaufenster gesehen habe. Sie steckt mir das Haar hoch, bedeckt meinen Kopf mit einem Tuch und führt mich aus dem Studentenwohnheim. Vor einer Marmorbrücke bleiben wir stehen. Es ertönt feierliche Musik, jemand hebt mir den Schleier vom Kopf, und ich höre tosenden Beifall. Im blendenden Licht der Sonne legt Norman seine Arme um mich und trägt mich die weißen Marmorstufen hinauf. Gut, dass ich das rote Kleid genommen habe, denke ich, das sieht viel besser aus. Ein wunderbarer Kontrast: Rot wie Blut, weiß wie Marmor und schwarz wie die Nacht! Norman strahlt, und ich denke: Ja, ich gefalle ihm, und er liebt mich und will mir gehören.

Von der Brücke aus kann ich unser Haus sehen. »Wenn er dich über die Schwelle trägt, musst du ihn küssen«, flüstert Yue. »Dann hält die Liebe für immer.«

Ich schlinge die Arme um seinen Hals, und als er das Bein hebt, um über die hohe Schwelle zu steigen, presse ich meinen Lippen auf seinen Mund wie eine Ertrinkende. In diesem Augenblick knallt es, wir stürzen ins Haus ... und ich schrecke im Bett hoch.

Mein Herz schlägt wie rasend. Wo bin ich? Was war das? Draußen schreit jemand. Es ist nur das Übliche: Irgendein Student war unzufrieden mit unserem Dasein, hat eine Flasche mit Wasser gefüllt und aus dem vierten Stock auf den Betonboden knallen lassen. So etwas passiert nicht zum ersten Mal, aber heute bin ich wütend auf den Unbekannten, der mich aus meinem Traum gerissen hat.

Ich bete zur Mondgöttin, sie möge unserer Geschichte ein gutes Ende geben. Aber ich kann lange nicht wieder einschlafen. Als ich am Morgen aufwache, merke ich, dass ich mir das Laken fest zwischen die Beine geklemmt habe.

Mitten in die Zeit meiner Prüfungsvorbereitungen platzt eine schreckliche Nachricht: In der Nacht vom 3. auf den 4. Juni ist der Tian'anmen im Herzen Pekings von der Armee mit Panzern geräumt worden. Es soll Hunderte von Toten in der Stadt gegeben haben, deren Einwohner Barrikaden errichtet haben, um die Panzer daran zu hindern, bis zum Tian'anmen vorzurücken.

Eine Zimmergenossin hat einen alten Schwarzweißfernseher besorgt. Am Abend stehen wir vor dem Apparat und starren ungläubig auf das, was wir sehen und hören. Panzerkolonnen; bewaffnete Soldaten; im Hintergrund Schüsse, verletzte Menschen, die auf der Straße liegen; Rauchschwaden über Peking ... Alle Aufbruchsstimmung und Erwartung sind jäh verflogen. Die Angst flackert wieder in unseren Augen. Wir können nicht verstehen, warum die eigene Armee auf Studenten schießt. Stürzt China zurück in die Hölle der Selbstzerfleischung? Werden Panzer bald auch durch die Nanking Road rollen? Mir läuft ein Schauder über den Rücken.

»Jetzt hat China die Welt schockiert und international sein Gesicht verloren«, seufzt eine Kommilitonin.

»Hoffentlich macht China nicht wieder das Tor zu«, sagt eine andere mit sorgenvollem Gesicht, die in den Sommerferien an eine US-amerikanische Universität wechseln will.

Der Schock geht mir durch Haut und Knochen. Meine Lippen sind gespannt wie Geigensaiten und schmerzen. Ich habe das Gefühl einer unbestimmten, allumfassenden Bedrohung, die vernichten kann, was ich liebe und woran ich glaube. »Die Macht kommt aus den Gewehrläufen«, hatte Mao einst gesagt, und die Partei hat sich entschlossen, zu diesem äußersten Mittel zu greifen. Gegen Studenten wie mich. Alle, die nicht auf der richtigen Seite stehen, können in einem schwarzen Abgrund verschwinden. Professor Zhang und Professor Chen könnten wieder verbannt werden, weil sie nicht immer genau das sagen, was die Partei ihnen vorschreibt. Meine Schwester Diya studiert in Peking. Was ist mit ihr? Wann habe ich das letzte Mal von ihr gehört?

Ich drücke mir die Hand auf die Brust und versuche mein Herz zu beruhigen. Dann versuche ich klar zu denken. Ich frage mich: Könnte Diya eine von jenen Studenten sein, die blutig und bewusstlos auf der Straße liegen und nicht wissen, ob sie die nächsten Tage überleben werden? Da meine Eltern uns nicht besonders politisch erzogen haben, ist sie vielleicht aber gerade auch nur einfach in ihrem Studentenheim und sieht den Geschehnissen in Peking wie wir hier in Shanghai über einen Fernseher zu. Zum Tian'anmen wäre sie höchstens aus Neugier oder Langweile gefahren. Dass sie ausgerechnet die

Nacht zum 4. Juni auf dem Platz verbracht oder gar am Hungerstreik teilgenommen hat, halte ich für ausgeschlossen. Sie ist keine Aufrührerin. Genauso wenig wie ich.

Auf dem Weg zur Mensa gesellt sich Pingping zu mir. »Was denkst du?«, frage ich, als wir unter freiem Himmel sind. Ich muss jetzt einfach mit jemandem reden.

»Na ja, es war doch klar, dass irgendetwas passieren würde. Anzeichen dafür, dass die Partei den Platz räumen würde, gab es genügend. Die Armee ist bereits seit Wochen in Peking unterwegs, und der Ton des Ministerpräsidenten hat an Härte stets zugenommen. Überleg doch mal: Nicht einmal Gorbatschow, den Generalsekretär der KP der Sowjetunion, hat die Regierung angemessen begrüßen können. Es heißt, er wäre durch einen Seiteneingang in die Große Halle des Volkes geführt worden. Das war ein großer Gesichtsverlust für die Regierung und die Partei. Aber dass sie tatsächlich auf die Menschen schießen würden, hätte ich nicht gedacht. Sie haben auf ihre Brüder und Schwester geschossen. Das müssen die Soldaten doch gewusst haben.« Pingping schüttelt den Kopf.

»Ich glaube, Soldaten schalten ihre Herzen ab, wenn sie Befehle ausführen«, sage ich traurig.

»Die ersten Truppen, die nach Peking geschickt wurden«, sagt Pingping, »mussten nach kurzer Zeit ausgetauscht werden, weil die jungen Demonstranten sich schnell mit ihnen angefreundet haben. Aber gegen Soldaten mit Schusswaffen und Panzern können die unbewaffneten Studenten nun mal nicht gewinnen.«

»Da bin ich ganz deiner Meinung. Aber hast du wirklich gedacht, die Studenten könnten irgendwas durchsetzen?«, frage ich.

»Ich weiß nicht genau, was sie tatsächlich wollen. Es ist immer nur von Freiheit die Rede, aber worum es genau geht, weiß ich nicht. Wollen sie, dass es bei uns ist wie in Amerika? Das wäre in vielerlei Hinsicht ja schön. Viele Amerikaner haben eigene Häuser und Swimmingpools, und jeder dort darf sagen, was er sagen will. Aber das ist für die Regierung noch lange kein Grund, den Forderungen der Studenten nachzukommen. Ich weiß auch ehrlich gesagt nicht, ob das wirklich gut wäre. Die chinesische Bevölkerung ist groß und der Boden knapp. Wo sollte man all die Häuser und Swimmingpools bauen?«

»Man kann die Kritiker ja nach Hause schicken, wenn man sie nicht hören will. Aber warum muss man sie gleich erschießen?« Ich spüre eine unerträgliche Beklemmung in der Brust. »Ich hoffe, es kommt nicht schon wieder eine harte Zeit wie die Kulturrevolution.«

»1989 ist nicht 1966, kein Mensch braucht eine Kulturrevolution. Die macht bloß alles kaputt!«, sagt Pingping und verblüfft mich mit ihrer Entschiedenheit. »Was die junge Generation angeht, müssen wir abwarten. Ich gehe jetzt nach Amerika, aber ich kehre auf jeden Fall an meine Uni zurück und gebe im nächsten Jahr Unterricht.« Und damit sind wir an der Mensa und reihen uns in die Warteschlange ein, um unser Essen zu holen.

Mit meiner gefüllten Schüssel gehe ich ins Nachbargebäude, wo die männlichen Studenten wohnen. Hier wird heftiger diskutiert, und die Tür steht weit offen. »Die Männer sind nicht solche Angsthasen«, denke ich und setze mich auf den Hocker, den ein Kommilitone für mich frei gemacht hat. Behutsam fange ich an zu essen. Wu Dong, der vor einigen Monaten den Boten zwischen mir und dem Parteisekretär gespielt und mich dann zur Demonstration eingeladen hat, ist auch da. Ich bin gespannt, was er zu sagen hat. Er weiß bestimmt mehr als viele andere. Doch ich will ihn nicht direkt fragen, sondern warte lieber ab.

Einer sagt voller Verbitterung: »Der Militäreinsatz ist das Ende der Studentenbewegung. Kein Student wird direkt zum Berufspolitiker aufsteigen können. Die Partei hat das Heft fest in der Hand. Demokratie wie im Westen wird es nicht so schnell geben.«

Schon äußert sich Wu Dong: »Wie im Westen werden die Dinge bestimmt nicht. Aber das heißt nicht, dass es keine Reformen und keinen Fortschritt gibt. Hier in Shanghai werden von den Studentenorganisationen und von der Partei Demonstrationen organisiert, die unser Land vorwärtsbringen. Ich gehe heute Abend auch wieder hin. In Peking hat Chaos geherrscht, aber hier geht alles geordnet zu. Wenn alles geordnet bleibt, dann hat die Partei nichts dagegen.«

»Du meinst, Shanghai wird nicht wie Peking enden? Kein Notstand, kein Militäreinsatz?«, frage ich.

»So ist es. Außerdem soll man nicht vergessen: Hier gibt es keinen Tian'anmen, der schon immer ein Symbol der politischen Macht war. Shanghai hat nur den Volksplatz, und der war früher die Pferderennbahn der Kolonialherren. Den würden die Studenten nicht besetzen, und den würde die Partei auch nicht räumen lassen.« Meint er das ehrlich? Oder will er bloß abwiegeln?

Ich blinzle mit den Augen. Da widerspricht ihm auch schon jemand: »Na ja, die Demos in Shanghai und anderen Städten werden trotzdem kein langes Leben haben. Gut, die Partei hat jetzt in Peking zu tun und keine Zeit für die anderen Städte. Aber wenn in Peking keine Demonstrationen mehr stattfinden, dann wird hier auch aufgeräumt. Dann gibt es keine Demokratiebewegung mehr.«

Wu Dong bläst die Backen auf und legt gleich wieder los, aber der Streit verwirrt mich und macht mich müde. So viele Schlagworte, so wenig Leben. Meine Schüssel ist leergegessen, ich mache mich auf den Weg.

Doch entspannen kann ich mich nicht. Der Krieg ist über Nacht ausgebrochen, und man weiß nicht, wer Freund und wer Feind ist.

Ich muss mir unbedingt einen Überblick über die Lage verschaffen. Norman befindet sich in Hongkong und damit in Sicherheit. Was ist mit Professor Zhang? Wird er wieder leiden müssen, weil er nicht in der Partei ist?

Ich besuche ihn am nächsten Tag. Als ich in seiner Bibliothek Platz nehme, wirkt er gelassen und ruhig wie sonst, nur seine Stimme ist gedämpft, als fürchtete er lauschende Ohren hinter den Wänden.

Ich frage ihn nach den Konsequenzen für Shanghai. Er sagt: »Es wird sicher einige Änderungen in den Hochschulen geben. Aber das kommt erst im nächsten Semester und betrifft dich nicht mehr.«

»Wird die Partei in Shanghai auch Militär einsetzen?«

»Die Partei hat das Land fest unter Kontrolle. Seit der Räumung des Tian'anmen hat sie es nicht mehr nötig, die Muskeln spielen zu lassen«, sagt er ruhig.

So einfach ist es, und ich habe es vor lauter Angst und Anspannung wieder einmal nicht gesehen. Ein leidgeprüfter Mann wie Professor Zhang hat eben mehr Erfahrung als ich. Ich lasse die hochgezogenen Schultern sinken und versuche, genauso unerschütterlich und gelassen zu sein wie er. »Wie wird es für dich, Professor Zhang?«, frage ich.

»Ich werde weiter gebraucht, denke ich. Übermorgen beginnt die landesweite Aufnahmeprüfung. Ich werde erneut als Prüfer eingesetzt und muss in den Ferien Klausurpapiere begutachten. Meinen Arbeitsplan für das Wintersemester hat die Uni auch bereits festgelegt.«

»Die Aufnahmeprüfungen finden wie geplant statt?«, frage ich.

Professor Zhang nickt.

Es ist wie eine Erlösung. Wenn die Universität normal weiterläuft, ist die Zukunft für alle gesichert. Meine jüngeren Geschwister werden studieren können. China wird den eingeschlagenen Weg nicht verlassen.

»Ich habe euch die Traditionen des guten Journalismus gelehrt«, sagt Professor Zhang. »Jetzt mach deine Prüfung, und zeig uns, was du gelernt hast.«

»Heißt das, ich kann und soll meine Prüfung machen und mein Studium ganz normal abschließen?«

»Die Führungsebene der Universität hat gestern angeordnet, dass der Betrieb hier weiterlaufen soll. Schließ dein Studium ab, geh ins Ausland und lerne fliegen wie eine Schwalbe am Himmel.«

Ich soll fliegen lernen? Professor Zhang zeigt wieder einmal seine poetische Ader. Ich habe keine Ahnung, wie ich mein Leben in einem anderen Land meistern soll. Aber nun hat er mit einem einzigen Satz mein Ziel formuliert. Als ich aus seiner Wohnung trete, lächle ich verträumt der Sonne entgegen.

Aber der Kampf in Peking ist noch nicht beendet. Die Partei fahndet nach den Rädelsführern vom Tian'anmen. Ich habe zwar mit diesen sogenannten Rädelsführern nichts zu tun, aber ich weiß, dass jeder in Gefahr ist, wenn die Partei nach Sündenböcken sucht. Ich mache mir Sorgen um Professor Chen.

Am Abend fahre ich in die Innenstadt, um zu sehen, wie es ihm geht. Mein Beinahe-Geliebter ist aufgeregt, aber nicht nervös. Er erwartet ein angekündigtes Unwetter.

Seine Frau bringt Tee, und kaum ist sie wieder hinausgegangen, frage ich: »Wird es eine Säuberung geben? Kommt eine neue Kulturrevolution?«

»Nein. Das glaube ich nicht«, sagt Professor Chen mit fester Stimme. »Deng Xiaoping hält das Zepter noch fest in seiner Hand. Er war selbst ein Opfer der Kulturrevolution. Er hatte damals Arbeitsgruppen in die Universitäten geschickt, um die Ordnung wieder herzustellen. Deswegen hat Mao ihn entmachtet und aus Peking verbannt. Er hasst Chaos. Außerdem ist er derjenige, der die staatliche Aufnahmeprüfung zu den Hochschulen wiederhergestellt und das Niveau damit deutlich gehoben hat. Er wird eine zweite Kulturrevolution auf alle Fälle verhindern, auch wenn er schon über achtzig ist.«

Ich starre Professor Chen verblüfft an. Deng hatte ich völlig vergessen, weil er so gut wie keine Auftritte im Fernsehen hat. Aber ich bin immer noch unsicher. »Wenn das keine zweite Kulturrevolution ist, was ist es dann?«

»Ich weiß es noch nicht. Aber eines ist sicher: Deng, der die Reform eingeleitet hat, wird sein Lieblingskind nicht töten und begraben. Die Reformen gehen weiter, aber die alleinige Herrschaft gibt die Partei auf keinen Fall aus der Hand.«

»Du fürchtest also keine neuen Strafen für deine Gedanken?«

»Nein«, sagt Professor Chen lächelnd. »Selbst wenn: Ich bin nicht mehr jung und nicht mehr so wertvoll wie du. Wenn der Staat mich mit meinen alten Knochen unbedingt bestrafen will, dann soll er es tun. Hauptsache, du und meine anderen Studenten machen weiter.«

»Nein, du sollst uns weiter Seminare geben«, sage ich, und weiß jetzt, dass ich Professor Chen immer lieben werde. Männer wie er sind meine Heimat. Er liebt China wie ich, und er wird nie aufhören, dieses Land mit seiner ganzen Kraft zu stärken. Solange solche Leute an den Universitäten lehren, bleibt China lebendig.

Mitte Juni gehe ich wie geplant zur mündlichen Prüfung, lasse mich von drei Professoren ausfragen und erhalte die Note Sehr gut. Dann schicke ich ein Telegramm nach Hongkong: »Masterprüfung bestanden.« Am nächsten Tag kommt die Antwort: »In sechs Tagen bin ich bei Dir! Bereite alles für die Hochzeit vor!« Ich gehe zur Fakultät und beantrage die Genehmigung zur Heirat.

Alle sind in Bewegung. Nach der Bekanntgabe der Fahndung sind viele Pekinger Studenten auf der Flucht. Es kursieren Gerüchte, ein Teil von ihnen sei ins Ausland gegangen, andere seien untergetaucht. Ausländer fürchten Repressalien und haben scharenweise das Land verlassen. Auch Raffael erklärt überraschend, er werde nach Deutschland zurückgehen. »Schade, dass ihr nicht bei meiner Hochzeit dabei seid. Ich habe euch eigentlich als Gäste eingeplant«, sage ich beim Abschiedsessen im Restaurant. »Das holen wir in Berlin nach«, sagt Raffael und wünscht mir augenzwinkernd viel Spaß mit Norman und eine gute Reise nach Deutschland. Zwei Tage später verlässt er mit seiner Freundin Shanghai.

17.
Unangemeldeter Besuch aus Peking

Warum, weiß ich nicht, aber ich will unbedingt, dass Professor Chen für die Hochzeit mein Modeberater ist: Er soll dabei sein, wenn ich das Hochzeitskleid anprobiere.

Ich kündige telefonisch meinen Besuch an und fahre zu ihm. Zu meiner Überraschung treffe ich meine Schwester Diya bei ihm an. Was macht sie in Shanghai? Sie studiert doch in Peking!

Es ist kurz vor zehn. Sie scheint mit der Familie gefrühstückt zu haben und hilft gerade beim Abräumen, wobei sie sehr fahrig wirkt und sich nervös umblickt.

»Was machst du denn hier?«, frage ich. Ihre Anwesenheit beunruhigt mich, und ich bringe kein freundliches Wort heraus.

»Diya wollte dich schon gestern Abend anrufen, aber ihr Zug traf erst kurz vor Mitternacht ein, ich habe sie beruhigt und ihr gesagt, dass du heute sowieso bei uns bist«, sagt Professor Chen. Er wirkt angespannt.

»Was ist los?«, frage ich.

»Wir mussten weg aus Peking«, sagt Diya.

Professor Chen gibt uns zu verstehen, dass die Nachbarn mithören könnten, und zieht erst die Wohnungstür zu, bevor er uns in sein Arbeits- und Schlafzimmer führt. In diesem Raum ist das Risiko etwas geringer, und dennoch dämpft Diya ihre Stimme zu einem nervösen Flüstern. »Man hat uns weggeschickt. Sie haben uns regelrecht in die Züge getrieben. Wir mussten nicht mal bezahlen.«

»Wer?«, frage ich.

»Die Universitätsverwaltung. Die Kader und der Sicherheitsdienst. Sie haben uns aus dem Wohnheim getrieben, in Busse gesetzt und zum Bahnhof gefahren. Ich war froh, dass ich den Zug nach Shanghai erwischt habe. Ich wollte dich sowieso besuchen, aber gestern Abend war es schon zu spät, als wir ankamen. Da war dein Wohnheim schon geschlossen.«

»Und da bist du einfach zu Professor Chen gefahren?« Ich staune. »Woher kanntest du seine Adresse?«

»Na, du hast mich vor zwei Jahren doch selbst hierhergebracht, als ich dich besucht habe«, erinnert mich meine Schwester.

»Ja, stimmt.« Ich blinzle mit den Augen. Den Besuch habe ich völlig vergessen.

»Professor Chen und seine Frau waren sehr nett. Sie wollten eigentlich gerade zu Bett gehen, aber sie haben gleich die Wohnzimmercouch für mich frisch bezogen. Ich habe lange nicht mehr so gut geschlafen.«

In diesem Augenblick bringt uns die Hausfrau noch einmal frischen Tee. Wir setzen uns an den Tisch und lassen Diya erzählen.

»Wir hatten schon seit einigen Tagen keinen Unterricht mehr. Immer wieder kamen Leute, die uns aufforderten, zu den Demonstrationen am Tian'anmen zu gehen. Es wurden sogar Busse organisiert. Und da wir keinen Unterricht hatten, sind die allermeisten von uns hingefahren. Es herrschte eine fantastische Stimmung. Es wurde Musik gemacht, wir haben viel miteinander geredet und zusammen gesungen. Irgendwie wie eine schöne, gelungene Party unter freiem Himmel. Es wurden Reden gehalten, denen wir gebannt zuhörten, und über die wir diskutierten. Aber das Beste war einfach, dass wir alle zusammen waren: Es war so fröhlich und so warm, und ja, wir dachten: Jetzt wird alles gut. Die Zukunft wird schöner als alles, was wir bisher erlebt haben.«

Plötzlich verdüstert sich ihr Gesicht. Hastig redet sie weiter. »Aber nach dem 4. Juni ist Peking zur Hölle geworden. Wir haben Schüsse gehört und junge Leute auf der Straße liegen sehen. Viele haben geblutet. Man wusste nicht, ob man in nächster Sekunde nicht selbst getroffen würde. Man konnte gar nicht einschätzen, woher die Schüsse kamen, und wusste nicht, wo die Schützen standen. Als wir wieder im Wohnheim waren, war einer meiner Kommilitonen verschwunden. Es hieß, er wäre verhaftet worden. Und andere würden von den Behörden gesucht. In den letzten Tagen war ich nur noch im Wohnheim und in der Bibliothek. Ich hatte Angst, erschossen zu werden. Dann wurde die Bibliothek auch noch geschlossen. Peking war geisterhaft leer. Es hieß, die Mensa würde auch geschlossen, damit wir uns nicht zusammenrotten könnten ...«

»Hattest du irgendeine Funktion auf dem Tian'anmen?«

»Nein, überhaupt nicht. Ich bin bloß hingefahren, weil alle anderen aus meiner Klasse und aus den Nachbarklassen auch da waren. Es war viel von Änderungen und Modernisierung die Rede. Am Anfang war es bloße Neugier bei uns, aber die Atmosphäre hat uns gefallen. Aber ich habe keine einzige Nacht dort verbracht und am Hungerstreik hat niemand aus meiner Klasse teilgenommen.«

Das habe ich mir auch nicht anders vorgestellt. Das Studium der Informatik macht einen nicht gerade politisch aktiv. »Dann warst du also eher eine Beobachterin«, frage ich.

»Ja«, sagt Diya. »Wer hätte gedacht, dass die Armee schießen würde! Die Arbeiter und Passanten haben uns unterstützt und an den Diskussionen teilgenommen. Eine so freie, offene Atmosphäre habe ich noch nie erlebt. Es war, als wären wir alle eine Familie. Ich habe wirklich sehr nette Leute kennengelernt.«

Sie wird rot, als wäre eine süße, geheime Erinnerung in ihr wach geworden. Aber im nächsten Augenblick wirkt ihr Gesicht wieder ratlos und matt. »Nun ist das alles weg, und mein Semester ist bestimmt auch futsch. Ohne Prüfungen, ohne Noten …«, sagt sie bedrückt und schaut zu mir herüber. »Du hast es gut.«

Das stimmt. Ich bin froh, mein Examen gerade erst bestanden zu haben. Die Freiheit, von Shanghai wegzugehen, erscheint plötzlich doppelt verlockend. »Na ja, vielleicht musst du nur ein Semester dranhängen, das wäre nicht das Schlimmste«, sage ich, um meine Schwester zu beruhigen.

»Ich frage mich, ob ich im nächsten Semester überhaupt weiter studieren kann. Die Hauptstadt im Kriegszustand – das hätte ich mir nie vorgestellt! Vielleicht werden die Universitäten sogar ganz geschlossen. Es hat niemand gesagt, dass wir zurückkommen sollen.«

»Nein, nein, nein«, mischt sich Professor Chen ein. »Das kommt wieder in Ordnung. So ein Chaos wie unter Mao will niemand mehr. Wenn ihr ordentlich studiert, ist der Partei das ganz recht. Bloß auf Proteste, Anarchie, Wandzeitungen und Geschrei reagieren alle allergisch. Man weiß ja, wohin uns die sogenannte Kulturrevolution geführt hat. Es hat uns Jahrzehnte zurückgeworfen. Lasst euch nicht irremachen. Lernen zu dürfen ist ein großes Glück. Die Partei will jetzt die Sommerferien nutzen, um die Ordnung wiederherzustellen. Im nächsten Semester kannst du in Ruhe weiterstudieren.«

Das beruhigt meine Schwester. Ihr Gesicht entspannt sich ein wenig.

»Theoretisch, denke ich, hast du recht. Aber bist du dir sicher, dass es in der Praxis auch so laufen wird?«, frage ich.

»Die Verwaltung der Universität hat uns wissen lassen, dass der Hochschulbetrieb in Shanghai weiter auf Hochtouren laufen soll. Sie haben mich sogar gefragt, ob ich im nächsten Semester einen Kurs mehr anbieten könne. Wenn in Shanghai weiter studiert werden soll, dann will die Partei sicher auch, dass es in Peking weitergeht.«

Doch ich bin vorsichtig, wenn es um Politik geht. »Am besten fährst du so bald wie möglich nach Hause«, sage ich zu meiner Schwester. »Jetzt schaut alles auf Shanghai. Die Leute denken, wenn es keine Proteste in der Hauptstadt mehr gibt, geht es jetzt hier los. Leute, die aus Peking kommen, sind doppelt verdächtig. Die Behörden denken, dass ihr in Shanghai Unruhe stiften wollt. Es ist zwar noch alles friedlich, aber die Situation ist angespannt. Du musst aufpassen, dass du nicht in Verdacht gerätst.«

»Das wollte ich ja. Aber in Peking gab es keinen Zug nach Jiangxi, und wann es hier einen gibt, weiß ich auch nicht. Außerdem hab ich kein Geld …«, sagt Diya kläglich.

»Gut, ich kümmere mich um deine Fahrkarte«, sage ich. Aber ich habe im Hinterkopf noch eine weitere Befürchtung, die mich beunruhigt. Professor Chen hat während der Kulturrevolution sehr gelitten und wurde erst vor wenigen Jahren rehabilitiert. Wenn durch den Besuch meiner Schwester der Eindruck entsteht, er hätte Kontakt mit den Rebellen vom Tian'anmen und sei womöglich einer der intellektuellen Köpfe hinter den Demonstrationen, kann ihm das sehr schaden.

Plötzlich ist es mir wichtig, den Aufenthalt meiner Schwester bei Professor Chen zu verkürzen. »Ich fahre gleich ins Wohnheim zurück«, sagte ich. »Ich finde schon einen Schlafplatz für dich.«

Aber Professor Chen denkt schneller und weiter als ich. »Nein«, sagt er. »Das ist keine gute Idee. Wenn du da herumfragst, werden die Leute nur hellhörig. Unter deinen Kommilitonen gibt es bestimmt ein paar Übereifrige, die sofort vermuten, du wolltest jemanden verstecken, der in Peking als Rädelsführer gesucht wird. Vergiss nicht, dass du bald heiraten willst. Und noch dazu einen Ausländer. Die gelten in Krisenzeiten als doppelt verdächtig.« Er lächelt ein bisschen wehmütig. »Nein, nein, lass Diya ruhig bei mir. Wir wohnen hier in der Altstadt und sind viel freier als auf dem Unigelände. Gleich hier um die Ecke ist sogar die Kommunistische Partei Chinas gegründet worden, direkt vor der Nase der politischen Polizei. Das französische Viertel ist eine gute Gegend für Menschen mit Zukunft.«

»Danke«, sagt meine Schwester und lächelt klein.

Ich verschiebe die Anprobe des Hochzeitskleides und fahre zur Uni zurück, um Diya die Fahrkarte nach Jiangxi zu besorgen. Ich lege meinen Studentenausweis vor und bestelle ein Ticket. Da bald Ferien sind und viele Studenten wegfahren wollen, wird gar nicht erst gefragt, wozu ich die Fahrkarte brauche.

Dann fahre ich zurück ins französische Viertel, kaufe Gebäck, Obst und Nüsse und melde mich bei Professor Chen. Nach dem Abendessen sitzen wir im Kreis, essen Gebäck und Obst und plaudern wie eine Familie, die lange getrennt war. Das Thema rund um den Tian'anmen lassen wir bald hinter uns. Professor Chen versteht es glänzend, zwei junge Frauen zu unterhalten. Wenn er seinen Teppich voller Geschichten ausrollt, fliegt man davon wie auf Wolken. Meine Schwester beginnt bald schon zu kichern und zu lachen, und ich versuche meinen Beinahe-Liebhaber zu immer neuen Späßen herauszufordern. Erst gegen vier Uhr morgens gehen wir schlafen. Da ich zu Hause oft mit meinen Geschwistern in einem großen Bett schlafen musste, fällt es mir nicht schwer, das Gästebett der Familie Chen mit meiner Schwester zu teilen.

Am nächsten Tag hole ich die Fahrkarte und bringe meine Schwester zum Bahnhof. Die zwei Tage, die sie bei Professor Chen und seiner Frau verbracht hat, haben ihr sichtlich gutgetan. Sie wirkt entspannt, sie lacht und scheint wieder fröhlich zu sein. Als ich zum Abschied winke, sagt sie aus dem offenen Zugfenster heraus, ich solle mich noch einmal bei ihm bedanken.

So wie sie lächelt, will ich fast glauben, sie sei ein wenig in ihn verliebt, ganz so, wie ich damals, als ich meinen ersten Kurs bei ihm hatte.

»Mach ich«, sage ich. »Aber wenn du wieder in Peking bist und studierst, musst du ihm einen Brief schreiben. Das freut ihn mehr, als wenn wir bloß Danke sagen. Er will, dass wir alle eine gute Zukunft haben. Es soll nie wieder so werden wie früher.«

Meine Schwester nickt und verspricht es.

18.
Ein kalter Guss

Kaum ist meine Schwester weg, kommt Norman. Schon am nächsten Tag trifft er in Shanghai ein. Aus der Anprobe zusammen mit Professor Chen wird also nichts. Ich werde das Hochzeitskleid gemeinsam mit Norman kaufen.

Ich will wie eine moderne junge Frau aussehen, nicht mehr wie ein braves Mädchen vom Land. Die Zeit für einen Friseurbesuch bleibt mir noch. Ich renne also zum Einkaufszentrum, das nur zwei Busstationen entfernt ist, und lasse mir die Zöpfe abschneiden. Als ich den Friseursalon verlasse, ist mein Haar eine federleichte Wolke. Die kurzen Strähnen hüpfen und schwingen bei jedem Schritt. Ich sehe fast wie ein Junge aus. Hübsch, dynamisch und voller Tatendrang.

Im Studentenwohnheim herrscht Aufbruchsstimmung. Meine Zimmergenossinnen haben alle ihre Masterprüfung bestanden und werden die Universität verlassen. Sie haben Arbeit gefunden und flattern herum, ich denke an einen aufgeregten Vogelschwarm, der sich zum Abflug bereitmacht. In der Hektik und Aufgeregtheit der anderen wird mir die ganze Ungeheuerlichkeit meines Vorhabens erst so richtig bewusst. Ich werde China verlassen, um einem Mann nach Europa zu folgen. Werde ich in der Fremde zurechtkommen? Auf unserer Etage sind vierzig Zimmer mit jeweils sechs Mädchen, und ich bin die Einzige, die einen Ausländer heiraten will. Ich schaue in den Spiegel und sehe das Antlitz einer Abenteurerin.

Am Nachmittag bleibe ich in meinem Zimmer und räume auf. Da Norman mir nicht verraten hat, mit welchem Zug er kommt und wo er übernachten wird, bleibt mir nur zu warten. Dann erhalte ich den ersehnten Anruf. Er ist gleich um die Ecke! Er hat ein Zimmer in seinem ehemaligen Studentenwohnheim hinter meinem Gebäude gefunden. Ich renne aus dem Haus, flitze über die einzige Straße, die uns noch trennt, und stürme die Treppe zu ihm hinauf. Dann schließt er mich in seine Arme. Vor Erleichterung hätte ich beinah geheult. Ich habe mich noch nie so glücklich und geliebt gefühlt wie in diesem Augenblick.

Norman steckt wie früher in Shorts und einem karierten Hemd. Er scheint sich nicht verändert zu haben. Fröhlich, energisch und ein wenig spitzbübisch – das ist der Mann, den ich liebe und so vermisst habe. Seine Bernsteinaugen leuchten vergnügt. Bald werden wir heiraten, und ich habe jetzt keine Scheu mehr, mich an ihn zu schmiegen.

Schließlich setzt er sich. Es ist nur ein Stuhl da, und ich setze mich auf seinen Schoß. Zur Sicherheit lege ich ihm noch den Arm um den Hals.

»Deine Frisur ist ungewöhnlich, aber hübsch«, sagt er. Ich nicke zufrieden. Ich finde mich auch hübsch.

»Du bist immer noch so dünn wie Papier. Hast du genug zu essen gehabt?« fragt er und befingert halb prüfend halb scherzend meinen linken Arm.

»Du hast dich auch nicht verändert«, sage ich keck. »Obwohl du so viel vom guten Essen in Hongkong erzählt hast.«

Er wechselt das Thema. »Hast du alle Papiere für die Eheschließung gekriegt?«, fragt er.

»Ja, und du?«

»Ich auch. Dann gehen wir morgen gleich zum Standesamt und reichen unseren Antrag ein«, sagt er. »In ein paar Tagen sind wir verheiratet. Ist das nicht aufregend?«

»Ja, und feierlich. Wenn wir den Antrag eingereicht und einen Termin haben, gehen wir zum Laden für Brautkleider, ja? Ich habe ein schönes Kleid gesehen. Ich hoffe, es gefällt dir auch.« Ich spüre, dass ich rot anlaufe und vergrabe mein Gesicht an seinem Hals, um meine Aufregung zu verbergen.

Es entsteht eine lange Pause, und ich frage mich, ob ich ihm das mit dem Kleid vielleicht nicht hätte sagen sollen.

»Tanya, ich muss dir noch etwas sagen«, sagt er und stupst mit der Nase gegen meine Wange.

»Ja, sag.«

»Ich … ich …« Er räuspert sich und scheint auf einmal Schwierigkeiten mit seiner Zunge zu haben. Ich schaue ihn aufmerksam an. Norman schaut weg. »Ich wollte es dir schon die ganze Zeit sagen.«

Er zögert wieder, aber dann geht es plötzlich ganz schnell: »Ich bin meiner alten Freundin aus Peking begegnet. Ihr Vater hat sie nach Hongkong geschickt. Sie hat jetzt einen tollen Job bei der HSBC und eine Wohnung in Soho. Sie hat sich entschuldigt und mit mir versöhnt.«

»Ja, und?«

»Ich bin sehr oft bei ihr. Wir verbringen viel Zeit miteinander.«

Es ist, als hätten mich der Blitz und neun Donner auf einmal getroffen. Mein Körper ist vollkommen taub. Ich muss so blass geworden sein, dass er mich hastig festhält, um zu verhindern, dass ich von seinem Schoß falle. »Aber sie weiß, dass wir heiraten wollen«, sagt er eifrig. »Sie weiß, dass ich dich liebe. Ich liebe dich mehr als sie. Ich will dich heiraten. Das habe ich ihr von Anfang an gesagt, und sie hat es akzeptiert.«

Tränen treten mir in die Augen und stürzen wie zwei reißende Bäche die Wangen hinunter. In seinen Briefen hat Norman immer nur von unserer Liebe und unserer Beziehung gesprochen. Ich hätte nie gedacht, dass es noch eine andere gibt. Mit allem Möglichen habe ich gerechnet, aber nicht mit diesem Verrat. Ich fühle mich ganz hohl und kalt. Ich versuche aufzustehen, um mich irgendwo zu verkriechen, aber er hält mich fest.

»Tanya, hör mir zu. Ich liebe dich und will dich wirklich heiraten. Aber es war so einsam in Hongkong, und ohne dich habe ich mich ganz verloren gefühlt.«

»Du musst mich nicht mehr heiraten«, sage ich schluchzend.

»Aber ich liebe dich und will mit dir nach Berlin. Ich will mich nur noch von ihr verabschieden. Deshalb muss ich zurück nach Hongkong. Sobald du alle Papiere für die Ausreise hast, trenne ich mich endgültig von ihr und komme zu dir. Das habe ich schon mit ihr vereinbart.«

»Du musst mich nicht heiraten, Norman«, höre ich meine erstickte Stimme. »Es ist noch nicht zu spät. Ich werde schon eine Arbeit finden. Du kannst nach Hongkong gehen und brauchst dir keine Sorgen zu machen.« Ich wische mir die Tränen weg. Es nutzt nichts. Der bittere Strom bahnt sich erneut seinen Weg über mein Gesicht. Ich kriege mich einfach nicht in den Griff.

»Aber Tanya, ich hab mir ein Visum besorgt, um zu dir zu kommen. Ich hab all die Papiere für unsere Hochzeit besorgt. Ich bin einen ganzen Tag mit dem Zug gefahren, um herzukommen. Und jetzt sagst du, du willst mich nicht heiraten? Wenn ich dich nicht liebte, hätte ich das alles doch nicht getan! Aber ich hab es getan. Und ich will noch viel mehr mit dir tun. Gib uns eine Chance. Sag mir, dass du mich immer noch heiraten willst«, bettelt Norman.

Ich halte inne, und plötzlich versiegen sogar die Tränen. Norman hat tatsächlich eine Menge für mich getan. Aber was habe ich für ihn getan? Ich habe ihn ein Jahr lang hingehalten. Plötzlich wird mir bewusst: Die Nächte, die wir zusammen verbracht haben, waren für ihn vielleicht gar nicht so schön. Er musste seine Begierde wegdrücken, um neben mir seinen Schlaf zu finden. Ich habe uns beide gequält, und er hat nicht viel davon gehabt, dass er mit mir zusammen war. Ich war grausam zu uns beiden und habe ihm körperlich wenig gegeben, woran er sich hätte erinnern können. Kein Wunder, dass er in Hongkong bei einer anderen Trost gesucht hat. Ich bin ja nicht die einzige Frau auf der Welt.

»Wie heißt deine Freundin eigentlich?«, frage ich plötzlich.

»Ist doch egal«, sagt Norman, verbessert sich aber rasch. »Dong Anshan«, sagt er, »sie ist schon fast achtundzwanzig, und ...« Er will mir gleich noch mehr erzählen, aber ich will nichts mehr hören. Dong Anshan hat auf ihre Liebe zu Norman verzichten müssen, um die Karriere ihres Vaters nicht zu gefährden. Das weiß ich. Aber sie liebt Norman immer noch und hat sogar akzeptiert, dass er mich heiraten wird. Wie soll ich gegen eine Frau kämpfen, die solche Opfer zu bringen bereit ist? Will ich überhaupt in Liebesangelegenheiten kämpfen? Ich will doch, dass mich der Mann, der mich heiratet, von Kopf bis Fuß liebt und keine Sekunde an eine andere denkt. Ich beiße mir auf die Lippen, um nicht gleich wieder loszuheulen. Meine Gefühle sind einfach nicht so modern wie meine Frisur.

Norman versucht es mit einem neuen Thema. »Ich habe dir ein paar Sachen aus Hongkong mitgebracht, die werden dir gefallen!« Er lässt mich los und geht zu seinem Koffer. Kurz später kommt er mit ein paar schicken Einkaufstüten zurück. »Komm, probier mal.«

Ich bedanke mich steif und lasse mir wie einer Vogelscheuche in eine grüne Jacke helfen. Sie ist schön und passt mir perfekt. Doch ich bin nicht in der Stimmung. Meine Arme sinken, und die Jacke fällt von mir ab. Norman ist so zärtlich und fürsorglich, und ich spüre, dass ich ihn immer noch liebe. Aber jetzt tut es schrecklich weh. Ich lasse mich auf dem Bettrand nieder und schluchze erneut.

Norman setzt sich neben mich und versucht mit seinem Taschentuch meine Tränen aufzufangen. »Tanya, ich liebe dich, und ich will mit dir die Zukunft teilen. Daran hat sich nichts geändert. Ich glaube, wir werden miteinander glücklich sein. Schenke mir jetzt ein Lächeln.«

Ich ringe mir ein Lächeln ab. Aber das kann nur wie der stumme Schrei einer offenen Wunde aussehen. Ich drehe den Kopf weg, um meinen Schmerz niederzukämpfen.

»Liebst du mich noch?«, fragt er.

Ich nicke stumm.

»Das ist gut. Dann gehen wir morgen wie geplant zum Standesamt«, sagt er fest entschlossen. »Ich bin schon ein Jahr lang nicht mehr hier gewesen und möchte Shanghai wiedersehen. Lass uns essen gehen.«

Ich habe kein Ziel mehr im Leben und gehe wie ein Automat mit. Als wir in einem Restaurant Platz nehmen und der Duft des Reises mir in die Nase steigt, geht es mir etwas besser. Essen ist der beste Trost. Doch großen Appetit habe ich nicht. Ich lasse Norman reden. Höre ihn nur durch eine Mauer aus Regen. Mein Liebe ist kleiner geworden, als hätte Norman ein großes Stück von ihr abgeschnitten, aber vielleicht ist das, was noch da ist, ausreichend groß. Langsam beginne ich zu reden, um das wiederzufinden, was uns vor zwei Jahren zusammengeführt hat.

Als wir später auf die Straße treten, geht ein plötzlicher, wirklicher Regenguss nieder. Wir müssen hastig in einen Bus springen, und als ich mein Spiegelbild in der Fensterscheibe erblicke, sehe ich mein Haar wie nasses Katzenfell an mir herunterhängen. Warum habe ich mir bloß meine Zöpfe abschneiden lassen? Endlich sind wir am Wohnheim. Norman schärft mir ein, morgen pünktlich um neun Uhr ausgehbereit sein, damit wir rechtzeitig beim Standesamt sind. Ich nicke stumm, ohne ihn anzusehen.

Als ich endlich in meinem schmalen Bett liege, drücke ich das Gesicht ins Kissen und lasse die Tränen fließen. Das schöne Hochzeitskleid, von dem ich geträumt habe, ist ohne mich fortgeflogen. Das Kleid ist nicht für mich gemacht, und ich werde es niemals tragen. Der Traum, mich in der Hochzeitsnacht von Norman zur Frau machen zu lassen, ist geplatzt.

Aber ich muss jetzt eine Entscheidung treffen. Heute noch. Soll und will ich heiraten oder nicht? Soll ich in China bleiben oder mit Norman nach Deutschland gehen?

Ich unterdrücke also mein Schluchzen und versuche meine Gedanken zu ordnen.

Lehne ich die Eheschließung mit Norman ab und bleibe in China, bin ich die verlassene Ausländerbraut, die nicht fähig war, ihre Liebe am Leben zu halten und die Harmonie wiederherzustellen. Ein schwaches, beschädigtes Mädchen mit fragwürdigem Ruf. Die jungen Männer werden mir aus dem Weg gehen. Und das Versprechen der Partei gegenüber, dass ich nach dem Studium heiraten werde, müsste ich zurückziehen. Ich sehe schon den schwarzen Fleck in meiner Personalakte: wechselhaft, nicht durchsetzungsfähig, nicht vertrauenswürdig: Ein Mängelexemplar.

Da ich mein Studium ordnungsgemäß im Juli abgeschlossen habe, kriege ich ab August keine staatliche Unterstützung mehr. Wenn ich mich jetzt bewerbe, finde ich vielleicht in drei Monaten Arbeit. Shanghai könnte ich gleich vergessen, denn der potenzielle Arbeitgeber würde sich bestimmt mit meiner Universität in Verbindung setzen, um sich ein Bild von mir zu verschaffen. Und da ich kein Parteimitglied bin, und auch sonst keinen guten Eindruck bei der Partei hinterlassen habe, kann ich die Rundfunk- und Fernsehanstalten genauso von meiner Liste streichen wie die großen offiziellen Zeitungen. Wenn man bei Staatsmedien arbeiten will, muss man sich schon durch Zuverlässigkeit und besonderen Eifer empfehlen.

Meine Chance liegt bei privaten Unternehmen und kleinen Verlagen mit Reformgeist in anderen Städten. In einer fremden Stadt, wo mich niemand kennt. Aber da falle ich dann jedem zum Opfer, der mich auf diese oder jene Art ausbeuten will. Die Privatisierungen haben viel Gutes, aber auch jede Menge unseriöser Geschäftsleute und Betrüger hervorgelockt. So eine junge Studentin aus Shanghai will jeder gern mal für eine Weile. Und dann werde ich weitergereicht an den nächsten. Nein, darauf darf ich mich nicht einlassen.

Wenn ich einen guten Mann hätte, der mich liebt und auf mich aufpasst, wäre das Leben natürlich einfacher. Aber in China wird eine Beziehung lange geprüft und gewogen. Die jungen Leute wissen, dass die Ehe eine ernste Angelegenheit ist. Man überlegt sich genau, mit wem man *sein* Kind haben will, die Familien beider Partien reden und rechnen mit, ob eine Bindung sich lohnt, und Ehescheidungen sind ziemlich selten. Für mich ist solch eine Form der Beziehung inzwischen unvorstellbar. Bei so viel Pflichtbewusstsein fehlt mir die Romantik, die ich mit Norman erlebt habe. Norman lässt sich durch niemanden ersetzen. *Cengjing canghai nanweishui* – wer den Ozean gesehen hat, sagt der Dichter, findet andere Gewässer zu klein.

Wenn ich Norman heirate und mit ihm nach Berlin gehe, ist das ein gewaltiger Schritt. Doch eins hat er mir mehrmals versichert: Einen Kampf gegen politische Bevormundung müssen wir in Deutschland nicht führen. Und die Länge oder Kürze eines Rockes ist in Berlin kein Thema. Erwartet mich in Deutschland also ein Leben ohne Probleme? Es sieht fast so aus. Viele werden den Kopf schütteln, wenn ich nach Europa gehe, und meine Mutter wird weinen. Aber manche werden mich auch für meinen Mut bewundern. Professor Chen hat mich nie so verliebt angeschaut wie an dem Abend, als er mir eine »große Reise« vorhergesagt hat. Er ist ein großzügiger, mutiger Mann, der mir viel geholfen hat, aber er war noch nie in Europa. Das werde ich ihm voraushaben. An dieser Stelle fange ich an, mir die herrlichen Geschenke vorzustellen, die ich ihm bei meinen Besuchen aus Berlin mitbringen würde.

Norman versicherte mir, dass ich aufgrund der Heirat in Deutschland automatisch eine Arbeitserlaubnis erhalten und mir jeden Job aussuchen könne. Na ja, dass ich gleich als Journalistin anfangen darf, ist höchst unwahrscheinlich. Ich beherrsche ja die Sprache noch nicht. Aber Raffael meinte, ich sei begabt und lerne schnell. Und wer arbeiten will, findet auch Arbeit. Egal, wie bescheiden ich dabei sein muss. Ich bin mir sicher, ich werde in Berlin überleben. Notfalls gehe ich putzen.

Die Frage ist nur: Wo steht mein Herz? Und da ist die Antwort eindeutig: Wenn Norman mich morgen immer noch heiraten will, werde ich ihm mein Ja-Wort geben. Oder besser gesagt: Ich werde mein Ja-Wort erneuern und unsere Beziehung in Berlin mit all meiner Kraft neu, groß und schön machen. Wir werden alles tun, was in China nicht machbar war. Ich schulde *ihm* meine Liebe, sonst niemandem. Er hat so lange auf mich gewartet und für uns gearbeitet, er soll mich und meine Liebe bekommen. Ich will mich ihm hingeben und ihn von meiner Liebe kosten lassen. Ein Zurück gibt es für mich nicht!

Aber die Schmerzen brennen im ganzen Körper. Vor einem Jahr war ich ein glückliches, tüchtiges Mädchen, das sich geliebt und geschätzt fühlte. Und heute bin ich auf schmerzliche Weise zur Frau geworden, ohne dabei auch nur eine Sekunde der Lust genossen zu haben. Ich habe mich selbst darum betrogen, weil ich Angst hatte. Das, was zerrissen werden sollte, wurde zerrissen, aber nicht an der richtigen Stelle, sondern tief im Herzen. Innerhalb von drei Stunden bin ich vom Mädchen zur schwachen, verletzlichen Frau geworden, ohne dass mein künftiger Mann mich besessen hätte. Aber ich lasse mir den Traum von der Hochzeit nicht nehmen. Und von der Hochzeitsnacht auch nicht. Ich werde alles nachholen. Schluss jetzt mit der Heulerei und schlaf, Tanya!

Am nächsten Morgen wasche ich mein Gesicht mit kaltem Wasser, um frisch und gesund auszusehen. Aber egal wie viel Mühe ich mir auch gebe, aus dem Spiegel starrt mich ein gequältes Gesicht an. Ich bin eine Frau, die Schmerzen mit sich herumträgt.

Norman kommt kurz vor neun. Er lächelt herzlich und warm, hat seine Meinung nicht geändert und will mich nach wie vor heiraten. Wir fahren ins Stadtzentrum und finden ein großes, kahles Büro ohne jegliche Romantik vor. Die Beamtin, die uns in Empfang nimmt, sieht aus wie eine pralle Birne mit Hornbrille. Wir geben unsere Papiere ab und beantragen die Eheschließung. Ich komme mir wie ein Roboter vor, weil alles so unwirklich ist.

Drei Tage später erfahren wir, dass unsere Papiere vollständig und richtig sind. Die Beamtin schickt uns zur medizinischen Untersuchung, um die Ehetauglichkeit feststellen zu lassen. Wenn das Ergebnis positiv ist, dürfen wir in drei Tagen wieder zu ihr kommen und heiraten.

Als ich im Wohnheim ankomme, rufe ich meinen Vater an. »Wir werden in drei Tagen heiraten«, sage ich.

»Gut«, sagt er. »Ich komme.«

Ich will aber nicht, dass er mich in meinem Unglück sieht. »Papa, du brauchst nicht zu kommen. Niemand braucht zu kommen. Wir feiern keine Hochzeit. Norman fliegt nach der Eheschließung gleich wieder nach Hongkong und arbeitet weiter. Wenn ich alle Papiere für die Reise nach Europa zusammen habe, kommt er und holt mich ab.«

Aber damit lässt sich mein Vater nicht abspeisen. Leise, aber bestimmt sagt er: »Du bist unsere älteste Tochter. Mindestens ein Elternteil muss dabei sein, wenn die Kinder heiraten, das verlangt die Tradition.«

»Papa, du brauchst wirklich nicht zu kommen. Wir laden sowieso niemanden ein. Das Semester ist seit vier Tagen zu Ende. Meine Kommilitonen sind schon weg oder packen gerade die Koffer. Es ist niemand mehr da.«

»Das spielt keine Rolle. Bei einer Heirat braucht man keine Kommilitonen. Aber wir sind deine Familie und werden kommen. Eigentlich hätten wir die Hochzeitsfeier für dich organisieren sollen, doch du bist so weit weg, dass wir das leider nicht können. Aber wir werden dabei sein.« Nach kurzer Überlegung sagt er: »Ich bringe zwei von deinen Geschwistern mit.«

Bei der medizinischen Untersuchung werden auch unsere Geschlechtsorgane beäugt und abgetastet. Norman ist das so peinlich, dass er den ganzen Tag darüber Witze reißen muss. Ich denke an die erzwungene Untersuchung vor einem Jahr und ekle mich fast vor mir selbst, dass ich dieses mal so gar nichts empfinde. Meine Niederlage hat offenbar auch mein Schamgefühl ausgelöscht. Auch gut. Schamgefühl und Empfindlichkeit sind bloß Schwächen.

Für die Heiratsurkunde brauchen wir noch aktuelle Passfotos. Wir gehen zu einem Fotoladen in der Nähe der Uni und lassen uns ablichten. Der Fotograf gibt sich große Mühe, aber als wir einen Tag später die Fotos abholen, bin ich entsetzt. Ich sehe schrecklich aus auf dem Bild. Meine Augen sind groß und starr, meine Lippen sehen aus, als wäre ich von einer Hornisse gestochen worden. Ich erkenne mich selbst kaum wieder. Hätte ich bloß meine langen Haare behalten, statt mich auf diese Weise verstümmeln zu lassen! Ausgerechnet auf der Heiratsurkunde werde ich wie ein Flederwisch aussehen. Doch es ist sinnlos, ein neues Foto machen zu lassen. Ich werde so schnell nicht glücklich aussehen.

Normans Foto ist besser als meins. Er wirkt höflich und bescheiden, richtig glücklich aber sieht er auch nicht aus. Mir wird auf einmal bewusst, dass er unsicher ist – hin und hergerissen, ob er tatsächlich mit mir nach Berlin gehen oder einfach in Hongkong bleiben soll. Denke ich an unser gemeinsames Jahr zurück, mache ich mir Vorwürfe, dass ich ihn nicht gerade mit Freude, Liebe und Wärme überhäuft habe. Bisher wollte ich es nicht wahrhaben, aber jetzt weiß ich, dass er mit mir gelitten hat. Ich muss uns eine Chance geben. Ich muss versuchen, alles wiedergutzumachen. Ich muss ihm zeigen, dass ich ihn liebe und die Richtige für ihn bin.

Drei Tage später fahren wir endlich zusammen zum Standesamt und stehen wieder in dem großen, kahlen Büro, mitten im Raum. Zur Feier des Tages trägt Norman eine schwarze Hose und ein weißes Hemd. Er starrt auf die rote Fahne mit den fünf Sternen, die an der Wand hängt. Sein Adamsapfel und seine Nase stechen heraus. Er kommt mir noch dünner und länger vor als sonst. Die dicke Beamtin mit Hornbrille baut sich vor uns auf und verkündet mit schriller Stimme:

»Norman Berger, männlich, Staatsangehörigkeit: Bundesrepublik Deutschland, geboren am 7. August 1962; Lu Tanya, weiblich, Staatsangehörigkeit: Volksrepublik China, geboren am 31. Juli 1963, haben die Eheschließung beantragt. Nach der Überprüfung sind die Voraussetzungen nach dem Eheschließungsgesetz der VR China erfüllt, die Ehe wird hiermit geschlossen und eingetragen, die Heiratsurkunde wird heute von der Stadtregierung Shanghai verliehen.«

Sie reicht uns jedem eine Heiratsurkunde und gratuliert uns mit Handschlag. Als wir das Büro verlassen, bin ich die Ehefrau eines Ausländers.

Ich schaue auf die Urkunde, die mein Leben radikal ändern soll: Sie wird mit einer Hülle aus vergoldeter Pappe geschützt. In der Vorderseite der Schutzhülle ist eine Herzform ausgeschnitten, die links und rechts von einem Phönix-Paar gestützt wird. Die Urkunde ist aufklappbar. Ihre Außenseite ist feuerrot, die Innenseite schimmert leicht rosa und ist mit Blumenmustern bedruckt. Auf der linken Seite ist der Urkundentext platziert, auf der rechten Seite sind unsere Fotos, deren Echtheit mit dem Stempel der Stadtregierung von Shanghai bestätigt ist. Ich sehe Normans Bild und denke: *Das ist mein Ehemann.* Die Prophezeiung aus der Bibliothek ist in Erfüllung gegangen, nach zwei Jahren und einem Monat. Mit 25 bin ich verheiratet. Aber ob Norman wirklich mein Mann wird, ist ungewiss. Mein Körper weiß: Die Ehe muss noch vollzogen werden.

Am Nachmittag holen wir meinen Vater und meine Geschwister am Bahnhof ab. Normans Begegnung mit der Familie verläuft touristisch und unproblematisch: Da meine dreizehnjährige Schwester und mein zwölfjähriger Bruder zum ersten Mal in Shanghai sind, führen wir sie an den Bund, in den Yu-Garten, zum Chenghuang Miao und auf die Nanjing Straße, damit sie von der Metropole etwas zu sehen kriegen. Meine Geschwister sind begeistert, mein Vater aber lässt sich nicht täuschen. Er merkt, dass ich unglücklich bin und ihm etwas verheimliche. Doch ich will meinen Schmerz mit niemandem teilen und lasse meinen Vater im Ungewissen.

Am Abend sitzen wir in einem Restaurant auf der Nanjing Straße, um irgendwie meine Hochzeit zu feiern. In meiner Traurigkeit bestelle ich ein paar Gerichte wie gekochte Fischköpfe oder scharf gebratenen Tofu, die nicht zusammenpassen und niemandem richtig schmecken. Ich habe keinen Appetit und bleibe wortkarg, meine kleinen Geschwister sind von Normans ausländischem Aussehen eingeschüchtert und wagen kaum, ihre Stäbchen zu rühren. Die Atmosphäre ist angespannt, und am Ende bleibt das meiste auf den Tellern liegen. Aber mein Vater ist unerschütterlich. Sanft und höflich heißt er den Schwiegersohn in der Familie willkommen und lädt ihn zum Besuch meiner Heimatstadt Gao'an ein. Norman sagt zu. Als ich das höre, versuche ich, ihm nun doch ein Lächeln zu schenken.

Norman will für das Essen aufkommen. Doch ich bestehe darauf, zu bezahlen. Auch wenn die Feier ihren Namen nicht verdient, lasse ich mir das nicht nehmen, schließlich habe ich ein ganzes Jahr dafür gespart. Als ich dem Kellner das Geld gebe, fühle ich mich zum ersten Mal richtig erwachsen. Ich habe meinem Ehemann, meinem Vater und meinen Geschwistern das Essen bezahlt. Anschließend bringe ich meine Familie ins Gästehaus der Universität, Norman geht in sein Zimmer und ich kehre ins Wohnheim zurück. Eine Hochzeitsnacht ist das nicht.

Am nächsten Morgen nimmt die Familie Abschied und fährt nach Jiangxi zurück. Norman packt am Nachmittag seinen Koffer. Er schärft mir ein, die für die Ausreise benötigten Papiere rasch zu beantragen, damit wir das Land baldmöglichst verlassen können. Dann gibt er mir achthundert Yuan. Dass er in seiner Sorge um mich, die ich kein Einkommen mehr habe, daran denkt, mir Geld dazulassen, löst eine warme Welle der Dankbarkeit in mir aus. Ja, er ist ein zuverlässiger Mann, und ich liebe ihn immer noch, nur die Begierde ist mir abhandengekommen. Und ich spüre auch kein Begehren von seiner Seite. Meine ganze Hoffnung konzentriert sich jetzt auf Berlin.

»Gib mir Bescheid, sobald du die Papiere hast, dann hole ich dich sofort ab«, sagt Norman. Und dann steigt er in ein Taxi und ist wieder weg.

Ich rufe meine beiden Professoren an und teile ihnen mit, dass ich geheiratet habe. Professor Zhang ist erleichtert und wünscht mir Glück. »Jetzt stehst du mit beiden Beinen außerhalb. Geh deinen Weg und werde eine gute Journalistin – auch im Ausland«, sagt er zum Abschied.

Professor Chen zeigt sich überrascht, dass ich ihn nicht zur Feier eingeladen habe. Vor allem meine heisere Stimme macht ihm Sorgen. »Stimmt etwas nicht?«, fragt er.

»Nein, nein, alles gut«, lüge ich. »Ich bin wohl ein bisschen müde.«

»Willst du andeuten, du bist müde von der Hochzeitsnacht?«, fragt er mit leisem Spott. »Ich vermisse die süße Hingabe in deiner Stimme …«

»Ich weiß auch nicht, was mit mir los ist«, sage ich und presse die Lippen zusammen, um nicht schon wieder zu heulen.

»Hast du Zweifel?«, fragt er. »Du musst nicht sofort auswandern. Du kannst noch ein Jahr hierbleiben und arbeiten, ehe du deinem Mann ins Ausland folgst.«

»Nein. Ich will so rasch wie möglich nach Deutschland und Arbeit suchen«, sage ich.

»Ja, natürlich«, sagt er mit hörbarer Skepsis. »Ich glaube, wir müssen dringend ein paar Schnecken zusammen essen. Ich muss einen Blick auf dich werfen. Irgendetwas stimmt nicht, glaube ich.«

»Sobald ich Zeit finde, komme ich zu dir«, sage ich und lege auf.

Am nächsten Tag lege ich der Fakultät meine Heiratsurkunde vor und beantrage die Erlaubnis, nach Deutschland auszureisen, um dort mit meinem Mann zusammenzuleben. Ich muss ein paar Tage warten, bis die Fakultät nach einer internen Prüfung meinen Antrag genehmigt. Erst dann darf ich zum Einwohneramt gehen und einen Pass beantragen. Jedes Papier kostet Zeit, da hat Norman recht.

19.
Das leere Zimmer

Mein Zimmer leert sich. Pingping nimmt als letzte Mitbewohnerin Abschied und wünscht mir viel Glück, dann bin ich ganz allein im Zimmer. Die fünf leeren Bettgestelle und Regale um mich herum lassen das Zimmer geisterhaft erscheinen. Ich schließe mich in meinem Moskitonetz ein und lasse die drei Jahre, die ich hier verbracht habe, Revue passieren. Mein Studium habe ich gut hingekriegt, und trotzdem liegt plötzlich alles wie eine zerbrochene Reisschale vor mir. Was habe ich falsch gemacht?

Ich höre unzufriedene Stimmen in meinem Kopf, die mich vor Gericht zerren. In einer Person bin ich Klägerin, Angeklagte und Richterin. Ich kann vor den anderen weglaufen, aber nicht vor mir selbst. Ich presse die Augenlider fest zu, um mir einen Überblick über meine zerschlagene Welt zu verschaffen.

Meine Vernunft steht in einer Ecke wie ein Boxer, der schwere Wirkungstreffer hat einstecken müssen. Dumpf grollend schimpft sie über mein Gefühl, das in der anderen Ecke auf seinem Hocker sitzt und sich mit einem nassen Schwamm das Gesicht wäscht: »Was heulst du rum? Du hast doch nun, was du wolltest: Du bist jetzt mit dem Mann verheiratet, der dich so fasziniert hat.«

»Eben nicht«, sagt mein Gefühl mit einer dünnen Stimme, die jederzeit zu reißen droht. »Norman ist nicht mehr der Mann, von dem ich mal geträumt habe.«

»Früher hast Du zu ihm aufgeschaut, als wäre er ein unverwundbarer Ritter, jetzt aber hat er gezeigt, dass er Stärken *und* Schwächen hat. Ihr seid ebenbürtig«, sagt der Richter.

Doch das Gefühl will damit nichts anfangen und schluchzt bloß vor sich hin. Die Vernunft schüttelt unzufrieden den Kopf: »Du hast viel zu viel Mitleid mit dir selbst! Damit schaffst Du gar nichts! Vor allem keine Harmonie!«

Am nächsten Tag wache ich mit Fieber auf, meine Kehle fühlt sich an, als hätte ein Wolf sie zerrissen, meine Wangen glühen wie Feuer. Ich zwinge mich viel zu trinken und lege mir ein kaltes Tuch auf die Stirn, um das Fieber zu senken.

Als es mir ein wenig besser geht, stehe ich auf und schleppe mich zum Einwohnermeldeamt, um meinen Pass zu beantragen. Das Foto ist mir inzwischen egal. Nach vier Stunden komme ich erschöpft zurück, trinke viel Wasser und lege mich gleich wieder schlafen. Nach drei Tagen ist das Fieber weg.

Professor Chen ruft an und möchte mich sehen. »Meine Frau kocht dein Lieblingsessen«, sagt er. »Du hast ja Geburtstag.« Doch ich finde eine Ausrede und verschiebe mein Kommen auf einen anderen Tag. An meinem Geburtstag will ich allein sein.

Eine Woche später hat Norman Geburtstag. Ich schicke ihm eine Postkarte und wünsche ihm eine schöne Zeit in Hongkong. Die Lust auf lange, zärtliche Briefe ist mir abhandengekommen.

Aber nach den beiden Geburtstagen sage ich zu mir: »Jetzt hast du genug geweint. Jetzt wird für die Zukunft gearbeitet.«

Das Lesen ist ein erprobtes Heilmittel. Während ich auf meine Papiere warte, hole ich mir Bücher von Goethe und Erich Kästner, Bertolt Brecht, Thomas Mann, Günther Wallraff und anderen Schriftstellern und versuche die deutsche Welt zu verstehen. Dabei vergesse ich zusehends Norman und seine Freundin in

Hongkong und fühle mich wieder wie eine Studentin, die ihre Flügel spannt.

Ende August muss ich das Wohnheim verlassen, aber weder meine Papiere noch Norman sind da. Die große Reise verzögert sich, und ich sitze auf der Straße. Professor Chen steht mir auch diesmal hilfreich zur Seite. Aus dem Studentenwohnheim ziehe ich in sein Wohnzimmer.

Aber ich habe wohl nicht alle Spuren meiner Niederlage tilgen können. Er beäugt mich misstrauisch, als ich mit meinem Koffer vor seiner Tür stehe. »Wie geht es dir?«, fragt er.

»Gut«, sage ich lächelnd.

»Komm rein.« Ich habe ihm nicht erzählt, was in meiner Ehe fehlt. Doch er durchschaut mich.

»Du hast einen dicken Gefühlsknoten in deiner Brust«, sagt er nach dem Abendessen, als er mit mir durch die Stadt wandert. »Deswegen kannst du weder richtig atmen noch fließend denken. Die Liebe hat nicht geklappt. Der Ehemann hat dich enttäuscht«, stellt er fest, und sagt schon im nächsten Atemzug: »Aber wir päppeln dich wieder auf!« Er lächelt mich an, als wäre schon alles geklärt.

Ich frage mich, wie er mich von meinem Liebeskummer heilen will. Ihm zu sagen, woran es hakt, ist völlig unmöglich. Aber er stellt mir auch keine Fragen, sondern geht mit mir ins Kino, als wäre das so von Anfang an geplant.

Meine Stimmung verbessert sich, und plötzlich fällt mir ein, dass ich viel zu wenig über chinesische Literatur weiß. Was ist, wenn ich in Deutschland gefragt werde, was man in Shanghai so liest? Wer meine Vorbilder sind? Welche Bedeutung die Literatur für mich hat? Ich zerre Professor Chen in die Buchhandlung. Ich setze mich mit ihm in den Park und ins Teehaus und frage ihn aus, als hinge mein Leben davon ab, was er mir vermitteln kann.

Professor Chen lässt es sich willig gefallen. Tagelang ist er nur für mich da, füttert mich mit Wissen wie ein hungriges Vögelchen. Der unbeugsame Dichter Su Dongpo aus der Song-Dynastie wurde mit über 60 verbannt. Zum dritten Mal schon, weil er immer wieder den Zorn seines Fürsten erregt hatte. Ohne Unterkunft und Nahrung wurde er auf der Insel Hainan ausgesetzt, deren Bewohner als wild und barbarisch galten. Aber als sie aus den Bergen zum Strand kamen, hatten sie Mitleid mit dem alten, gebrechlichen Mann, von dessen Ruhm sie nichts wussten. Sie bauten eine Hütte für ihn und gaben ihm regelmäßig zu essen. Der Dichter wusste es ihnen zu danken. Er grub einen Brunnen und lehrte sie, sauberes Wasser zu trinken, so dass die Zahl der Kranken zurückging. Er baute eine Schule und brachte den Kindern Lesen und Schreiben bei. So wurde er zum Lehrer der Menschen.

Der Dichter und Beamte Du Fu aus der Tang-Dynastie lebte bescheiden in einer Grashütte. Er hatte nie Geld, erlebte viel Unglück und starb fern der Heimat. Während eines Bürgerkriegs ging er auf Reisen, um das Leiden des Volkes mit eigenen Augen zu sehen. Seine Gedichte über den Hunger, die Angst, die frierenden Flüchtlinge auf den eisigen Straßen rühren die Menschen bis heute. Der »heilige Dichter« wird er genannt.

Die wunderschönen Gedichte, ihre Schöpfer und das unendliche Leid ihres Lebens … Plötzlich wird mir klar, wie bedeutungslos mein eigenes Unglück im Vergleich zu dem der großen Dichter ist. Die Meister haben ihr eigenes Leid beiseitegeschoben und warmherzig für die anderen gesorgt.

Auch Professor Chen verstehe ich jetzt viel besser. Sein Leben ist durch die Jahrzehnte währende Umerziehung geprägt und beschädigt worden. Er hat keine Kinder und muss auch heute noch vorsichtig sein, um die Partei nicht gegen sich aufzubringen. Doch er hat sich sein gutes Herz und seine Liebe zur Literatur bewahrt. Er hat sich nicht unterworfen, und das zeigt er uns durch seine Hilfsbereitschaft. Darum kann er jeden Tag mit uns lachen. Wenn ich mich an Professor Chen, die alten chinesischen Dichter und Philosophen halte, werde ich in der Fremde auch meinen Platz finden und brauche mich vor Armut, Einsamkeit und Verlorensein nicht zu fürchten!

20.
Vereinigungen

Mitte September erhalte ich meinen Pass. Norman schickt mir die Bürgschaft seiner Mutter für mich, so dass ich den Visumsantrag beim deutschen Generalkonsulat einreichen kann. Dann heißt es wieder warten. Vor Mitte Dezember wird das Visum wohl nicht erteilt werden.

Norman beendet seine Lehrtätigkeit in Hongkong und kommt Ende November nach Shanghai. Ich verabschiede mich von meinen Professoren und wir fahren nach Jiangxi.

Meine Familie muss mächtig zusammenrücken, damit wir Platz in der Wohnung haben. Meine Eltern nehmen die jüngsten Kinder zu sich und geben uns als den »frisch Vermählten« ein eigenes kleines Zimmer. Mein Vater hat sogar eine rotgoldene Girlande mit Glück bringenden Zeichen über das Bett gehängt.

Norman benimmt sich sehr höflich. Wir schlafen wieder wie früher nebeneinander. Doch er lässt mich in Ruhe, und ich berühre ihn auch nicht. Ich frage nicht nach seiner Freundin und der Trennung, um keine Wunden aufzureißen – weder bei ihm noch bei mir. Wir tun einfach so, als wäre alles in Ordnung. Am nächsten Morgen scheint die Sonne ins Zimmer und aus der Schule nebenan hört man Kinder singen. *Old Macdonald had a Farm,* singen sie, kein chinesisches Lied. Es gibt offenbar einen sehr fortschrittlichen Lehrer in Gao'an.

Meine Eltern kochen tagelang und laden schließlich Freunde und Kollegen ein, um die Eheschließung ihrer ältesten Tochter zu feiern.

Da die Gäste mich seit meiner Kindheit kennen, gilt ihr Interesse vor allem Norman. Die meisten von ihnen haben Europäer bisher nur im Kino gesehen. Sie staunen sehr, als er sie auf Chinesisch begrüßt, und gratulieren meinen Eltern zu ihrem gebildeten, höflichen Schwiegersohn.

Ich bin froh, dass ich nicht mit am Tisch sitzen muss. Die vierundzwanzig Gäste füllen unser Wohnzimmer ohnehin von einer Wand bis zur anderen. Die Aufgabe der Frauen besteht darin, den Verwandten und Freunden die festlichen Speisen zu bringen. Ich muss nur am Anfang die Gäste begrüßen, dann darf ich mich mit einer Verbeugung zurückziehen. Auch meine Mutter und meine Schwestern sitzen nicht mit am Tisch, sondern laufen immer nur zwischen Küche und Wohnzimmer hin und her und bedienen die Gäste.

Die Braut darf an ihrem Hochzeitstag nicht arbeiten. Deshalb schickt mich meine Mutter ins Schlafzimmer, damit ich mich »ausruhen« kann. Versuche ich, in die Küche zu kommen und meiner Familie zu helfen, schickt mich meine Mutter sofort weg und verbietet mir energisch den Zutritt. Die Sitte verlangt, dass die Braut am Tag ihrer Hochzeitsfeier nichts tut. Der Müßiggang soll das Symbol für eine bessere Zukunft sein: Die Braut soll es einmal besser haben als ihre Mutter. Ich füge mich und kehre in mein Zimmer zurück.

Wie immer stehen in unserer Wohnung die Türen offen, und so höre ich alles mit, was beim Bankett im Nebenzimmer gesprochen wird. Auf einmal kommt die Rede auf Deutschland. Ein Lehrer fragt Norman, was er davon halte, dass die Berliner Mauer gefallen ist. »Wir sind begeistert«, sagt Norman. »Meine Freunde haben mir geschrieben, sie seien in Tränen ausgebrochen vor Freude. Beim Goethe-Institut in Hongkong haben wir auch gefeiert. Ich freue mich schon darauf, Berlin ohne Mauer zu sehen.«

»In China werden die Menschen auch Freudentränen vergießen, wenn Hongkong und China wieder zusammenkommen«, sagt einer der Gäste. Ein Dritter ruft: »Und wenn Taiwan und China wieder zusammenkommen, noch mehr!«

»*Ganbei!*«, sagt mein Vater. Ich höre die Gläser klingen und stelle fest, dass die Menschen das Gleiche träumen, egal ob sie Deutsche oder Chinesen sind. Sie träumen von Frieden, Liebe und Familienglück. Bei dieser Gemeinsamkeit werde ich mich mit Deutschen verständigen können, auch wenn ich ihre Sprache noch nicht beherrsche. Ich werde in der Fremde Arbeit finden und nicht auf der Straße landen, sagt mir meine innere Stimme, und ich proste lautlos mit einem Lächeln den Anwesenden im Nebenzimmer zu: »Für eine bessere Zukunft! *Ganbei!*«

Anfang Dezember verabschieden wir uns von meiner Familie. Ich ahne, dass es ein langer Abschied sein wird, aber natürlich reden wir davon, dass wir viel schreiben und bald wiederkommen werden. »Ihr seid uns immer willkommen«, sagt mein Vater, während meine Mutter sich Tränen aus dem Gesicht wischt.

Wir fahren nach Shanghai und holen mein Visum ab. Als wir mit dem Pass und dem kostbaren Stempel darin vor der Tür des Generalkonsulats stehen, sagt Norman: »Komm, lass uns Butterkuchen essen gehen! Ich habe noch eine Überraschung für dich.«

Wir fahren an den Bund und gehen in »unser« Café. Als Kaffee und Kuchen vor uns auf dem Tisch stehen, zieht Norman einen Briefumschlag aus der Tasche und überreicht ihn mir. »Das sind unsere Tickets!«

Ich strahle. Jetzt wird es also tatsächlich wahr! Aber der Inhalt des Umschlags verblüfft mich: Es sind Tickets in chinesischer, kyrillischer und englischer Sprache. Abfahrt: Peking. Endstation: Moskau.

Und ich habe gedacht, ich absolviere meinen Tigersprung in einem Flugzeug. Ich schaue Norman verunsichert an. »Was hat das zu bedeuten?«, frage ich. »Mit welcher Gesellschaft fliegen wir?«

»Überhaupt nicht!«, lacht Norman. »Beim Fliegen siehst du nur Wolken, sonst gar nichts. Wir fahren mit der Transsibirischen Eisenbahn. Das ist viel romantischer! Weißt du noch, wie schön es im Schlafwagen nach Wuyishan war?« Er strahlt wie ein kleiner Junge. »Jetzt, wo die Mauer gefallen ist, gehören wir alle zusammen. Wir fahren nach Moskau, dann kaufen wir neue Tickets nach Warschau und nach Berlin. Du siehst mit eigenen Augen, wo die Chinesen, die Mongolen, die Russen, die Polen und Deutschen ihren Platz auf der Weltkugel haben. Dann merkst du, dass China und Deutschland auf ein und demselben Kontinent liegen!«

Es graust mir vor der endlosen Zugreise. Ich habe gehört, dass die Fahrt bis Moskau sechs Tage dauert. Was ist, wenn wir uns sechs Tage anschweigen, weil wir die Versöhnung nicht hinkriegen? Aber als ich sehe, wie Norman sich freut, wird mir warm ums Herz. Es ist doch schön, wenn man so einen deutschen, romantischen Mann hat, der sechs Tage in einem Eisenbahnabteil mit mir verbringen will. Das ist ein deutliches Zeichen, dass er mich liebt. »Ja, ich möchte gern sehen, wie mein und dein Kontinent zusammengewachsen sind«, sage ich.

Norman macht seine letzten Einkäufe, um ausreichend Geschenke für seine Familie und Freunde im Koffer zu haben. Drei Tage später fahren wir nach Peking. Dann müssen noch Transitvisa für die Mongolei, Russland und Polen beantragt werden.

Während wir warten, besuchen wir meine Schwester Diya. Professor Chen hat recht behalten: Der Hochschulbetrieb in Peking läuft wieder normal, der Tian'anmenplatz ist leergefegt. Nur wenige Touristen versuchen, in der Kälte kurz stehenzubleiben und Fotos zu machen. In der Altstadt spüre ich die Gelassenheit und den

Lebenswillen der Hauptstadtbewohner und habe das Gefühl, dass der Frühling nicht mehr weit ist. Auch Normans Fürsorge und Zuwendung tun mir gut. Immer wieder ertappe ich mich dabei, wie ich ihn verstohlen anlächle.

Am zweiten Weihnachtstag haben wir endlich alle Visa zusammen. Silvester verbringen wir auf dem Campus bei meiner Schwester Diya. Am Neujahrsmorgen laufen wir zum letzten Mal über den Platz des Himmlischen Friedens und schauen uns die roten Lampions und die festlich gekleideten Spaziergänger an. Am nächsten Tag steigen wir in den Zug.

Schnell zieht mein Land am Fenster vorbei. Einen Tag später fahren wir in Erlian über die mongolische Grenze. Über Ulan-Bator, Irkutsk, Krasnojarsk, Nowosibirsk und Jekaterinburg geht es nach Moskau. Ich habe viel Zeit, um aus dem Fenster zu starren und mich an die Gegenwart eines Ehemanns zu gewöhnen, der mir die Welt zu erklären und die kyrillische Schrift beizubringen versucht. Ich habe mir vorgenommen, noch mehr an Norman zu entdecken und jede körperliche Annäherung zuzulassen. Westlich von Nowosibirsk erlaube ich ihm, dass er mich streichelt, und hinter Jekaterinburg kriegt er von mir einen schüchternen Kuss. In Moskau benehmen wir uns schon fast wie ein Liebespaar und bestaunen gemeinsam die von dickem Schnee bedeckten Straßen und die hübschen, elegant gekleideten russischen Frauen. Auf dem Roten Platz und im Kreml mache ich mit Normans Kamera Fotos von ihm. In seinem dicken Mantel sieht er aus wie ein Zottelbär; dass meine Winterjacke zu dünn für Russland ist, lasse ich ihn nicht merken. Abends fahren weiter nach Warschau …

Die Menschen, die Sprachen, die Landschaft, die Kälte. Ich komme von südlich des Yangtse und habe noch nie so viel Schnee gesehen wie auf dieser Reise. Und je weiter wir fahren, desto fremder werden auch die Gesichter und die Klänge um mich herum. Meine Stimme wird leise, mein ängstliches Lächeln gefriert. Ich würde mich am liebsten mit Norman in seinem Mantel verkriechen. Er ist jetzt meine einzige Wärmequelle geworden.

Auch in Warschau verbringen wir einen Tag und steigen erst im Dunkeln in unseren Zug. Am nächsten Morgen sagt Norman: »Da draußen, das ist die DDR, in einer halben Stunde sind wir in Berlin.«

Nach acht Tagen in unterschiedlichen Schlafwagen und 8000 Kilometern Fahrt erreichen wir unser Ziel: Bahnhof Zoo. Der Tigersprung ist vollendet.

21.

Sich bücken und die Finger biegen

Norman hat eine Wohnung am Kottbusser Damm gemietet. Mitten in der Stadt, wo die Häuser hundert Jahre alt und sehr grau sind. Im Treppenhaus fällt der Putz von den Wänden, und als wir unsere Koffer hinaufschleppen, knarren die abgetretenen Holzstufen. Hinter der Tür liegt ein langer düsterer Korridor und am anderen Ende ein einzelnes Zimmer. Es gleicht einer riesigen dunklen Höhle mit hoher Decke. Außerdem ist es kalt. Das einzige Fenster befindet sich in der hinteren Ecke und verschwindet fast in der Wand. Der hölzerne Rahmen klemmt, als ich es zu öffnen versuche, ich lasse das Fenster verschlossen. Mein Blick fällt auf ein paar Mülltonnen. Vier Stockwerke darüber entdecke ich ein schmales Stück bleiernen Himmel. Berlin ist kälter als Shanghai.

In der rechten Ecke steht ein blassgelb gekachelter Ofen. Davor ein Korb mit ein paar staubigen schwarzen Briketts, ein bisschen Brennholz und einem Stapel Zeitungen. Norman öffnet das quietschende Türchen, zerknüllt eine Zeitung, legt ein paar Scheite Holz darauf und als Krönung zwei Stücke Braunkohle. Dann muss er noch einmal losrennen: Es gibt keine Streichhölzer.

Als die Tür ins Schloss fällt, setze ich mich auf einen der beiden abgenutzten Stühle und schaue mich um. Bin ich froh, dass wir sofort ein Dach über den Kopf haben? Ja, sicher. Am besten gefällt mir der hölzerne Boden mit seinen gestrichenen Dielen. Trotzdem kommt mir plötzlich alles ganz unwirklich vor. Wie bin ich hierhergekommen? Was soll ich hier machen? Dann stelle ich mir zur

Ablenkung eine andere Frage: Warum hat das Zimmer fünf Ecken? Ich stehe wieder auf und versuche noch einmal, das Fenster zu öffnen. Diesmal gelingt es. Ich öffne erst das innere und dann das äußere Fenster und stecke den Kopf hinaus in den Hof. Das Zimmer liegt im Winkel zwischen dem Vorderhaus und dem rechten Querflügel, deshalb ist es so dunkel und hat nur ein Fenster. Außerdem liegt es weit unten im Hinterhof. An der rostigen Teppichstange neben den Mülltonnen hängt eine Blumenampel. Die Geranien sind längst vertrocknet, aber daneben steckt eine rote Rose aus Plastik.

Ich schließe das Fenster vorsichtig, damit keine Scheibe zerbricht (die eine hat bereits einen Sprung). Ich überlege, ob ich die gelbe Lampe ausknipsen soll, die von der Decke hängt, um Strom zu sparen, aber dann beschließe ich, lieber etwas zu unternehmen. Es wird höchste Zeit, dass ich die Initiative ergreife. Ich gehe ins Bad und suche nach einem Wischlappen. Als Norman zurückkommt, bin ich bereits dabei, den Tisch und das Bettgestell abzuwischen, die uns der Vormieter hinterlassen hat.

»Es wird gleich warm«, sagt Norman, entzündet ein dünnes Streichholz und steckt das Papier im Ofen in Brand. Wir hören, wie die kalte Luft durch das kleine Gittertürchen des Ofens und durch das hohe, silberne Rohr in den Schornstein gezogen wird. Warm wird es nicht gleich, aber das knisternde Feuer wärmt uns von innen. Ich würde Norman am liebsten umarmen, aber er ist bereits wieder aufgesprungen.

»Ich mache Tee!«, ruft er und holt eine Kanne und zwei Tassen aus seinem Koffer, bevor er in die Küche geht. Mit der heißen Tasse in der Hand fängt mein Körper an, sich zu entspannen. Wieder möchte ich Norman berühren und mich bei ihm wärmen, aber sein Tatendrang lässt es nicht zu. »Jetzt gehen wir einkaufen!«, ruft er. Ich stelle die leere Tasse weg, wir schließen die Ofenklappe und machen uns auf den Weg.

Das Kaufhaus ist gleich um die Ecke. Ein riesiger Bau mit einer eigenen Bettenabteilung. Dann geht alles sehr schnell. Innerhalb von einer halben Stunde kaufen wir eine Matratze, eine Bettdecke, Bettlaken, Deckenbezüge, Handtücher, Küchentücher ... Norman gibt über zweihundert D-Mark aus. Mir wird ganz schwindlig, als er an der Kasse die vielen Scheine hinblättert. Wie lange wird sein Erspartes reichen? Um all diese Dinge zu kaufen, hätte ich in China ein paar Monate lang arbeiten müssen. Ich will schnell Arbeit finden und Geld verdienen.

Um alles nach Hause zu bringen, müssen wir dreimal zwischen dem Kaufhaus und unserer Wohnung hin und her laufen. Die Küche ist abgesehen von einer Wasserkanne fast leer. So essen wir Brot mit Käse und Joghurt und spülen alles mit warmem Tee hinunter. Als die Nacht hereinbricht, legen wir uns ins Bett und strecken uns unter der Decke aus. Norman drückt mich kurz an sich, dann lässt er mich los. Da er weiter nichts tut, tue auch ich nichts. Von der langen Reise und der Hektik des ersten Tages erschöpft, schlafen wir schnell ein.

In den nächsten Tagen richten wir die Wohnung weiter ein. Am Schluss hängt Norman den Jadehund aus dem »Freundschaftsladen« in Shanghai neben der Tür auf. »Auf diese Weise gibt es ein Stückchen China in unserer Wohnung«, sagt er. Aber andere Dinge sind jetzt viel wichtiger. Behördengänge, Einkäufe, Alltag. Zu meinem Schreck stelle ich fest, dass ich weder auf der Straße noch auf den Ämtern auch nur ein Wort wirklich verstehe. Meine Muttersprache wird nicht mehr gebraucht, und Deutsch kann ich nicht gut genug, um mich zu verständigen. Ich verstumme und werde zu einem Stück Holz auf Beinen.

Normans Mutter kommt zu Besuch nach Berlin. Sie ist in jeder Beziehung ganz anders als Norman und sieht ihm nicht einmal ähnlich.

Sie ist noch jung, aber stark geschminkt und raucht ruhelos eine Zigarette nach der anderen, als würde sie von Dämonen gejagt. Da wir nur zwei Stühle haben, muss ich auf dem Bett hocken, während Norman mit seiner Mutter am Tisch sitzt. Nach anfänglicher Wiedersehensfreude werden Mutter und Sohn ziemlich einsilbig. Norman gibt ihr nur mürrisch Antwort auf ihre Fragen, so als wolle er nichts von sich preisgeben. Ich verstehe zwar nicht, was sie sagen, aber Normans Tonfall ist kalt. Ich bin entsetzt. Man kann seine Mutter doch nicht so unbarmherzig behandeln! Jedenfalls habe ich in China so etwas nie erlebt. Ich würde gern etwas Nettes sagen, aber meine Zunge ist gelähmt. Außer einem piepsigen Guten Tag habe ich nichts herausgebracht, und unsere Blicke weichen sich aus.

Schließlich geht Normans Mutter, sie will bei einer Freundin übernachten, sagt sie. Als die Tür sich hinter ihr geschlossen hat und die Schritte auf der Treppe verhallt sind, frage ich Norman nach dem Grund für seinen harten Ton. Er will mir zuerst gar nicht antworten, aber ich lasse nicht locker. Schließlich sagt er, dass seine Mutter in Schwierigkeit steckt, weil sie eine Sonnenbrille nicht bezahlt hat.

»Aber eine Sonnenbrille kann doch nicht so teuer sein«, sage ich verwundert.

»Sie ist manchmal konsumsüchtig und manövriert sich in alle möglichen Katastrophen. Kein Kollege will ihr noch Geld leihen«, sagt er.

Darüber muss ich erst einmal nachdenken. Jetzt verstehe ich, warum er seine Mutter in China nicht weiter vermisst hat. »Wie hat sie es dann geschafft, mir die Bürgschaft zu geben, damit ich das Visum für Deutschland beantragen konnte?«

»Sie hatte letztes Jahr noch einen Freund, der auf sie aufgepasst hat. Aber kurz vor Weihnachten haben sie sich gestritten, und er hat sie verlassen. Jetzt hat sie wieder angefangen, sinnloses Zeug einzukaufen, irgendwelche wahllosen Modeartikel, die sie gar nicht braucht. Was will sie in diesem dunklen Winter mit einer Sonnenbrille?«

»Sie hat Liebeskummer, ganz einfach. Das kann jeden durcheinanderbringen. Da brauchst du doch nicht mit ihr zu schimpfen. Versuch sie lieber aufzuheitern, damit sie wieder jemanden findet.«

Norman wirft mir einen scharfen Blick zu. »Ich habe jahrelang mit ihr zusammengelebt und brauche von dir keine Ratschläge.«

So habe ich ihn noch nie erlebt. Plötzlich wird mir klar, dass ich in dieser Stadt außer Norman niemanden kenne. Ein Schauer läuft mir über den Rücken. Als er sieht, dass ich wie vom Blitz getroffen dasitze, setzt er sich zu mir auf die Bettkante und legt mir den Arm um die Schulter. Jetzt, denke ich, jetzt passiert es vielleicht. Ich mache mich ganz klein und weich und hoffe, dass er mich streichelt und küsst. Meine Eingeweide beginnen zu schmelzen. Aber nach einer Weile steht Norman bloß auf und geht in die Küche.

Norman geht zur Telefonzelle und nimmt Kontakt zu seinen alten Freunden auf. Prompt bekommt er mehrere Einladungen. Natürlich zeigt er ihnen gern seine junge chinesische Ehefrau, den lebenden Beweis seiner Weltoffenheit und internationalen Erfahrung. Er blüht richtig auf im Kreis seiner Freunde und hat viel zu erzählen. Ich sitze da wie ein stummer Frosch und glotze herum.

Mühsam erinnere ich mich an den Deutschunterricht in Shanghai, und als zufällig mal eine Pause entsteht, versuche ich mich einzumischen und stelle dem Gastgeber eine Frage. Ein kleiner Dialog von zwei Sätzen sollte doch möglich sein. Aber zu meinem Schrecken erhalte ich einen Schwall von Wörtern als Antwort, der mindestens drei, vier Minuten in Anspruch nimmt. Außer so kleinen Wörtern wie *ich* und *nicht* verstehe ich gar nichts. Dabei habe ich doch nur gefragt, womit er sein Geld verdient.

Um mich zu retten, stelle ich also eine neue, einfache Frage. »Lebst du gern in Berlin?« Wieder werde ich in einen undurchdringlichen Antwortnebel gehüllt und kann am Ende nur lächeln und nicken.

Auf dem Heimweg macht Norman mir Vorwürfe. »Du kannst die Leute doch nicht so ausfragen! Das ist sehr unhöflich.«

»Das tut mir leid. Aber keine Sorge, ich habe ohnehin nichts verstanden. Die Geheimnisse deines Freundes sind bei mir sicher. Aber wenn es dir so peinlich ist, wird es nicht noch mal vorkommen.« Ich schweige kurz und kaue auf meinen Lippen herum. »Ich glaube, ich sollte wieder zur Uni gehen und Deutsch lernen.«

»Aber die Unis nehmen hier nur Studenten auf, die die Sprachprüfung bestanden haben.«

»Ja, das hast du schon mal gesagt ... Gibt es keine anderen Schulen, wo ich Deutsch lernen kann? Ich meine nicht das Goethe-Institut. Das ist zu teuer für mich.«

»Mach dir keine Sorgen. Ich habe dich hierhergeholt, ich werde mich auch darum kümmern, dass du ein gutes Deutsch lernst.«

Ich streichle seinen Arm, aber bei der nächsten Willkommensparty bleibe ich lieber zu Hause. Ich knipse die kleine Lampe an, die mir Norman geschenkt hat, lege das Papier und den Kugelschreiber bereit, die ich aus China mitgebracht habe, und setze mich an den Tisch. Das Chinesische besteht aus Tausenden von Schriftzeichen, und damit sie nicht wie Kraut und Rüben auf der Seite herumpurzeln, muss man ein Formblatt benutzen, das für jedes Zeichen ein eigenes leeres Kästchen bereithält. Dann bleiben die Zeilen gerade und stolpern nicht übereinander. Ein Dutzend Formblätter habe ich mitgebracht, aber damit sie nicht gleich alle sind, lege ich sie lieber bloß unter das hauchdünne Luftpostpapier, das ich im Koffer mitgebracht habe. So kann man die schwarzen Linien gut sehen, und die Schriftzeichen ordentlich hinmalen.

Wem soll ich zuerst schreiben? Meinen Eltern natürlich, Sie sollen erfahren, dass es mir gut geht. Von der Arbeitserlaubnis ist die Rede, und ich schreibe auch, dass uns Normans Mutter besucht hat. »Die Leute sind alle sehr nett hier«, schreibe ich. Von meinen Sorgen erwähne ich nichts, sondern bloß »Ich vermisse Euch alle sehr und hoffe, dass ich bald Geld verdiene und Papa und Mama zu einem Besuch bei mir einladen kann.«

Der nächste Brief fällt mir leichter. Der Kugelschreiber fliegt nur so über die Zeilen. Ich erzähle vom dunklen Zimmer, in dem ich sitze. Vom Hinterhof und den Plastikblumen, von den biertrinkenden, redseligen Deutschen, deren Worte ich nicht verstehe, von den grauen Straßen mit den vielen Graffitis, von den Ruinen mit zugenagelten Fenstern, von der eisigen Kälte und dem Kachelofen. Ich schreibe auch von der Ankunft am Bahnhof Zoo, von Moskau und der langen Fahrt durch die Mongolei. »Über eine Woche lang habe ich im Zug gesessen«, schreibe ich. »Man glaubt nicht, wie weit es von Shanghai nach Berlin ist! Ich fühle mich wie Marco Polo – nur dass ich umgekehrt gereist bin.« Die Berliner laufen alle in schwarzen Mänteln herum, schreibe ich. »Von Reichtum sieht man nicht viel, aber die Berliner sind ein bunter Haufen, die Stadt soll jetzt die Hauptstadt werden.« Als ich drei Blätter mit hastigen, schnellen Zeichen bedeckt habe, stelle ich fest, dass noch die Anrede fehlt. Die habe ich wohl mit Absicht vergessen. Dann fasse ich mir ein Herz und schreibe ganz vorne hin: »Lieber Professor Chen«.

Raffael lädt uns zum Essen ein. Er wohnt mit seiner amerikanischen Freundin in Schöneberg. Die Wohnung ist zwar nicht so exklusiv wie seine Expertenwohnung in Shanghai, aber viel besser als unsere. Zumindest hat jeder ein eigenes Zimmer.

Er gratuliert uns, weil wir jetzt verheiratet sind, und zaubert einen golden schimmernden Gemüseauflauf auf den Tisch. Als wir auf unser Eheglück anstoßen, ziehen sich meine Eingeweide schmerzhaft zusammen, aber Norman lässt sich nichts anmerken. Raffael und seine Freundin studieren beide an der FU. Er arbeitet nebenher in einem Reisebüro, seine Freundin bei einer amerikanischen Handelsfirma.

»Habt ihr eine Idee, wo ich vielleicht arbeiten könnte«, frage ich.

Raffael zeigt sich überrascht: »Du bist doch gerade angekommen. Schau dich doch erstmal um! Warst Du schon im Pergamon-Museum oder im Museum für Asiatische Kunst?«

»Nein«, wispere ich. Versteht er nicht, dass wir dringend Geld brauchen?

Aber am Ende hat er doch einen Tipp für Norman: Er kennt eine Sprachschule für Ausländer, die händeringend nach Lehrern sucht.

Am nächsten Morgen geht Norman zu einer Telefonzelle, ruft bei der Schule an und bekommt tatsächlich einen Termin. Schon am Nachmittag! Er rasiert sich und zieht sein bestes Jackett an, dann ist er weg.

Ich bringe meine Briefe zur Post und mache einen Spaziergang am Landwehrkanal. Auf dem türkischen Markt gibt es Nüsse und Apfelsinen, aber ich habe kein bisschen Geld in der Tasche. Einer der Händler hat mich beobachtet. »Hier bitte, probieren Sie«, sagt er und knackt eine Nuss für mich. »Sehr süß.« Er hat recht, es ist eine süße Nuss. Ich nehme mir vor, bald wiederzukommen.

Am Nachmittag kommt Norman triumphierend nach Hause, hebt mich hoch und dreht sich mit mir im Kreis. Die Sprachschule, die Raffael ihm empfohlen hat, will ihn engagieren. »Sie zahlen ein gutes Gehalt«, sagt er stolz. »Die Leute in Schöneberg haben Geld.«

»Willst du gar nicht mehr studieren?«, frage ich. Er muss doch noch sein Examen machen, und promovieren wollte er auch.

»Doch. Es ist nur ein Teilzeitjob. Wird bestimmt gut zu meinem Studium passen.«

»Du meinst, du willst studieren und arbeiten gleichzeitig?«

»So läuft es hier. Viele Studenten müssen Geld verdienen, um ihr Studium zu finanzieren. Ich habe früher auch gearbeitet, bevor ich nach China ging.«

»Stimmt«, sage ich und habe plötzlich das Gefühl, dass er viel kleiner geworden ist. In Shanghai an der Universität war er ein Sprachexperte, dann am Goetheinstitut in Hongkong Deutschlehrer, jetzt ist er bloß noch ein Student, der sich freut, einen Job gefunden zu haben. Wie schnell haben sich seine Rollen gewandelt, jetzt steht er wieder am Anfang. Es gibt hier etwas, das die Leute klein macht, scheint mir.

Und was ist aus mir geworden? Studentin bin ich jetzt keine mehr. Aber sonst auch nichts. Kein Job, kein Deutsch und abhängig vom eigenen Ehemann. Ich bin noch stärker geschrumpft als Norman. Ich bin ein Staubkorn geworden. Was ich studiert habe, kann ich vergessen. Ich muss sehen, dass ich überhaupt etwas Geld verdiene, damit ich nicht völlig von Norman abhängig bin.

»Ich will auch arbeiten«, sage ich. »Heute war ich auf dem Markt und hätte gern eingekauft, aber ich hab kein Geld.«

»Aber Liebling«, sagt er. »Hättest du doch was gesagt! Ich gebe dir Taschengeld!«

»Ich will kein Taschengeld«, sage ich.

»Na schön«, lacht er. »Wir nennen es Haushaltsgeld. Damit kannst du einkaufen gehen.«

»Ich will arbeiten«, sage ich.

»Ja, ja«, sagt er. »Das sollst du auch. Aber erst brauchst du eine Arbeitserlaubnis. Und eine Lohnsteuerkarte.«

Ein paar Tage später kommt der Antwortbrief meines Vaters. Meine Mutter vermisst mich.

Während Norman draußen nach Möbeln schaut, bleibe ich zu Hause und schreibe einen langen Brief an meine Familie. Daheim ist jetzt Frühlingsfest, da soll meine Mutter nicht weinen. Während ich schreibe, kommt Norman nach Hause und ruft: »Komm, Tanya. Ich hab einen Schreibtisch für dich gefunden.«

»Aber ich möchte nicht, dass du weiter Geld für mich ausgibst.«

»Ja, brauchst du denn keinen Schreibtisch?«

»Kann das nicht warten, bis ich Arbeit gefunden habe?«

»Eine Arbeit für dich werden wir schon finden. Aber dann hast du keine Zeit mehr für andere Sachen. Außerdem wird dieser Tisch nicht lange auf Kunden warten. Ich habe den Händler schon auf dreißig Mark runtergehandelt. Wenn du willst, kannst du dir das Geld ja erst einmal von mir leihen.«

Wir gehen in den Trödelladen an der Ecke. Der Tisch ist schlicht und bescheiden. Er passt zu mir, finde ich. Seine Platte ist zerkratzt und zeigt ein paar Wasserringe, aber er hat viele Schubladen, und die Höhe stimmt auch. Ich kaufe ihn und wir tragen ihn mühsam nach Hause. Als ich den Brief an meinen Vater beendet habe, erfüllt mich so etwas wie Triumph: Ich habe jetzt einen *Schreibtisch*.

Nachts schmiege ich mich an Norman und streichle seine Wange, so wie ich es in Shanghai manchmal gemacht habe. »Kannst du ein bisschen Deutsch mit mir sprechen, damit ich die Sprache lerne? Vielleicht jeden Tag eine Stunde?«

»Wir haben vereinbart, dass wir immer Chinesisch sprechen, damit unsere Kenntnisse und Fähigkeiten erhalten bleiben.«

»Ich habe deinen Wunsch nicht vergessen. Aber ich dachte, wir können es parallel machen.«

»Ich habe dir schon gesagt, du sollst dir keine Sorgen machen. Ich werde dafür sorgen, dass du Deutsch lernst. Lass uns schlafen, morgen haben wir wieder viel zu tun.«

Mitte Februar haben wir endlich alle Papiere zusammen, und Norman geht mit mir zum Arbeitsamt. Als wir mit dem Zauberpapier herauskommen, frage ich Norman: »Jetzt habe ich die Arbeitserlaubnis. Hilfst du mir, etwas zu finden?«

»Ja natürlich. Ich werde gleich telefonieren.«

Gleich, nachdem wir eingezogen sind, hat Norman bei der Post einen Telefonanschluss bestellt, und seit einer Woche haben wir einen Apparat, auf den er sehr stolz ist. Sobald wir zu Hause sind, blättert er im Telefonbuch und greift nach dem Hörer. Es tutet ein paarmal, dann meldet sich jemand am anderen Ende. Norman ist die Höflichkeit in Person. »Guten Morgen«, flötet er, obgleich es schon kurz nach zwölf ist.

Alles, was danach kommt, verstehe ich nicht. Aber nach einer kurzen Frage wird er weiterverbunden, dann meldet er sich erneut und sagt seinen Namen. Es folgt eine kurze Serie an Fragen und Antworten, dann kritzelt er einen Namen auf einen Zettel, legt auf und reckt seine Faust in die Luft. »Sieg auf ganzer Linie!«, schreit er und schlägt sich auf die Brust.

Ich schaue ihn unsicher an.

»Na also!«, fährt er fort. »Ein einziger Anruf! Schon habe ich einen Job für dich!«

»Und was für einen Job habe ich jetzt?«

»Du bist Zimmermädchen im besten Hotel von Berlin!«

»Wirklich? Die nehmen mich, obwohl ich kein Deutsch spreche?«

»Gerade deswegen. Und weil du blutjung, flink und geschickt bist.«

»Aha.« *Blutjung, flink und geschickt*. Und vor allem stumm. Dafür habe ich also sieben Jahre studiert. »Und was verdiene ich dabei?«

»Tausendfünfhundert Mark monatlich.«

»Donnerwetter!«, sage ich und reiße Augen und Nase auf. »So viel hab ich ja noch nie verdient. Wenn man das umrechnet ... Dafür hätte ich in China ein ganzes Jahr arbeiten müssen. Wann geht es los?«

»Nächsten Montag.«

Noch am selben Tag führt mich Norman zu meiner künftigen Arbeitsstelle am Bahnhof Zoo und redet mit meiner künftigen Chefin. Er scheint ihr gut zu gefallen. Dann unterschreibe ich meinen ersten Arbeitsvertrag.

Zu Hause trinken wir Tee und lächeln uns an. »Na, bist du glücklich, oder hast du noch Wünsche?«, fragt Norman.

»Jetzt brauche ich nur noch eine Sprachschule«, platzt es aus mir heraus.

Norman lächelt verschmitzt und holt einen roten Briefumschlag aus seiner Schublade. »Da habe ich etwas für dich.« Er reicht mir den Umschlag. Eine bunte Karte steckt drin. »40 kostenlose Unterrichtsstunden für Tanya von Norman.«

Ich springe auf und küsse ihn auf die Wange. »Legen wir gleich los? Wollen wir Lehrbuch II nehmen? Nein, lieber gleich III.«

Norman lacht. »Langsam, langsam! Wir müssen zuerst einen Stundenplan aufstellen!«

»Wieso?«, frage ich.

»Sprachen lernen ist eine ernste Sache. Das muss geplant werden, so wie in der Schule.«

»Aber du kennst mich doch in- und auswendig. Du wirst schon wissen, was du mir beibringen musst.«

»Nein, ich dulde keine schlampige Arbeit. Du brauchst eine solide Basis und eine makellose Aussprache. Wir fangen ganz von vorn an. Lehrbuch I, Lektion 1.«

»Muss das wirklich sein?« Entgeistert ziehe ich mich zurück. »An der Uni in Shanghai hatte ich das zweite Lehrbuch schon hinter mir. Ich habe zwar einiges vergessen, aber ich kann es schnell auffrischen. Ich muss jetzt Tempo machen, sonst komme ich gar nicht weiter.«

»Tanya!« Er redet mit mir wie mit einem unartigen Kind. »Ich habe dich Deutsch reden hören. Mir haben die Ohren wehgetan! Du musst ganz von vorn anfangen, und ich werde dein Lehrer sein.«

Ich lasse mich auf meinen Stuhl fallen. Mein Lehrer! Und ich dachte, er liebt mich. Ich habe lange genug studiert. Ich will keinen Lehrer, ich will einen Ehemann, der mich liebt, und der mir irgendwann auch ein Kind macht.

So schnell kann sich Süßes in Bitteres verwandeln. Auf einmal spüre ich, wie finster es in diesem Zimmer ist. Ich vergrabe mein Gesicht in den Händen. Herrschsucht, denke ich. Das ist alles bloß Herrschsucht bei ihm. »Wenn ich am Montag schon anfangen soll«, sage ich müde, »ist nicht mehr viel Zeit. Ich glaube, ich lerne erst einmal ein paar Wörter wie *Staubsauger*, *Schrubber*, *Badewanne*, *Aschenbecher* und *Bettlaken* auswendig.«

Norman ist deutlich anzusehen, dass er enttäuscht ist. Ich ahne, dass seine Karte auch eine Liebeserklärung sein soll. Allerdings eine Liebe zu seinen Bedingungen. Aber irgendwie hat sie einen fatalen Beigeschmack. Sie ist wie ein Betäubungsmittel, das mich ohnmächtig macht. Und ich kann jetzt schon ein bitteres Ende riechen. Ich weiß, dass ich auf sein Geschenk verzichten muss.

Am nächsten Montag stehe ich früh auf, kurz nach sechs gehe ich zum Hermannplatz und steige in den 29er Bus, um sieben Uhr melde ich mich zur Arbeit. Wir sind knapp zwanzig Zimmermädchen. Ein paar Asiatinnen sind dabei, aber keine Chinesin. Am ersten Tag werde ich von einer Thailänderin eingearbeitet, die kaum mehr Deutsch spricht als ich. Wie Norman gesagt hat, sind Sprachkenntnisse bei dieser Arbeit nicht wirklich notwendig.

Am zweiten Tag gelte ich bereits als eingearbeitet und habe acht Zimmer zu reinigen. Ich schaffe es ohne Worte. Danach wächst die Anzahl der Zimmer täglich, und ich muss mich immer mehr bücken und strecken. In China hat man sich vor den Bildern von Mao verbeugt. Als Kind musste ich im Herbst abgefallene Äste einsammeln, damit wir genug Brennstoff fürs Kochen hatten. Aber ich habe mich noch nie so viel gebückt wie in Berlin. Ich versuche immer flinker und schneller zu werden.

Am Donnerstagmorgen schiebe ich meinen Wagen, voll beladen mit frischen Handtüchern und Bettlaken, durch die fünfte Etage, da begegne ich einem anderen Mädchen, das seinen Wagen bereits im Flur abgestellt hat. Ich weiß inzwischen, dass jede Etage mindestens zwei Mädchen braucht, sage: »Guten Morgen« und will weitergehen, da sagt die Kollegin: »Du bist neu hier, wa? Ick sehe dir heute zum ersten Mal. Ick bin die Sandra. Und du?« Sie hat eine schöne, klare Stimme. Es fällt mir gar nicht schwer, sie zu verstehen.

»Tanya. Tanya mit Y.«

»Aha, Tanya mit Y. Süß! Wo kommste'n her?« Sie ist ungefähr einen Kopf größer als ich und sowohl am Busen als auch an den Schultern viel kräftiger. Ihr blondes Haar fällt in üppigen Löckchen herunter. Ich frage mich, warum so ein schönes Mädchen keine bessere Arbeit hat.

»Aus China.«

»Echt jetzt? China?« Sie überlegt. »Ich komme auch aus'em Osten, aba janz aus der Nähe.« Sie lacht. »Aus Marzahn.«

»Du bist aber Deutsche?«

»Na klar. Sogar ’ne waschechte Balinerin.« Ihre Stimme ist wie frisches Wasser.

»Du hast schöne Haar.«

»Ja, find ick ooch schön, meine *Haare*.« Sie schüttelt die Locken. »Kannst ruhich ma’ anfassen.«

Ich strecke die Hand aus. »Schön weich.«

Sie mustert mich und schüttelt den Kopf: »Ick dachte, die Mädels in China ham alle Zöppe?«

»Ja«, sage ich. »Hatte ich früher auch.«

»Aber jetzt haste kene mehr?«

»Ich hab sie abschneiden lassen, als ich geheiratet habe.«

»Du bist schon verheiratet? Wie alt bist’e denn?«

»Sechsundzwanzig.«

»Echt? Dann bist’e ja älter als ich. Det sieht man dir aba nich’ an.«

Ich überlege, ob das ein Kompliment ist. »Danke«, sage ich schließlich. »Und du?«

»Icke? Bin vor einer Woche zwanzich jeworden.«

»Arbeitest du denn schon lange hier?«

Sie überlegt. »Na, ja. Seit die Mauer wech is. Ohne Westmark kannst’e dir ja nüscht koofen.« Sie zuckt mit den Achseln. »Lass mich mal deine Liste sehn.«

Sie nimmt die Zimmerliste, die oben auf meinem Wagen liegt, und wirft einen Blick darauf. »Wat denn? Die ham dir zwölf Zimmer jejeben? Det ist ja Wahnsinn. Det kannst’e ja gar nich’ schaffen als Anfängerin. Da werd’ ick dir wohl ’n bissken unter die Arme greifen, wa?« Sie grinst und macht eine Faust.

»Danke«, sage ich.

Sie zeigt mit dem Finger auf das Papier. »Hier, die mit den Sternchen sind Zimmer, wo die Gäste heut abreisen. Manche gehen sehr früh. Da kannst'e anfangen. In den Zimmern ohne Sternchen bleiben die Gäste noch im Hotel. Da isset besser, wenn de erst gejen Mittach oder am Nachmittach saubamachst. Komm, wir kucken mal, wo die Leute schon wech sind.« Sie klopft an einer Tür auf meiner Seite des Korridors. Als keine Reaktion kommt, öffnet sie das Zimmer mit ihrem Generalschlüssel und geht mit mir hinein. »Siehste, der Gast is schon wech.« Sie fängt gleich an, das Bett abzuziehen.

»Wie viele Zimmer hast du denn?«, frage ich.

»Achzehn.« Sie macht mit beiden Händen die entsprechenden Fingerzeichen dazu, so dass ich sie gar nicht missverstehen kann. Ich reiße Mund und Nase auf. »Achtzehn?! Das ist ja unmöglich.«

»Ich schaffe das. Normalerweise hab' ich nur sechzehn. Aber derzeit kommen die Wessis in Scharen, und die Zimmermädchen sind knapp.« Sie lacht.

»Dann hast du ja viel mehr zu tun als ich. Du musst mich nicht helfen.« Ich nehme ihr das Kissen aus der Hand.

»Ick muss *dir* nich helfen?«, sagt sie und lächelt. »Du hast 'ne erstklassige Aussprache. Wo haste'n so gut Deutsch gelernt?«

»In Shanghai«, sage ich.

»Shanghai«, sagt sie sehnsüchtig. »Muss 'ne tolle Stadt sein. Gehn wir Mittagessen zusammen?«

»Oh ja«, sage ich strahlend und begleite sie zur Tür.

Zum ersten Mal summe ich beim Wechseln der Laken vor mich hin und freue mich auf die Mittagspause. Aber noch bevor es Mittag wird, flitzt Sandra immer wieder mal zu mir herüber, um nach mir zu schauen. Wir lachen kurz miteinander, dann fliegt sie wieder zu ihren eigenen Zimmern zurück wie eine flinke Schwalbe.

In der Mittagspause sprudelt Sandra nur so vor lauter Freude und erzählt von diesem und jenem. Ich verstehe nicht alles, aber dass sie an Asthma leidet und manchmal wegen Hustenanfällen nicht raus kann, bleibt bei mir hängen. Ich bin entsetzt, weiß aber nicht, was ich sagen und wie ich ihr helfen soll.

Von diesem Tag an verbringen wir jede Mittagspause zusammen. Sie fragt nach meiner Familie und China, und ich erzähle ihr, so gut ich kann. Oft fehlt mir der halbe Satz, und sie schaut mich an und wir suchen das Wort, das ich meine. So lerne ich Deutsch. Jeden Tag etwas mehr.

Ein Monat ist schnell um. Ende März bekomme ich meinen ersten Lohn. Sofort hole ich alles vom Konto und rechne nach dem Abendessen mit Norman ab. Nachdem ich meinen Anteil für März und einen Teil meiner Schulden bezahlt habe, bleiben mir noch etwas mehr als hundert D-Mark übrig. Ich fächle mir mit den verbliebenen Scheinen frische Luft zu, als müsste ich sonst ersticken.

Norman steckt meine Rückzahlung ein und lacht. »Wenn du so weiterarbeitest, bist du bald schuldenfrei.« Nach einer kurzen Pause fragt er: »Was ist denn mit meinem Gutschein für dich? Möchtest du ihn nicht einlösen?«

»Lass uns noch ein bisschen Zeit«, sage ich diplomatisch und lächle süß. »Von seinem Ehemann Deutsch zu lernen ist vielleicht gar keine so gute Idee. Ich möchte lieber, dass du einfach mein Ehemann bist.«

22.
Haben oder nicht haben

»Was'n los? Du bist ja total zerknittert?«, fragt Sandra am nächsten Tag.

Ich hätte nicht gedacht, dass mein Gesicht all meinen Gedanken verrät. »Ich lerne Deutsch nicht richtig, mache zu viele Fehler, sagt mein Mann. Ich möchte gern professionell lernen, aber die Unis wollen mich nicht, wenn ich kein Deutsch kann ...«

»Deswegen brauchste doch keen Jesicht zu machen wie drei Tage Regenwetter. Wir finden schon eine Lösung.« Sie streichelt mich an der Schulter. Seltsamerweise beruhigt mich diese kleine Geste sofort. Ich bin so hungrig nach Körperkontakt. »Danke. Du bist immer so nett«, sage ich.

Beim Mittagsessen hat Sandra tatsächlich eine Lösung für mich. »Die Volkshochschule is richtig für dich! Da kannste Deutsch lernen, und is auch nich teuer.«

»Volks-hoch-schule?«

»Ja, Volkshochschule. Die gibt es in jedem Bezirk. Da kannste auch abends hingehen. Da gehn viele Ausländer hin.«

Meine Augen beginnen zu leuchten. »Tolle Sache. Komisch, dass Norman mir nie was davon erzählt hat.«

»Die Schulen kennt jeder. Viele Deutsche gehn auch hin, um 'nen Computer- oder Englischkurs zu besuchen«, sagt Sandra. »Sogar Chinesisch kannste da lernen.« Sie lacht. »Falls es nötig sein sollte ...«

Am nächsten Tag bringt sie mir tatsächlich eine Adresse: Karl-Marx-Straße 14. »Die kenne ich!«, sage ich aufgeregt. »Da bin ich schon ein paarmal vorbeigekommen.«

Nach der Arbeit fahre ich wie gewohnt mit dem 29er Bus zum Hermannplatz. Aber statt nach Hause zu gehen, renne ich zur Karl-Marx-Straße 14. Im Foyer finde ich gleich stapelweise kostenlose Programmhefte. Sandra hat recht. Es gibt Kurse für Deutsch in allen Stufen und zu verschiedenen Tageszeiten, und sie sind alle nicht sehr teuer. Ich fühle mich wie ein Kanarienvogel, der mitten im Winter ein Futterhäuschen entdeckt hat.

Ein Abendkurs von Montag bis Freitag sticht mir ins Auge. Ich gehe zum Schalter und frage, ob ich mich noch anmelden kann. Ja, kann ich, da gibt es noch Plätze. Ich möchte sicher sein, dass ich den richtigen Kurs ausgesucht habe, und schildere meine Situation. Die junge Frau meint, so wie ich spreche, könnte der Kurs richtig sein. Die beiden Lehrerinnen hätten langjährige Erfahrung und seien sehr gut. Ich solle es einfach probieren. Wenn es nicht passe, könnte ich immer noch wechseln. Ich renne nach Hause, hole mein Geld aus der Schublade, renne wieder zur Schule und melde mich an. Dann kaufe ich bei Karstadt noch das Lehrbuch und ein dickes Schulheft und gehe beschwingt nach Hause.

Norman ist noch nicht da. Ich mache mir schnell eine Nudelsuppe, ziehe mir frische Sachen an und gehe zum dritten Mal an diesem Tag auf die Karl-Marx-Straße. Für Norman habe ich einen Zettel auf dem Tisch hinterlassen: »Bin in der VHS! Um kurz vor zehn wieder zurück.«

Ich bin sechsundzwanzig und so aufgeregt wie eine Sechsjährige. Im Klassenraum sitzen bereits einige andere und unterhalten sich locker. Sie scheinen sich hier wohlzufühlen. Kurz darauf kommt die Lehrerin. Sie ist ungefähr fünfzig, aber die Schüler nennen sie einfach Eva. Sie hat ein warmes Lächeln und beginnt sofort die Sätze zu korrigieren, mit denen sie von den Schülern bestürmt wird. Dann sieht sie mich und fordert alle Anwesenden auf, sich vorzustellen, damit wir uns kennenlernen. So erfahre ich, dass die anderen aus Russland und dem Iran, aus Polen und Portugal kommen, und einige von ihnen sprechen sehr viel besseres Deutsch als ich.

Der Kurs an diesem Abend ist ein Konversationskurs, und als Thema hat Eva einen Museumsbesuch ausgewählt. Es herrscht eine heitere Atmosphäre und hin und wieder wird laut gelacht. Dabei lässt Eva nicht nur die guten Schüler reden, sondern fordert auch die Schwächeren auf, ein paar Sätze zu sagen. Alle verbessert sie mit großer Geduld. Nachdem die drei Stunden vorbei sind, weiß ich, dass ich den richtigen Kurs gewählt habe.

Als ich zu Hause ankomme, sitzt Norman am Tisch, ein Buch und einen Notizblock vor sich, und sagt kein Wort. Ich aber strotze vor Energie, laufe zum Ofen, dann wieder zum Fenster und drehe dabei Pirouetten. »Ich habe gar nicht gewusst, dass Deutschland so was Tolles hat. Die Volkshochschulen! So ein Kulturinstitut könnte China sofort einführen.«

Norman schaut zu mir herüber, ohne den Kopf zu heben. »So, so. Du findest die Volkshochschule toll«, sagt er. »Für welchen Kurs hast du dich angemeldet?«

»Für einen A3-Kurs in Deutsch. Konversation und nach dem Lehrbuch studieren, abwechselnd.« Ich ahne, dass er wütend ist, ich will ihn aber nicht belügen.

»So, so. Das nennst du studieren, wenn du mit fremden Männern quatschst«, sagt er.

»Wenn ich nur *quatschen* könnte«, sage ich.

»Hast du denn überhaupt was verstanden?«, fragt er.

»Einige Sätze schon. Wir haben eine sehr gute Lehrerin. Sie lacht viel mit uns.«

»Du hast überhaupt nichts verstanden. Das willst du aber nicht zugeben, stimmt's?«

»Nun ja, ich gebe zu, ich habe nicht alles verstanden. Aber heute war auch mein erster Schultag«, murmle ich. »Norman, sei nicht so wütend auf mich. Ich möchte dich nur ein wenig entlasten. Es geht doch nicht, dass du alles machen musst: Geld verdienen, studieren … und dann auch noch mich wie ein Kind am Hals herumtragen. Lass mich zur Schule gehen. Wenn ich alles falsch mache, kannst du mich immer noch auf den richtigen Weg bringen, ja?«

Von da an hat mein Leben einen festen Rhythmus. Tagsüber arbeite ich im Hotel, abends bin ich in der Schule. Ich habe längst wie Sandra täglich sechzehn oder noch mehr Zimmer zu putzen und bin nach der Arbeit oft völlig erschöpft. Doch das Lernen in der Schule und der spürbare Fortschritt machen mir Freude. Nur dass mich Norman kaum anrührt und keinerlei Interesse an mir zeigt, macht mich ratlos. Ich zweifle allmählich, ob er mich wirklich liebt. Warum macht er mich immer noch nicht zu seiner Frau? Dabei sind wir schon seit Monaten verheiratet und schlafen im selben Bett. Ich habe das Gefühl, je länger ich mit ihm zusammenlebe, desto weniger kenne ich ihn. Jede Nacht liegt er reglos und kalt neben mir, und ich brauche immer mehr Zeit, um einzuschlafen. Es ist, als müsste ich neben einem Eisblock die Nacht verbringen.

Sandra ist krankgeschrieben und bleibt zu Hause. Am Sonntag besuche ich sie – nach einer endlosen Fahrt mit der S-Bahn. Sie wohnt im achten Stock in einem Plattenbau, der mich lebhaft an China erinnert. Vom Fenster aus hat man zwischen den anderen Häusern einen schmalen Blick auf die Felder.

Sandras Atem geht schwer, der Husten tut ihr so weh, dass sie sich vor Schmerzen krümmt. Ich klopfe ihr auf den Rücken, um ihr ein wenig Linderung zu verschaffen, aber das scheint nicht zu helfen.

»Die Arbeit als Zimmermädchen ist vielleicht doch zu schwer für dich«, sage ich. »Auch wenn du so stark und geschickt bist.«

»Det hat mit der Arbeit nich viel zu tun«, sagt sie krächzend. »Das hab' ich von meinem Vadda. Det kommt und jeht, und wenn so'n Anfall kommt, muss ick mir ebend ausruhn.« Nachdem sie Medikamente genommen hat, geht es ihr etwas besser. Sie zieht sich an, hakt sich bei mir ein und wir machen einen Spaziergang.

»Wo ist denn dein Vater?«, frage ich. Die Frühlingssonne ist angenehm. Wir gehen langsam, um sie nicht zu überanstrengen.

»Der hustet noch mehr als ich, aber der wird von seiner neuen Frau gepflegt.«

»Und du hast keinen Freund?«

»Nee. Derzeit nich. Der letzte hat sich aussem Staub gemacht, als ich mal einen Monat im Bett lag, und er nüscht mit mir anfangen konnte«, seufzt Sandra.

»Das klingt ganz schön egoistisch«, sage ich.

»Naja, letztlich wollen die Kerle ja alle bloß das eine. Wie die Kinder.« Sie lacht. »Und det is ja auch ganz schön, wa?«

Ich schweige verlegen. Da kann ich nun wirklich nicht mitreden. Aber es ist schon zu spät. Sandra ist neugierig.

»Wie ist es mit dir? Ist dein Mann gut zu dir?«, fragt sie.

»Er ist ein netter, zuverlässiger Mann. Er ist sehr erwachsen.« Ich spüre schon lange den Drang, ihr mein Herz auszuschütten. Nun muss ich es einfach tun. *»Aber er schläft nicht mit mir.«*

»Häh?« Sandra schaut mich ungläubig an. »Du hast'n Mann, der nicht mit dir schläft? Machst du Witze?«

»Nein, leider nicht. Nachts liegen wir nebeneinander, und es passiert nichts. Früher hab ich ihn noch manchmal gestreichelt, er ist auch steif geworden und hat eine Menge Samen verspritzt. Aber seit er in Hongkong war, rührt er mich nicht mehr an.«

»Aber wozu hat er dir dann jeheiratet?«

»Tja, das frage ich mich auch. Ich glaube, er mag mich sehr gerne. Er ist sehr romantisch. Wir mussten sogar mit der Transsibirischen Eisenbahn nach Berlin fahren, weil er das irgendwie schöner fand, als bloß mit dem Flugzeug zu fliegen.«

»Mit der Transsibirischen Eisenbahn? Das ist ja toll. Mit der würd ick och gern mal fahren. Aber erst, wenn ick in Paris und in Italien war. Die Wärme is mir doch lieba.« Sie hustet, und wir setzen uns auf eine Bank in der Sonne.

»Ja, von Italien erzählt mein Mann auch oft. Aber was sollen wir da, wenn er mich nicht liebt?«

»Also nochmal: Er liebt dir, aber er steckt ihn nich bei dir rin? Er lässt sich nich mal von dir streicheln?«

»Ja, so ungefähr.«

Sie schaut mich an und schüttelt den Kopf. »Der Typ muss ja völlig plemplem sein.«

»*Plemplem?* Was ist das?«

»Na, *bescheuert, verrückt, ein Idiot*.« Sie kurbelt mit ihrer Hand am Kopf, um zu zeigen, was sie damit meint.

Mir verschlägt es die Sprache. Nach einem Moment frage ich leise: »Kennst du solche Leute?«

»Nee, sowat hör ick zum ersten Mal. Mein Ex-Freund wollte die janze Nacht rammeln. Ich hab ihn aba nur zweimal die Woche rangelassen, sonst wär ick morgens zu müde jewesen.« Sandra schüttelt noch einmal den Kopf. »Hatta vielleicht was anne Eier?«

Vor lauter Verlegenheit muss ich kichern, so hat noch nie jemand mit mir gesprochen. »Wir mussten uns in China vor der Eheschließung untersuchen lassen. Da war er noch gesund und ehefähig«, sage ich. »Ich glaube nicht, dass ihm irgendein Körperteil fehlt. Aber ich weiß auch nicht, was ich jetzt machen soll.«

Sandra nimmt mich mütterlich in den Arm. »Armet Hühnchen. Seit Monaten unjevögelt. Soll ick dir die Telefonnummer von mei'm Ex geben? Der iss bestimmt scharf auf eine Chinesin.«

Ist das die westliche Freiheit? Mit fremden Männern ins Bett gehen? Allein der Gedanke daran lässt mich schaudern. Für mich ist das Verschmelzen der Körper die Krönung der Liebe und Harmonie. Der Wasserfall im Leben der Flüsse, der Blitzschlag zwischen den Wolken. Erzwingen lässt sich das nicht.

»Nein, nein, danke. Ich liebe meinen Mann, und ich bin sicher, er liebt mich auch«, sage ich.

»Na, denn jeht doch mal zusammen ins Kino. In so'n Film wo tüchtig geknutscht wird. Vielleicht hilft det ja! Im Dunkeln kannst du ja einiges mit ihm machen, wenn's nich so voll is.«

Ich schüttle den Kopf. »Ich weiß nicht, ob mir solche Filme gefallen. Und bei Norman bin ich mir auch nicht sicher.«

»Na, du bist ja eine Mimose«, sagt Sandra und knufft mich mit dem Ellenbogen. Dann hat sie eine neue Idee: »Frach mal inne Apotheke. Vielleicht wissen die was. Nee, ich weiß: Du musst ihm ordentlich Fleisch und Eier zu futtern geben. Det macht ihn bestimmt scharf.«

»Ich bin keine gute Köchin«, sage ich. Sandras Vorschläge sind gut gemeint, aber ich habe den Eindruck, sie kann sich Norman einfach nicht vorstellen. Und die Idee, ich sollte mir einen anderen Mann suchen, hat mich entsetzt. Ich kann doch Norman nicht einfach untreu werden, nach allem, was er für mich getan hat. Er ist mein vom Schicksal bestimmter Ehemann. Wenn ich ihn betrüge, würde ich alles kaputtmachen, woran ich die letzten drei Jahre gearbeitet habe. Ich würde mir selbst untreu werden, wenn ich Norman jetzt aufgebe. Da hätte ich auch in Shanghai bleiben können.

Seltsamerweise werde ich bald selbst krank. Es ist immer noch Mai. Die Sonne am Nachmittag strahlt kräftig, als ich mit dem Bus vom Hotel nach Hause fahre. Plötzlich wird mir kalt, und es dreht sich alles vor meinen Augen. Ich steige aus und sacke zu Boden. Mühsam krieche ich zur Seite und setze mich ins Wartehäuschen. Jemand fragt mich, ob ich einen Arzt brauche. »Nein, nein. Es wird gleich wieder gut«, keuche ich.

Nach einer Weile geht es mir tatsächlich besser. Es fehlen noch zwei Stationen. Aber ich wage nicht mehr, in den Bus zu steigen, und schleppe mich zu Fuß nach Hause. Dann lege ich mich ins Bett und schlafe eine halbe Stunde. Danach fühle ich mich aber nicht besser. Ich rufe die Praxis in Schöneberg an, wo ich die Gesundheitsprüfung machen musste, ehe ich im Hotel arbeiten durfte. »Kommen Sie morgen früh in die Sprechstunde«, sagt das Mädchen am Telefon. Ich rufe im Hotel an und melde mich krank.

Am nächsten Tag fühle ich mich im Bus erneut unwohl. Aber ich erreiche die Praxis zum Glück ohne Zwischenfall. Dr. Emse untersucht mich und gibt mir schließlich eine Spritze. »Sie haben einen Schwächeanfall erlitten und sollen sich ein paar Tage ausruhen. Es mag sein, dass das Klima ihnen ganz fremd ist und Ihr Körper sich noch anpassen muss.« Mit einer Krankschreibung für vier Tage komme ich wieder nach Hause.

Ich folge dem ärztlichen Rat, schlafe viel und fühle mich bald wieder gesund. Aber zwei Wochen später breche ich wieder im Bus zusammen. Es wird mir fürchterlich übel. Ich schaffe es gerade noch auszusteigen. Dann schießt mir der gesamte Mageninhalt in einem mächtigen Schwall aus dem Mund, und alles, was ich zu Mittag gegessen habe, verbreitet sich halbverdaut auf dem Bürgersteig. Meine Beine beginnen zu zittern, und ich wäre wieder zu Boden gesackt, wenn mich nicht zwei Frauen zu einer Bank geführt hätten. Diesmal brauche ich viel länger, um mich zu erholen. Es ist bereits Juni, der Himmel ist heute zwar grau, aber dennoch ist es warm, und viele Leute laufen in T-Shirt und kurzer Hose herum. Doch ich zittere vor Kälte. Was kann das nur sein?

Zu Hause rufe ich wieder bei Dr. Emse an. In den nächsten drei Tagen gehe ich jeden Tag in die Praxis und werde gründlich untersucht. Da ich auch Bauchschmerzen habe, schickt Dr. Emse mich zu einer Gynäkologin. Diese fasst meine Brüste an und tastet leicht an meinem Unterleib ab, woraufhin ich noch mehr Schmerzen empfinde. »Sie sind schrecklich mager«, sagt sie. »Essen Sie auch genug?« Als sie ihren Finger in meine Scheide führt, zucke ich unwillkürlich zusammen und presse die Augen zu, als ob ich geschlachtet würde.

»Haben Sie keinen Geschlechtsverkehr?«, fragt die Ärztin verdutzt.

»Nein.«

»Sie sind aber verheiratet?«

»Ja.«

»Wie ist Ihre Menstruation?«

»Unregelmäßig mit viel Bauchschmerzen.«

»Ihr Körper ist völlig verkrampft. Regelmäßiger Geschlechtsverkehr könnte dagegen helfen, wenn Sie vorsichtig sind. Oder Hormone.«

Sie erinnert mich an die Ärztin, die ich mit meinem Vater aufgesucht habe. Sie hat in etwa dasselbe gesagt. Habe ich seit damals denn gar keine Fortschritte mit meinem Körper gemacht? Ich sehe aus wie ein schmächtiges, dünnes Mädchen von vierzehn Jahren. Der Partei kann ich nicht länger die Schuld geben. Ich lebe ja jetzt in der *freien Welt*. Ich bin mir ganz sicher, dass meine Krämpfe nicht von der Arbeit stammen, sondern vom angespannten Schlaf neben

Norman. Sandra hat recht: Meine Ehe hat etwas Krankhaftes. Muss ich sie beenden, um endlich gesund zu werden? Oder muss ich alles tun, um sie zu retten?

Inzwischen arbeite ich wieder. Als alle Untersuchungen abgeschlossen sind, bestellt Dr. Emse mich in die Sprechstunde, um mir die Ergebnisse mitzuteilen. Zu meiner Überraschung verlangt sie, dass Norman mitkommen soll. Sie will mit uns beiden reden. Ich habe kein gutes Gefühl, aber ich muss mich darauf einlassen, sonst verliere ich noch den letzten Halt.

Norman ist gern bereit, mich zu begleiten. Dr. Emse begrüßt uns freundlich. Ich sei körperlich völlig gesund, sagt sie. Meine Blutwerte seien völlig in Ordnung. Für die harte Arbeit als Zimmermädchen sei ich aber zu zart. »Sie müssen etwas anderes für Ihre Frau finden«, sagt sie zu Norman.

Mir fehlt ein Stein vom Herzen, als ich höre, dass ich keine lebensgefährliche Krankheit in mir herumtrage. Ich strahle vor Glück, als wir uns verabschieden. Doch Normans Gesicht hat sich verfinstert, und er bewegt sich nur ruckartig.

»Ich weiß gar nicht, warum sie dich dabeihaben wollte«, sage ich, als wir draußen auf der Straße sind. »Ich habe jedes Wort verstanden, was sie gesagt hat.«

»Ich weiß genau, was sie wollte«, sagt er müde. »Ich habe dich geheiratet und hierhergebracht, und meine Mutter hat für dich gebürgt. Wenn du nicht arbeiten kannst, sind wir dafür verantwortlich, dass du trotzdem ein erträgliches Leben hast.«

»Mach dir keine Sorgen«, sage ich. »Ich bin kerngesund. Ihr müsst nicht für mich aufkommen. Du hast schon so viel Geld für mich ausgegeben.«

»Womit willst du denn Geld verdienen, wenn du nicht putzen gehen kannst?«, knurrt er mürrisch.

Ich packe ihn am Arm und schüttle ihn ordentlich durch. »Du hast offenbar keine Ahnung, wen du geheiratet hast, Norman? Denkst du, ich wäre mit dir gegangen, damit du mich durchfütterst? Hör auf so ein Gesicht zu machen! Kannst du nicht mal lachen?« Er schaut mich misstrauisch an, dann zieht er mühsam die Mundwinkel hoch.

»Schon besser!«, sage ich. »Und jetzt gehen wir essen, damit du auf andere Gedanken kommst. Ich lade dich ein.« Ein paar Minuten später sitzen wir in einer chinesischen Imbissstube. Beim Anblick der Speisekarte fängt Norman endlich an zu lächeln.

Am nächsten Morgen melde ich mich wie gewohnt im Hotel und hole mir meine Zimmerliste, sage aber gleich, dass ich zu Ende Juni kündigen möchte. »Meine Ärztin hat mir das dringend geraten«, sage ich.

Die Chefin seufzt. »Ach, alle kündigen immer so knapp.« Sie wirft einen Blick auf den Kalender. »Sie können nach Hause gehen. Die Zimmerliste lassen Sie hier.«

»Ich will ja gern bis zum Ende des Monats arbeiten«, sage ich überrascht.

»Das brauchen Sie nicht. Sie haben noch ein paar Urlaubstage. Sie können heute schon aufhören.«

Na, so was! Plötzlich regnet es Urlaub vom Himmel! Das muss wohl einer der Gründe sein, warum Deutschland beliebt ist. Ich bedanke mich, nehme Abschied von Sandra und den Kolleginnen, mache meinen Spind leer und gehe hinaus auf die Straße. Von jetzt auf gleich bin ich wieder ein freier Mensch und brauche mich nicht mehr zu bücken, um schmutzige Handtücher aufzuheben, Toiletten zu putzen und mit dem Staubsauger unter die Betten zu fahren.

Vor lauter Erleichterung mache ich mich zu Fuß auf den Weg und genieße die Frühlingsluft. Am Ende ist es trotzdem erst neun, als ich zu Hause ankomme. Norman ist schon in Schöneberg, er kommt bestimmt nicht so bald zurück. Was soll ich an meinem ersten Urlaubstag in Berlin machen? Am besten Deutsch lernen. Da es mir zu Hause zu dunkel ist, stecke ich das Lehrbuch in meinen Rucksack und mache mich auf den Weg zum Landwehrkanal. Eine Stunde oder zwei sitze ich in der Sonne, lese in meinem Lehrbuch und lerne Vokabeln. Nach einer Weile setzt sich ein junger Mann neben mich und will offenbar mit mir anbandeln. »Hallo, ich bin Jimmy«, sagt er. »Wollen wir einen Kaffee trinken?«

Ich hebe den Blick, sehe zwei schmachtende braune Augen und bin ebenso empört wie verwirrt. »Nein danke«, sage ich. »Kaffee mag ich nicht. Davon wird man schwarz.« Ich stecke mein Buch in die Tasche, stehe auf und gehe hochaufgerichtet davon. Auf dem türkischen Markt suche ich nach dem Mann mit den Nüssen, kaufe dann aber nur ein Stück Kuchen, als ich ihn nicht finde.

Wieder zu Hause, werfe ich einen Blick in den Briefkasten und finde einen großen DIN-A4-Umschlag mit einer chinesischen Briefmarke, der mein Herz heftig schlagen lässt.

Am Nachmittag kommt Norman nach Hause und ist von meiner Anwesenheit überrascht. Als er hört, dass ich gekündigt habe, schaut er mich entgeistert an.

»Mach dir keine Sorge. Ich finde schon wieder etwas«, sage ich.

»Ach ja? Was denn? Gerade vier Monate hast du geschafft. Schon bist du arbeitslos. Wenn ein Arbeitgeber das hört … Wer will dich schon einstellen?«

Jetzt hat er meinen Stolz verletzt. »Hast du gedacht, Zimmermädchen wäre mein Traumjob?«, frage ich. »Du hast mich doch nicht hergeholt, damit ich als Putzfrau arbeite, oder?«

Norman schaut mich verdattert an. Er weiß keine Antwort, aber das macht ihn nur noch wütender. Ich hole den Briefumschlag aus China und ziehe den Inhalt heraus. »Da schau!«, sage ich. »Die Literaturzeitschrift *Prosa* in Shanghai hat eine Geschichte von mir gedruckt, die ich hier in diesem Zimmer geschrieben habe.«

Norman sieht mich ungläubig an, dann greift er nach der Zeitschrift und blättert. Als er meine Geschichte gefunden hat, schüttelt er den Kopf. »Na, das ist ja eine Überraschung!«

Mein Gesicht entspannt sich. Ich spüre, dass ich ihn immer noch liebe und dass ich diese Ehe nicht einfach aufgeben will. Ein paar Minuten später sitzen wir am Tisch, trinken chinesischen Tee und lassen Pralinen auf unseren Zungen zergehen. »Norman, kannst du mir die Adresse für die Sprachprüfung an der FU besorgen? Ich würde mich gern anmelden«, sage ich gut gelaunt.

»Die Anmeldung könnte ich für dich erledigen. Aber dafür ist es noch viel zu früh. Wenn du die Prüfung *nächstes* Jahr schaffst, wäre das schon erstaunlich«, sagt Norman sachlich.

»Ich würde es lieber gern gleich versuchen. Dann kann ich wieder studieren und mich auf einen richtigen Beruf vorbereiten.«

»Das wäre dumm. Du schaffst es nicht und landest bloß auf der Schnauze. Niederlagen können einen fertig machen. Wenn du einsfünfzig groß bist und die Hürde zwei Meter hoch, dann ist es Unsinn, über so ein Hindernis springen zu wollen. Das kann nur mit einer Enttäuschung enden.« Er legt mir eine Praline auf den Teller und lächelt begütigend. »Iss, damit du schnell wächst«, sagt er.

Aber diesmal werde ich nicht so leicht aufgeben. Ich stehe auf, lege ihm die Hand auf den Kopf und wickle seine Locken um meine Finger. »Ich lerne in jeder freien Stunde«, sage ich. »Gib mir die Adresse! Wenn ich auf der Schnauze lande, ist das meine Sache. Ich werde mich nicht beklagen.«

Norman schüttelt den Kopf. »Na, schön«, sagt er. »Und wo willst du jetzt arbeiten?«

»Lass das meine Sorge sein«, sage ich mit fester Stimme.

Als er am nächsten Tag aus dem Haus ist, übe ich für ein Bewerbungsgespräch. Am Mittag gehe ich durch die Stadt und überlege vor jedem Laden, was ich sagen würde, um mich zu bewerben. Ich stelle mir vor, was die Leute antworten könnten, und denke mir Antworten auf ihre Nachfragen aus. Ich schreibe mir ein paar Sätze auf, lerne sie auswendig und übe die richtige Aussprache.

Dann ist mein Urlaub auch schon vorbei. Der Juli ist da, jetzt bin ich fast ein Jahr verheiratet und werde bald siebenundzwanzig. Nachdem Norman zur Arbeit gegangen ist, suche ich im Telefonbuch eine Nummer heraus und greife zum Hörer. Zu meinem Erstaunen bin ich nach ein paar Sekunden mit der Personalabteilung von Karstadt verbunden.

»Guten Tag, mein Name ist Tanya Lu. Ich komme aus China und bin mit einem Deutschen verheiratet. Ich möchte Sie fragen, ob ich als Verkäuferin bei Ihnen arbeiten kann?« Dank meiner Übungen stottere ich kein einziges Mal.

»Wie alt sind Sie denn?«, fragt die Unsichtbare. Sie spricht zu schnell für meine Ohren. Aber da ich die möglichen Gegenfragen auch mehrmals geübt habe, sage ich aufs Geratewohl: »Sechsundzwanzig.«

»Haben Sie schon als Verkäuferin gearbeitet?«

Auch auf diese Frage habe ich mich vorbereitet. »Noch nicht«, sage ich mit einem Lächeln. »Ich habe in Shanghai studiert. Aber ich lerne schnell und werde mir große Mühe geben.«

»Sie sprechen ein komisches Deutsch«, sagt die Frau. »Sie haben so eine hohe Stimme.«

Diesen Kommentar habe ich nicht erwartet. »Ach, ja?«, stammle ich und merke, dass ich ins Schwitzen komme. »Die Asiatinnen zwitschern alle ein bisschen, glaube ich.«

»Na gut«, lacht sie. »Dann zwitschern Sie gleich mal bei mir vorbei und stellen sich vor!« Sie beschreibt mir, wie ich zu ihrem Büro komme, dann legt sie auf. Erst jetzt wird mir klar, dass ich mit der Personalchefin persönlich gesprochen habe.

Ich renne ins Bad und prüfe mein Äußeres. In einem Anfall von Eitelkeit ziehe ich mir schnell noch die Lippen nach und bürste mir mein Haar. Als ich die Urbanstraße überquere, fange ich an zu rennen, als ob mir die Personalchefin weglaufen könnte. Aber das tut sie nicht. Sie ist entzückt und scheint mich ganz reizend zu finden. Eine halbe Stunde später bin ich wieder zu Hause, und ich fühle mich federleicht. Die Leute unterschätzen mich immer, denke ich. Dabei war ich mal in der sechsten Klasse beim Handgranatenwerfen die Beste!

Als Norman nach Hause kommt, werfe ich mich in Siegerpose und erkläre: »Ein einziger Anruf! Ich werde Karstadt-Verkäuferin. In der Damenabteilung am Herrmannplatz.«

»Ach wirklich?« Norman starrt mich verblüfft an, dann irren seine Blicke durchs Zimmer, als ob er prüfen wolle, ob irgendwo eine Schnapsflasche steht.

»Am Sechzehnten fange ich an«, sage ich. »Wenn du ein T-Shirt brauchst, kann ich dich beraten.«

»Ich brauche doch kein Damen-Shirt«, sagt er lachend. Jetzt glaubt er mir. »Wie hast du das denn hingekriegt?«

»Wahrscheinlich mein sicheres Auftreten und meine gepflegte Erscheinung«, sage ich schnippisch. »Und natürlich mein erstklassiges Deutsch. Meine Aussprache wird jeden Tag schlafwandlerisch besser, hast du das nicht bemerkt?«

Er steht auf und streckt mir die Arme entgegen. »Dann müssen wir jetzt Karussell fahren«, sagt er. Im nächsten Augenblick hat er mich hochgehoben und dreht sich mit mir im Kreis. Immer schneller wirbeln wir herum, bis er an die Tischkante stößt und die Kontrolle verliert. Krachend stürzen wir zu Boden.

»Aua!«, sage ich und fasse mir an den Kopf. Aber er zieht meine Hände weg und küsst mich voll auf den Mund, damit ich nicht mehr jammern kann. Meine Lippen schwellen und meine Begierde wacht auf. Es wird still im Zimmer. Ich schlinge meine Arme um seinen Hals. Aber dann entzieht er sich plötzlich. »Hast du auch solchen Durst?«, fragt er, »ich mache uns Tee«, und damit steht er auf, geht in die Küche und lässt mich am Boden liegen.

Ich schäme mich und möchte mich am liebsten verkriechen. Was habe ich jetzt wieder falsch gemacht? Liebt er eine andere? Diese Frau in Hongkong? Nein, dafür gibt es keinerlei Anzeichen. Es muss etwas anderes sein. Ein Widerstand, eine Blockade, die ganz bei ihm selbst liegt. Er könnte durchaus, das habe ich deutlich gespürt. Er *will* einfach nicht. Ist er wirklich verrückt?

Mitte Juli beginnt meine neue Arbeit. Sie ist erheblich leichter als das Putzen in den Hotelzimmern. Ich muss nur Kleider auspacken und wieder zusammenfalten und ein paar einfache Fragen von Kunden beantworten. Was ich hier an einem einzigen Tag leiste, hätte ich im Hotel schon mit ein, zwei Zimmern geschafft. Es kommt mir vor, als ob ich fürs Faulenzen eingestellt worden wäre. Nur das ewige Stehen ist recht lästig. Aber man muss ja zeigen, dass man jederzeit ansprechbar ist und zur Verfügung steht. Und dann heißt es: lächeln, zuhören und nicken. Damit sind die meisten Kunden schon zufrieden.

Meine Kollegen sind nett, aber ich vermisse Sandra. Ich rufe sie an und lade sie ein, mich an meinem neuen Arbeitsplatz zu besuchen.

Sie kommt gleich am nächsten Tag, und als sie mich im Kleiderwald gefunden hat, grinst sie: »Holla! Was biste für'n hübsches Mädel! Ick hätte dir fast nich erkannt. Im Hotel hat man immer bloß den großen Kittel gesehen, der um dir 'rumschlotterte. Hier kommste janz anders zur Jeltung, det muss ick schon sagen!«

»Wirklich? Du bist die erste hier, die mich lobt«, sage ich. »Aber du brauchst dich auch nicht zu verstecken. Ach, es wäre so schön, wenn wir wieder zusammen arbeiten könnten.«

»Ach, lass man, det Hotel ist schon ganz in Ordnung. Ich bleibe noch eine Weile da«, sagt sie, während ich von Kunden zerwühlte Pullover glätte und wieder zusammenlege. Ich sehe ihre Erschöpfung an ihren Mundwinkeln und ihrem Rücken und frage mich, wie lange sie die Schinderei wohl noch aushält. Bei ihrem Anblick tut mir alles weh.

»Ich schenk dir ein T-Shirt«, sage ich, um mich abzulenken. »Wie findest du das hier? Oder lieber das dunkelblaue?«

»Du brauchst mir doch nüscht zu schenken«, protestiert Sandra. »Du hast doch selba keen Geld.«

»Ich kriege Rabatt«, sage ich. »Außerdem möchte ich mich bei dir bedanken für die schöne Zeit. Ohne dich wäre ich schon in der ersten Woche gescheitert. Du musst es annehmen.«

Sie greift tatsächlich nach einem der T-Shirts, hält es sich vor die Brust und wirft sich in eine kecke Pose. Ein bisschen wie Marlene Dietrich, aber die hat ja immer nur Abendkleider getragen. Schließlich finden wir ein T-Shirt, das uns beiden gefällt, und nachdem ich es an der Kasse bezahlt habe, zieht sie es gleich an.

»Wenn du damit eine Runde auf dem Hermannplatz drehst, rennen dir bestimmt gleich zehn reiche Männer hinterher«, sage ich. »Dann brauchst du dir bloß einen auszusuchen.«

Sie kichert und gibt mir einen Kuss auf die Backe. »Wie läuft's denn mit dem Herrn Jemahl?«

»Ach, das wird schon«, sage ich prahlerisch. »Heute oder morgen oder übermorgen, dann muss er ran! Da kenne ich kein Pardon!«

Aber das ist natürlich bloß Angeberei. In Wirklichkeit bin ich keinen Schritt weiter mit Norman. Er stellt sich an wie ein störrischer Ziegenbock. Aber ich werde ihn schon dazu kriegen, ein bisschen zärtlicher zu werden. Ich habe so eine Idee, bei der mir ganz heiß wird. Natürlich brauche ich sehr viel Mut dafür, und es geht nur im Dunkeln.

Ich schlage Norman vor, dass wir unseren ersten Hochzeitstag mit einem langen Spaziergang feiern. Ich ziehe mein Sonntagskleid an, und wir gehen in den Tiergarten. Es sind viele Leute unterwegs, die unter den Bäumen nach Kühle und Schatten suchen oder ein Picknick machen. Uns ist auch ganz schön heiß. Wir legen uns auf eine Wiese am Kanal und schauen in den blauen Himmel.

»Erinnerst du dich noch an unseren Urlaub in den Wuyi-Bergen?«, frage ich.

»Ja, natürlich«, erwidert Norman. »Schönheit von dieser Art werden wir hier nicht finden. So etwas gibt es nun mal nur in China.«

»Ich habe noch Monate später davon geträumt. Möchtest du wissen, was ich geträumt habe?«

»Ja, erzähle.«

Mir liegen die Sätze längst auf der Zunge. Aber da ich noch nie Sex gehabt habe, schaffe ich es nicht, über nackte Körper und ihre Befriedigung zu reden. Daher sage ich nur: »Ich habe von einem einsamen Haus in den Bergen geträumt. Es scheint unser Haus zu sein. Die Tür steht weit offen, und wir liegen auf unserem Bett und schauen glücklich hinaus auf die Berge und auf die Wolken …«

»Oh ja, genau wie jetzt«, sagt Norman.

Ich sage eine Weile nichts. Dann frage ich leise: »Meinst du, dass dieser Traum eines Tages Wirklichkeit werden könnte?«

»Du meinst ein Haus in China zu haben? Das wird momentan schwierig. Aber wenn ich mit dem Studium fertig bin, können wir darüber nachdenken.«

Mein Herz platzt beinahe vor Glück in meiner Brust. Norman plant eine lange Zukunft mit mir! Vielleicht darf ich doch noch das rote Hochzeitskleid anziehen und meine Hochzeit feiern.

»Ich meine ja nicht das Haus«, sage ich, »sondern ... das andere.« Dann werde ich rot und kann nicht weiterreden. Aber Norman muss mich verstanden haben. Es war ja ganz deutlich, was ich gemeint habe. Doch er sagt nichts und tut nichts. Ich denke über sein Schweigen nach und warte. Vergebens. Schließlich übermannen mich Hitze und Müdigkeit.

Am Abend duscht Norman und geht ins Bett. Ich dusche ebenfalls, tupfe mir noch etwas Parfum auf die Haut und verlasse das Bad splitternackt. So etwas habe ich noch nie getan, aber Sandra hat recht: Ich muss etwas riskieren.

23.

Schlaf auf dem Drei-Insel-Bett

Normann liegt wie ein Stein da. Ich lege mich neben ihn und streichle ihn zaghaft am Arm. Da er sich nicht rührt, nehme ich es als Zustimmung und lasse meine Hand langsam zu seiner Brust wandern.

»Was machst du«, fragt er.

Mir friert das Blut in den Fingern.

»Ich …« Weiter komme ich nicht und setze neu an: »Magst du es nicht?«

Eine Pause, dann sehr entschieden: »Lass das!« Er schiebt meine Hand von seiner Brust und rückt seinen Körper weg, bis wir uns nicht mehr berühren.

Es ist wie eine Ohrfeige, so als hätte er mich in einen Abgrund gestürzt. Meine Eingeweide ziehen sich schmerzhaft zusammen, und ich rolle mich ein wie eine verletzte Blume. Alles, was eben noch offen und schön war, scheint mir jetzt hässlich. Ich schäme mich meiner Nacktheit, ich stehe auf, streife ein Kleid und einen Pullover über und setze mich in die Küche. Dann kommen die Tränen.

Was ist bloß mit mir geschehen? Ich habe von inniger, starker Liebe geträumt und bin meinen Träumen bis hierher nach Deutschland gefolgt. Jetzt hat Norman mich verstoßen und die Liebe hat sich in einen Albtraum verwandelt. Jetzt bin ich eine verlassene Seele, in einem fremden Land, wo ich keine Verwandten und nur eine Freundin habe. Warum hat mich Norman nicht einfach in China gelassen? Ich glaube zwar nicht, dass ich dort glücklich wäre, aber sicher nicht so unglücklich wie jetzt hier. Bin ich ein Versuchskaninchen in

Normans Machtlabor? Soll ich sein Blumenmädchen sein, das er zur feinen Dame macht, aber leider nicht liebt? Ich verstehe ihn nicht und werde ihn wohl nie verstehen …

Irgendwann schrecke ich hoch und kann gerade noch verhindern, dass ich vom Stuhl falle. Ich bin am Küchentisch eingeschlafen. Ich beschließe, mich auf den Boden zu legen. Das machen wir häufig in China, wenn es sehr heiß ist.

Als ich am nächsten Morgen aufwache, tut mir alles weh. Im Spiegel sehe ich Tränenspuren in meinem Gesicht. So kann ich nicht zur Arbeit, was sollen die Kunden und meine Kolleginnen von mir denken? Ich wasche mich mit kaltem Wasser und öffne das Döschen mit Make-up, das ich mir neulich gekauft habe.

Bei der Arbeit schaue ich niemandem in die Augen und bleibe so weit wie möglich auf Abstand. In die Volkshochschule zum Sprachunterricht gehe ich trotzdem. Wenn ich jetzt auf mich allein gestellt bin, muss ich noch schneller lernen als zuvor.

Als ich abends gegen zehn Uhr in die Wohnung komme, sitzt Norman am Schreibtisch. Wir begrüßen uns, aber sonst haben wir uns nichts zu sagen. Ich schiebe den Küchentisch an die Wand, lege alle drei Polsterkissen, die wir besitzen, in die andere Ecke, decke sie mit einem Laken zu, und hole mein Kopfkissen. Das wird jetzt mein Bett sein, denke ich.

Von da an schlafe ich in der Küche. Nachts wache ich regelmäßig auf, weil ich die Kissen auseinandergestrampelt habe und auf die harten Dielen gerutscht bin. Strecke ich die Beine, schweben sie in der Luft, strecke ich den Hals, gehen die Kissen auseinander, und meine Schulter prallt auf den Boden. Trotzdem bringe ich mein Drei-Insel-Bett immer wieder in Ordnung. Am Ende schlafe ich jede Nacht zusammengerollt wie eine Eidechse.

Norman gibt sich keine Mühe, mich wieder ins Bett zu holen und die Beziehung zu kitten. Wenn er nicht zu Hause ist, schiebe ich meinen Schreibtisch jeden Tag ein bisschen weiter aus dem Zimmer mit den fünf Ecken. Auch meinen Koffer hole ich in die Küche. Norman scheint es gar nicht zu bemerken. Das ist nicht die Ehe, von der ich geträumt habe. Wo ist bloß die Harmonie, nach der ich mich so gesehnt habe?

An einem Sonntag kommt er in die Küche, um Tee zu kochen. Ich sitze an meinem Schreibtisch und lerne. Während das Wasser in den Teekessel läuft, drehe ich mich zu ihm um. Er steht mit dem Rücken zu mir.

»Norman, ich glaube, wir sollten uns trennen und scheiden lassen«, sage ich mit rauer Stimme.

Er scheint sich damit bereits befasst zu haben. Denn er sagt gleich: »Das kannst du nicht. Dann verlierst du deinen Status als Ehefrau eines Deutschen und deine Aufenthaltsgenehmigung wird nächstes Jahr nicht mehr verlängert.«

»Oh.« Daran habe ich nicht gedacht. Ich hätte ja nicht einmal das Geld für die Heimreise. Außerdem will ich meine Niederlage nicht zugeben. *Geschiedene Frauen sind wie weggeschüttetes Wasser*, sagt man in China. Wenn eine Ehe zu Bruch geht, muss das Wasser sich allein wieder sammeln und reinigen. Ich muss da wieder aufstehen, wo ich gefallen bin.

»Dann klär mich doch bitte auf!«, sage ich und blicke Norman fest in die Augen. »Was sieht das Gesetz für mich vor?«

»Ausländische Ehegatten müssen mit ihren deutschen Partnern mindestens drei Jahre lang unter einem Dach wohnen, ehe sie eine unbeschränkte Aufenthaltserlaubnis erhalten. Wenn sie ihre Aufenthaltserlaubnis verlängern wollen, müssen die deutschen Partner zustimmen und versichern, dass sie zusammenleben, sonst erteilt die Ausländerbehörde keine Genehmigung. Kriegen sie keine Verlängerung, müssen sie das Land verlassen.«

»Das heißt, ich muss weg?«, sage ich.

»Nein«, sagt Norman. »Du musst nicht weg. Ich wollte mit dir nach Deutschland. Jetzt werde ich auch dafür sorgen, dass du hierbleiben kannst.«

Der Eisblock hat sich in einen Menschen zurückverwandelt. »Danke«, sage ich überrascht. »Aber … wie willst du das machen? Geht das auch, wenn wir in verschiedenen Wohnungen wohnen?« Ich denke darüber nach, dass die Wanderarbeiter in China oft weit entfernt von ihren Frauen wohnen.

»Das geht nicht in unserem Fall«, sagt Norman sachlich. »Der Staat will dem ausländischen Partner die Aufenthaltserlaubnis erst erteilen, wenn er ganz sicher ist, dass die Ehe auch funktioniert. Beamte kommen manchmal sogar unangemeldet vorbei, um zu prüfen, ob im Bad tatsächlich zwei benutzte Zahnbürsten stehen. Haben sie den Verdacht, dass da eine Scheinehe läuft, wird es schwierig. Das ist sogar strafbar.«

Ich senke den Kopf.

»An deiner Stelle würde ich einfach weiter hierbleiben und keine Scheidung anstreben, bis du die unbeschränkte Aufenthaltserlaubnis bekommen hast«, sagt Norman.

Er hat von Anfang an gewusst, dass wir uns nicht trennen können, denke ich. Er wusste, dass ich nur die Wahl habe, bei ihm zu bleiben oder als gescheiterte Ehefrau zu meinen Eltern zurückzukehren.

»Willst du wirklich so lange mit mir zusammenleben?«, frage ich vorsichtig. »Das sind noch über zwei Jahre.«

»Ich helfe dir auf jeden Fall, bis dir die unbeschränkte Aufenthaltserlaubnis erteilt worden ist. Darauf kannst du dich verlassen.«

Bei dieser unerwarteten Großzügigkeit steigen mir die Tränen in die Augen. *Wer kein Leid ertragen kann, der wird keine große Aufgabe vollenden.* Norman ist derjenige, der mehr von Konfuzius gelernt hat als ich. »Danke«, sage ich mit erstickter Stimme. Ich rühre mich nicht von der Stelle und unterdrücke mit aller Kraft meine Tränen.

»Du musst aber von jetzt an nichts mehr für mich tun«, sage ich. »Auch wenn wir uns nicht scheiden lassen, verlange ich nichts mehr von dir. Du kannst tun und lassen, was du willst, und brauchst mir auch kein Geld zu geben. Wenn die drei Jahre um sind, lassen wir uns scheiden und jeder geht seinen Weg. Okay?«

»Wenn du es so willst«, sagt er achselzuckend und gießt das heiße Wasser über den Tee.

Er wird also der Scheidung zustimmen. Es herrscht endlich Klarheit. Ich brauche nicht länger um seine Liebe zu betteln. Ich werde von jetzt an mein Leben selbst gestalten. Ich stehe auf und berühre ihn sacht an der Schulter. »Hast du mich schon für die Sprachprüfung angemeldet?«, frage ich leise. »Das wolltest du doch für mich machen, nicht wahr?«

»Ich mach es gleich morgen«, sagt er. Er fragt nicht, wie weit ich mit dem Lernen bin, und wiederholt auch seine Mahnung nicht, dass ich für die Prüfung noch nicht reif sei. Er wartet bloß darauf, bis sein Tee fertig ist. Dann zieht er sich mit der gefüllten Kanne in sein Zimmer zurück und schließt die Tür hinter sich.

Sandra ruft mich an und ist überrascht, dass ich so traurig und kraftlos klinge. Als sie hört, dass ich mich von meinem Mann getrennt habe und jetzt in der Küche wohne, will sie mich unbedingt besuchen. An einem sonnigen Samstag steht sie vor der Tür.

»Du bist ja noch dünner geworden, Tanya.«

»Du siehst aber sehr gut aus«, sage ich, und wir umarmen uns. Es ist Mittag, ich habe zwei Stunden die Wände der Küche gestrichen und stecke noch in einem alten Schlafanzug.

»Tut mir leid«, sage ich. »Das ist eine Baustelle hier. Lass uns eine Tasse Tee trinken und dann rausgehen. Draußen ist es sowieso schöner.« Ich setze Wasser auf und hole zwei Stühle aus dem Flur.

»Hilft dir dein Mann nich' beim Renovieren?«, fragt Sandra erstaunt.

»Er hat mir schon genug geholfen. Ich malere immer nur, wenn er nicht zu Hause ist.« Ich hole zwei Tassen.

»Und wie willste die Decke streichen?« Sie schaut nach oben und sieht, dass eine Ecke schon frisch gestrichen ist. »Wer hatt'n dette jemacht?«

»Na, ich natürlich!«

Sie glaubt mir nicht. Ich will es ihr demonstrieren und klettere auf den Tisch, dann auf einen Hocker, der dort bereitsteht, ziehe die Teleskopstange aus, die mir weit über den Kopf reicht, tunke den Farbroller vorsichtig in den Eimer, der auf dem Tisch steht, stelle mich auf Zehenspitzen und recke die Arme wie eine Balletttänzerin. Tatsächlich! Die Farbwalze reicht fast bis zur Decke! Ich recke mich noch etwas mehr und bewege die Walze mühsam ein paar Zentimeter vor und zurück.

Patsch! Ein dicker Farbklumpen fällt auf mich herunter. Er trifft meine Stirn und macht mich halbblind. Vor Schreck fällt mir die Walze aus der Hand und hinterlässt einen fetten Fleck auf dem ausgebreiteten Zeitungspapier, das die gesamte Küche bedeckt.

Sandra bricht in Gelächter aus. »So hab' ick mir det vorjestellt! Du hast bald doppelt so viel Farbe uff de Dielen wie anna Decke. Komm, ick helfe dir!« Sie will die Stange aus meiner Hand ziehen.

»Auf keinen Fall«, sage ich. »Du musst im Hotel schon genug schuften!« Dann fällt mir etwas ein. »Du kannst mir tatsächlich helfen. Ich habe bei Karstadt eine runtergesetzte Matratze gekauft und weiß jetzt nicht, wie ich sie herkriegen soll. Ist gar nicht weit.«

»Aha, du willst wohl nich' mehr bei deinem Alten schlafen, wa?«

»Nee«, sage ich.

»Und wo schläfste jetzt?« Sandra schaut sich suchend um. Der Küchenboden ist leer und bloß von alten Zeitungen bedeckt. »Auf die Intellijenzblätter? Is' det nich 'n bissken hart?«

Ich zeige ihr mein zusammengeklapptes Drei-Insel-Bett auf dem Flur. Sie schüttelt den Kopf. »Der Chinese kennt keinen Schmerz, wa?« Sie bläst sich eine Haarsträhne aus dem Gesicht. »Komm, wia holen die Matratze! Der Tee is' sowieso zu heiß.«

Zwanzig Minuten später stellen wir die selbst mit Mitarbeiterrabatt noch 90 Mark teure, in Plastik gehüllte Matratze im Flur ab. »Danke«, sage ich keuchend. »Alleine hätte ich das nie geschafft. Morgen früh bin ich wie neu geboren.«

Wir trinken unseren Tee aus und gehen dann zum Markt am Maybachufer. Wir kaufen Brot, Oliven und Paste, setzen uns am Urban-Krankenhaus ans Wasser und machen Picknick.

Sandra streicht mir eine Scheibe Brot mit Humus und während sie ihr eigenes Brot schmiert, fragt sie: »Und? Warum willste denn nich mehr bei deinem Alten schlafen?«

Am Telefon war ich vage geblieben, aber jetzt erzähle ich ihr alles. Wie ich mich nackt ins Bett gelegt habe und Norman meinen Körper nicht wollte. Dabei senke ich den Kopf, weil ich mich schrecklich schäme.

»Ach herrje!«, sagt Sandra. »Wat is denn mit dem los? Kann er nich oder will er nich?«

»Ich glaube, er könnte schon«, sage ich leise. »In Shanghai hab ich ihn mal mit der Hand gestreichelt, und er war …« – Ziemlich hart und hat auch gespritzt, will ich sagen, aber ich bringe es nicht über die Lippen.

»Komisch, die Männer, die ich kenne, wollen immer nur das eine.«

»Ich habe keine Ahnung, was er will. Wenn ich ihn nach seinen Taten beurteile, dann wollte er mich nur hierherholen, um mir ein neues Leben zu ermöglichen. Er hat lange dafür gearbeitet, große Opfer erbracht und sich mächtig ins Zeug gelegt.« Ich starre auf die Weidenzweige am anderen Ufer, die sich in der Brise wiegen, und beneide sie um ihre Leichtigkeit. So ein Leben möchte ich auch führen.

»Isser so einer, die dauernd die Welt retten wollen? Det sind die Schlimmsten. Die denken, alle Menschen müssten nach *ihrer* Fassong selig werden, egal ob sie Männer oder Frauen, Ossies, Wessies, Russen, Türken oder Chinesen sind. Damit hatta dir jetz die besten Jahre jeklaut …«

Nach dieser Ansprache muss ich ein bisschen kichern, besinne mich aber gleich und bedecke den Mund mit der Hand. »Ich weiß nicht, Sandra, vielleicht hast du recht. Er kommt mir oft vor wie ein Lehrer und behandelt mich wie eine Schülerin. Vielleicht ist ihm die Liebe zu mir in Hongkong abhandengekommen, als er seine frühere Freundin wiedergetroffen hat. Aber diese Beziehung scheint keine Zukunft zu haben. Auf jeden Fall habe ich kaum Briefe aus Hongkong gesehen, wenn ich unseren Briefkasten leere. Vielleicht wollte sie nicht mit nach Berlin kommen. Vielleicht fühlte er sich aber auch durch sein Eheversprechen gebunden, dass er mir gegeben hat. Er ist ein guter Mann, aber vielleicht kennt er sich selbst nicht. Hätte er mir in Shanghai gesagt, dass er mich nicht mehr liebt, wäre es besser gewesen. Aber so …«

»Meine Güte, du machst dir viel zu viele Jedanken. Ick finde, dein Mann is ’n Idiot, wenn er dir nicht vögelt.«

Ich werde knallrot und bitte Sandra, ein bisschen leiser zu sein. Es sitzen überall Leute in unserer Nähe. Dann fange ich an, Norman zu verteidigen: »Er kümmert sich doch um mich. Er will dafür sorgen, dass ich die Aufenthaltserlaubnis kriege. Dafür will er drei Jahre mit mir zusammenleben, wie es das Gesetz verlangt.«

»Na, toll. Drei Jahre mit diesem Typen. Ich weiß nich.« Sandra beißt in ihr Brot, als wäre es Norman.

Während sie kaut, starre ich auf den Landwehrkanal. Auf einmal fällt mir eine meiner Hennen ein. Als ich noch klein war, war ich für unsere Hühner zuständig und musste die Eier einsammeln. Eine unserer Hennen war depressiv, weil wir ihr ständig die Eier wegnahmen. Sie saß auf dem leeren Nest und versuchte zu brüten. Sie hörte auf zu fressen, und ich hatte Angst, dass sie sterben würde. Da ging ich zu meiner Mutter. »Ja«, sagte sie achselzuckend. »Das ist das Brutfieber. Dagegen hilft nur eine kalte Dusche.« Also packte ich die unglückliche Henne und hielt sie unter die Pumpe im Hof. Erst als sie patschnass war, ließ ich sie laufen. Zum Glück hat das arme Tier überlebt. Sie lief auf dem Hof herum und fing an zu picken. Nach einiger Zeit fing sie sogar wieder an, Eier zu legen. Jetzt bin ich wohl die Henne, der Norman eine kalte Dusche verpasst hat. Werde ich wieder gesund wie meine Henne? Wenn ich Sandra erzähle, dass ich bis auf das Niveau meiner depressiven Henne gesunken bin, wird sie wahrscheinlich über mich lachen. Wie armselig ich geworden bin!

Mein Blick wandert ziellos umher und bleibt an einem jungen Paar hängen, dessen kleine Tochter gerade Laufen gelernt hat. Es ist ein niedliches Mädchen, und ihre Beine sind noch sehr wacklig. Als sie ins Gras fällt, schaut sie zu ihren Eltern, um sich zu entscheiden, ob sie weinen soll. Die Eltern lächeln sie an, und sie weint nicht, sondern steht wieder auf. Ich wäre so gern wie dieses Kind und seine Eltern.

Sandra scheint etwas Ähnliches zu denken. »Du musst unter Leute jehn und dir ’n netten Mann suchen«, sagt sie. »Das kann ja kein großes Problem sein, so hübsch wie du bist.«

»Jetzt, wo meine große Liebe gerade wie eine Seifenblase zerplatzt ist, werde ich doch nicht gleich hinter dem nächsten Mann herlaufen«, sage ich.

»Aber du musst wat für deinen Körper tun, damit du nich wie ’n halbes Huhn rumläufst. Beweg dich! Geh tanzen! Du willst doch keine Nonne werden, oder?«

»Ach, Sandra, solange du meine Freundin bist, werd ich bestimmt keine Nonne.«

Meine Eltern schreiben mir, dass meine Schwester Guya ab September Japanisch studieren wird. Der Handel mit Japan nimmt stetig zu, und mein Vater ist zuversichtlich, dass sie nach dem Studium eine Arbeit finden wird.

Zu Hause sind jetzt nur noch die beiden Jüngsten. Das Geld, das ich meinen Eltern geschickt habe, werden sie für deren Ausbildung aufbewahren. Ihre Lehrergehälter sind erhöht worden, und ihr Leben verbessert sich stetig. Die Reformen gehen weiter, es entstehen immer neue Berufe und der Markt bietet täglich neue Produkte. Alle Schulen müssen sich anpassen und neue Lehrpläne anbieten, dabei stehen Fremdsprachen, vor allem Englisch, im Vordergrund. Das gab es zu meiner Schulzeit noch nicht. Meine Eltern müssen sich neue Lehrstoffe aneignen und haben viel mehr zu tun als früher. Mein Vater erzählt, dass meine Mutter so fleißig Englisch lernt, dass sie es inzwischen sogar verschmerzt hat, mich nicht mehr in der Heimat zu haben. Jeden zweiten oder dritten Tag kommt bei Ihnen nun

Fleisch auf den Tisch. »Jetzt brauchen wir nicht mehr darauf zu warten, ob ihr vielleicht eine Schlange fangt oder ob ein Kaninchen in der Schlinge unterm Rosenbusch zappelt«, schreibt mein Vater in seiner sauberen, schönen Handschrift. Ich lese den Brief immer wieder und lächle vor mich hin. Mit jeder Lektüre wird mir wärmer ums Herz. Die gefürchtete Resignation und Repression nach den Ereignissen auf dem Tian'anmen ist also ausgeblieben. Oder scheint zumindest in der Provinz schon wieder vergessen zu sein. Und dass mein Vater sich noch an die große Schlange erinnert, die wir einmal im Garten des Lehrerhauses gefangen haben, freut mich besonders. Die Schlange und der riesige Kürbis, den ich gezüchtet habe, als ich zehn Jahre alt war, zählen zu den Höhepunkten meiner Kindheit, als sich fast alles um die Frage drehte: Gibt es genug zu essen? Müssen wir etwa mit leerem Magen ins Bett?

Auch meine beiden Professoren in Shanghai schreiben von neuen Studiengängen und Kursangeboten. Was ich heimlich gehofft habe, scheint einzutreten: Der Reformzug fährt vorwärts. Ich beschließe, noch viel mehr Geschichten zu schreiben. Die Literaturzeitschriften wollen bestimmt noch mehr von Berlin wissen.

Im September nehme ich an der Sprachprüfung teil, die mir ein Studium in Deutschland eröffnen soll, und im Oktober erhalte ich von der Freien Universität Berlin einen Brief: Ich habe bestanden, werde aufgenommen und darf an der FU studieren. Ein großer Sieg! Als ich in Berlin ankam, hatte ich noch keinen einzigen Satz ganz verstanden, und jetzt, neun Monate später, habe ich die Aufnahmeprüfung für die FU bestanden! Meine Brust schwillt vor Stolz ...

Aber der Brief ist noch nicht zu Ende. Er ist ziemlich lang. Ich lese weiter und sehe: Meine Note liegt knapp *unter* dem Minimum. Mein Stolz schmilzt dahin. Die Uni betrachtet mich als *aussichtsreiche*

Bewerberin und will mir und meinesgleichen keinen Studienplatz, sondern ein Semester lang *Deutschkurse* ermöglichen … immerhin.

Ich fahre nun jeden Tag wie Norman nach Dahlem hinaus, aber selten mit ihm zusammen. Ich verbringe die Tage in Seminaren und Bibliotheken. Der Unterschied zu Shanghai besteht allerdings darin, dass ich kein Stipendium habe und nicht im Studentenheim wohne. Ich wohne mit Norman in Kreuzberg, weit weg von der Uni, und ich muss arbeiten, um meinen Lebensunterhalt zu verdienen. Der Weg zur Uni ist lang, und den Job bei Karstadt kann ich auch nicht behalten. Stattdessen gehe ich jeden Tag zum Studentenschnelldienst, um zu sehen, was ich ergattern kann. Kellnern, Putzen, Texte eintippen, Werbepost eintüten, Archive ordnen und gelegentlich auch mal irgendwo als Verkäuferin aushelfen. Es ist ein tägliches Roulette. Aber man lernt die Stadt dabei kennen. Für lustige Nachmittage mit Sandra ist allerdings keine Zeit mehr. Ich bin jetzt ein weibliches »Heinzelmännchen« und renne nur noch von einem Arbeitsplätzchen zum nächsten.

Als die Weihnachtsferien kommen, fährt Norman nach Hannover zu seiner Mutter. Ich bleibe in Berlin und bin sehr froh, als Sandra mich nach Marzahn zum Adventskaffee bei ihrer Mutter einlädt. Sie trinkt Eierlikör und ist richtig aufgekratzt. Die beiden sind so nett, dass ich ihnen ohne Bedenken eine Geschichte aus meiner Kindheit erzähle, um ihnen zu zeigen, wie gern ich sie habe.

»Ich war drei Jahre alt, als Mao 1966 die Kulturrevolution startete und das Land in Chaos und Armut gestürzt hat«, beginne ich.

»Ich habe schon mal von der Kulturrevolution gehört. Aber was bedeutet sie genau?«, fragt die Mutter, die bei Osram als Qualitätsprüferin arbeitet.

»Tanya veröffentlicht Geschichten auf Chinesisch und wird Schriftstellerin. Lass sie doch erst mal erzählen«, sagt Sandra.

Also erzähle ich weiter: »Die Kulturrevolution bedeutete vor allem, dass die Schulen und Universitäten geschlossen und die jungen Leute und Lehrer aufs Land geschickt wurden. Die Schüler und Studenten wurden aufgehetzt und sollten angebliche Feinde Maos beschimpfen, drangsalieren und oft auch töten. Meine Eltern sind beide Lehrer und wurden aus der Kreisstadt, in der ich geboren wurde, in ein bitterarmes Dorf verbannt. Sie mussten jeden Tag auf den Feldern arbeiten. Dabei verschlechterte sich überall die Versorgung, die Bauern hatten nicht genug zu essen, und zum Frühlingsfest gab es kein Fleisch zu kaufen. Da war ich fünf, sechs Jahre alt.«

»Dit kenn wa!«, sagte Sandras Mutter trocken.

Ich würde gern nachfragen, was sie meint, aber vor allem will ich meine Geschichte erzählen. »Zum Frühlingsfest kein Fleisch«, sage ich, »das war ein ganz böses Omen für Mutter. Gab es zum Frühlingsfest nichts zu essen, hieß das, wir würden das ganze nächste Jahr hungern müssen. Und so sagte sie zu meinem Vater, dass er uns Fleisch beschaffen solle.

Mao hatte den Chinesen erzählt, dass die Spatzen daran schuld seien, dass es so wenig zu essen gab. Die Spatzen würden das ganze Getreide fressen und müssten bekämpft werden, behauptete die Partei und ließ es in allen Zeitungen drucken. Also handelte mein Vater nach dieser Anweisung. Wir wohnten damals im Erdgeschoss eines Bauernhauses in einer Zweizimmerwohnung. Mein Vater trieb uns alle aus der Wohnung und stellte eine Falle im inneren Zimmer auf. Er öffnete das Fenster, streute eine Handvoll Reiskörner auf den Tisch und wartete still im Nebenzimmer. Im Winter hatten die Spatzen wenig zu fressen gefunden, und als sie die Körner entdeckten, kamen sie todesmutig ins Zimmer geflogen, um sich die Leckerbissen zu holen. Aber mein Vater hatte sich heimlich auf den Hof geschlichen, und als vier oder fünf Spatzen im Zimmer waren, schlug er von außen das Fenster zu, und die Spatzen waren gefangen.«

»Du meine Jüte«, sagt Sandras Mutter. »Wat wollte er denn mit den Spatzen? Dic sind ja so klein und bestehen bloß aus Federn und Knochen, die armen Viecher.«

»Na ja«, sage ich. »Bei der Zubereitungsfrage waren wir noch gar nicht. Erst mussten wir die Spatzen ja einfangen. Also, mein Vater machte mich zu seiner Assistentin, ging mit mir ins erste Zimmer und drückte hinter sich die Tür zu. Dann hielt er ein Netz hoch in der Hand, schob mich und sich rasch ins zweite Zimmer und machte die Tür wieder zu. Dann kletterte er auf den Tisch und versuchte die flatternden Vögel mit dem Netz einzufangen. Ich klopfe mit einem Bambusstock an die Wand, damit die Vögel zu ihm flogen. Nach einer Weile hatte er einen erwischt. Er gab ihn mir und sagte: ›Halt ihn gut fest‹. Ich stecke ihn in meine rechte Jackentasche und deckte ihn mit einem kleinen Baumwolltaschentuch zu. Dann fing mein Vater einen zweiten, und ich steckte ihn in meine linke Tasche. Die hielt ich mit meiner Hand zu. Mein Vater kletterte erneut auf den Tisch und versuchte die restlichen Vögel zu fangen. Da klopfte ein Nachbarskind an der Tür und rief nach mir. Ich war so stolz auf unsere Spatzenjagd, dass ich die Tür aufriss, um meiner Freundin die Beute zu zeigen.

Schwupps! Flogen die Vögel weg. Aber ich hatte ja noch zwei in der Tasche. Dachte ich. Aber auch die Taschen waren längst leer. Alle Vögel waren durch die offenen Türen geflüchtet. Und obendrein hatten wir noch den Reis verloren, den mein Vater als Köder hingestreut hatte.«

»Da bin ick aber froh, det ihr keene Spatzen jejessen habt«, sagt Sandra.

Aber ihre Mutter sagt: »Ja, was habt ihr denn dann gegessen? Deine Mutter war doch bestimmt ganz traurig?«

»Nun ja, die Geschichte ist ja noch nicht zu Ende«, sage ich, denn ich bilde mir ein, dass mir inzwischen sogar die Katze zuhört. »Mein Vater wollte meine Mutter natürlich nicht traurig sehen und versuchte alles, um sie heiter zu stimmen. Er ging mit dem Netz zum Bach. Als er drei Stunden später nach Hause kam, hatte er einen kleinen Fisch gefangen.«

»Bei uns wird Fisch am Karfreitag gegessen«, nickt Sandras Mutter. »Als Ersatz für Fleisch.«

»Bei uns ist Fisch ein Symbol für Reichtum und Überfluss«, sage ich. »Deshalb kommt er auch beim Frühlingsfest auf den Tisch. Auch wenn der Fisch, den mein Vater gefangen hatte, nur zwei Finger lang war, lächelte meine Mutter zufrieden. Nur als sie die krebsroten Beine meines Vaters sah, war sie erschrocken. ›Hoffentlich wirst du nicht krank‹, sagte sie. Aber mein Vater lachte nur, zog zwei Paar Socken übereinander und machte sich daran, den Fisch zuzubereiten.«

»Dein Vater kocht für die Familie?«, fragt Sandras Mutter erstaunt.

»Ja, bei uns kocht immer mein Vater. Er ist ein sehr guter Koch. Damals wohnte meine Großmutter noch bei uns, und mit uns zwei Kindern waren wir zu fünft. Als der Fisch und drei Gemüsegerichte auf den Tisch kamen, nahm mein Vater den Kopf und den Schwanz für sich, wir anderen bekamen jeder ein Viertel des Fischkörpers. Aber wir Kinder bekamen noch etwas extra: Mein Vater hatte die Schuppen des kleinen Fischleins für uns frittiert. Normalerweise wurden sie weggeworfen, aber so wie sie mein Vater zubereitet hatte, waren sie ein echter Leckerbissen: goldglänzend und durchsichtig. Sie schimmerten wie Perlen. Wir haben sie voller Andacht gegessen, und an dieses Frühlingsfest kann ich mich bis heute erinnern.«

»Frittierte Fischschuppen! Das klingt wie ein Märchen mit einem chinesischen Happyend«, seufzt Sandras Mutter erlöst.

»Was für eine schöne Geschichte!«, sagt Sandra. »Und, wie ging es mit euch weiter? Habt ihr später mehr zu essen gehabt?«

»Ja. Langsam und stetig. Meine Mutter begann Hühner zu halten, und so hatten wir immer Eier und zum Frühlingsfest Hühnersuppe. Mein Vater musste nicht mehr bei Eiseskälte im Bach stehen.«

Meine Zuhörerinnen lachen zufrieden. »Du bist aber immer noch ziemlich dünn«, sagt die Mutter. »Komm, trink einen Kakao und iss ein paar Kekse!«

Sandra bleibt sitzen und schaut mich mit glänzenden Augen an. »Tanya, du solltest deine Geschichten aufschreiben!«, sagt sie. »Ich meine auf Deutsch. Dann können alle sie lesen.«

Ich schüttle den Kopf. »Das wäre ein schönes Kauderwelsch«, sage ich. »Da würde sich schon der Postbote weigern, sie zum Verlag zu bringen.«

Am nächsten Tag sitze ich in meinem Zimmer und lerne. Aber ich kann mich nicht konzentrieren. Der kleine Pfeil, den Sandra abgeschossen hat, steckt schon tief in meiner Haut. Geschichten auf Deutsch schreiben. Den Leuten in Deutschland von China erzählen. Ein Traum.

Die Wirklichkeit sieht leider anders aus. Die Wohnung ist kalt, Norman weggefahren, und ich wüsste nicht, wen ich in Berlin anrufen könnte. Für die Einsamen ist das Weihnachtsfest eine Hölle, eigens zur Bestrafung dafür geschaffen, dass man keine Familie hat. Den Heiligabend überstehe ich nur dadurch, dass ich schon um halb neun ins Bett gehe, was zur Folge hat, dass ich mitten in der Nacht aufwache und mehrere Stunden an die Decke starre, bis es allmählich hell wird.

Am Ersten Feiertag brate ich mir eine Entenkeule, aber als ich den traurigen kleinen Braten gegessen habe, fühle ich mich erst richtig elend. Ich erwische mich immer wieder dabei, dass ich vor mich hin heule. Ich überlege schon, wen ich – egal was es kostet – in China anrufen könnte, da klingelt es an meiner Tür.

Hat jemand aus Versehen auf unser Schild gedrückt? Bestimmt nur ein Klingelstreich. Aber nach kurzer Pause ertönt die Klingel erneut. Ich wische die Tränen ab und gehe zur Tür. »Hallo?«, krächze ich in die Sprechanlage.

»Frohe Weihnachten, Tanya. Hier ist Luciano. Ich war gerade in der Gegend und dachte, ich schau mal bei dir vorbei.«

»Oh, frohe Weihnachten.« Ich habe keine Lust aufzumachen und ihm mein ganzes Elend zu zeigen. Aber da er extra wegen Weihnachten zu mir gekommen ist, kann ich schlecht nein sagen. Einen Tee muss ich ihm wenigstens anbieten. Ich drücke den Türöffner, dann renne ich ins Bad, um mich halbwegs herzurichten.

Luciano ist ein Kommilitone aus meiner Deutschklasse. Beim Unterricht sitzt er gern neben mir, und nach dem Unterricht findet er immer wieder einmal einen Grund, mit mir zu reden, meistens wählt er dazu die Hausaufgaben. Offiziell will er Pharmazie studieren, aber eigentlich Politiker werden. Ein- oder zweimal haben wir sogar schon in der Cafeteria der Mensa zusammengesessen und gemeinsam die Hausaufgaben erledigt. Er hat eine sanfte, beharrliche Art, die mir gefällt. Mehrmals hat er mich gefragt, ob ich mit ihm abends tanzen gehen möchte. Ich habe stets verneint. Aber das scheint ihm nichts auszumachen. Nun steht er plötzlich vor meiner Tür. Habe ich ihm eigentlich gesagt, dass ich verheiratet bin?

»*Dío!*«, sagt er und will mich umarmen. »Was ist mit deinem Gesicht passiert?«

»Meine Augen haben heute furchtbar gejuckt«, sage ich verschämt, weil ich mich so schwach fühle. Ich bleibe nicht lange in seinen Armen. Seine überschwängliche brasilianische Art ist mir nicht ganz geheuer. »Es wird schon wieder.«

Aber Luciano durchschaut mich. »An den Feiertagen vermissen wir Ausländer unsere Heimat besonders, nicht wahr? Ich würde gern nach Hause fliegen, aber ich habe das Geld nicht, muss also hierbleiben.« Er streicht mir mit seiner dunklen Hand übers Gesicht und ordnet mein Haar hinters Ohr.

Diese zarte Geste überrascht mich und macht mich verlegen. Ich will nicht, dass er mich aus Mitleid gleich noch einmal an sich drückt, und mache einen leichten Schritt zurück. »Tut mir leid, dass ich dir zu Weihnachten noch nicht mal ein Stückchen Kuchen anbieten kann«, sage ich. »Aber ich mache uns einen Tee.« Ich führe ihn in die Küche.

Er schaut ungläubig um sich. »Du schläfst hier? Du hast gesagt, dass du von deinem Mann getrennt bist, aber …«

Ich unterbreche ihn und sage leichthin: »Ach, das ist doch nichts Besonderes.« Dann gehe ich zum Herd. Mehr sage ich nicht.

Luciano kramt eine Packung Kekse aus seinem Rucksack und reicht sie mir als Geschenk. Ich bedanke mich und sage: »Das passt perfekt zum Tee.« Dabei halte ich den Kopf gesenkt und vermeide den Blickkontakt. Er schaut mich an und wird nachdenklich. »Weißt du was, Tanya, zwei Freunde und ich wollen Silvester in Prag verbringen. Willst du nicht mitkommen?«

»Danke. Das kommt ein wenig plötzlich. Ich habe gedacht, ich sollte lieber Deutsch lernen.«

»Aber Tanya, du brauchst eine Abwechslung. Wenn du immer nur lernst, klappst du irgendwann zusammen.«

Ich bereite schweigend zwei Tassen Tee zu und stelle sie auf den Tisch. Die Kekse serviere ich auf einem Teller. Er schaut in die Tasse, in der drei, vier große Blätter schwimmen, und macht ein Gesicht.

Offensichtlich trinkt er nur wenig Tee und grünen schon gar nicht. Hoffentlich will er jetzt nicht gleich Zucker haben.

»Tanya, meine Freunde sind Straßenmusiker und genauso arm wie ich. Deswegen war ich gerade bei ihnen. Ich habe einen Tipp bekommen, wo man ganz billig wohnen kann, und die Bahn hat ein Sonderangebot für den Nachtzug. Wir bleiben auch nur eine Nacht. Das wirst du dir doch leisten können.«

»Ich weiß nicht«, sage ich unsicher. Wieder einmal ganz woanders zu sein, um das Leben zu vergessen, das klingt verlockend. Und Kafkas Stadt interessiert mich schon lange. Aber mit Luciano?

»Erwartet dich jemand an Silvester?«, fragt er.

»Nein«, sage ich leise.

»Dann komm mit uns. Wenn du am Weihnachtstag weinst, wirst du an Silvester auch weinen. Keiner von uns will das, und deswegen fahren wir alle zusammen nach Prag.« Als ich zögernd aufschaue, nimmt er das als Zustimmung und lächelt breit. »Ich werde alles organisieren. Du brauchst nur einzusteigen.«

Und so stehe ich am letzten Tag des Jahres mit drei Brasilianern in Prag auf der Karlsbrücke und blicke im kalten Morgenwind auf die Moldau. Luciano will, dass wir alle zusammenbleiben und uns nicht verlieren, da wird es wohl nichts mit der Suche nach Kafka. Wir steigen zum Hradschin hinauf und besuchen den Veitsdom, dann kriegen wir Hunger und brauchen dringend etwas zu essen.

Auf dem Weg in die Altstadt gehen wir eine schmale Gasse hinunter, und stehen plötzlich vor einem winzigen blauen Häuschen mit einer Tür und zwei Fenstern.

»Da hat er gewohnt!«, schreie ich aufgeregt.

»Wer?«, fragt Luciano.

»Na, Kafka!«, schreie ich noch lauter. »Da hat er *Ein Landarzt* geschrieben.«

»Aha«, sagt Luciano.

Jetzt werde ich wütend. *»Einmal dem Fehlläuten der Nachtglocke gefolgt – es ist niemals gutzumachen«*, deklamiere ich auswendig.

»Und was bedeutet das?«

»Das weiß ich auch nicht«, sage ich und zucke die Achseln. Es hat keinen Sinn, ihm so etwas erklären zu wollen. Er glaubt an die Revolution. Wir suchen ein unauffälliges kleines Lokal und wärmen uns mit Kartoffelsuppe und Kaffee, dann gehen wir zu unserem Hostel und checken ein.

Abends gehe ich mit den Jungs zu einer Silvesterparty in der Nähe des Hostels. Meine Begleiter können alle gut tanzen, nur ich bin steif wie ein Besenstiel. Luciano versucht mir ein paar Bewegungen beizubringen, und ich mache schnell Fortschritte. Nach einem Glas tschechischem Bier wird mir warm und meine Brüste tun weniger weh. Ich lache und tanze und lasse mich küssen. Als er mir seine Zunge zwischen die Lippen schiebt und meinen Hintern mit seinen Händen umfasst, küsse ich heftig zurück. So etwas habe ich noch nie getan, denke ich beinahe glücklich.

Vielleicht hätte ich mich in dieser Nacht auch entjungfern lassen, aber dann fällt mir der Schlafsaal im Hostel ein, und dass uns die anderen zusehen würden, und ich schicke ihn weg. Neues Jahr hin oder her, so will ich es nicht beginnen. Ich tanze eine Weile allein, ignoriere die tschechischen Jungs, die sich nähern und mit mir flirten wollen. Dann wird mir die Musik plötzlich zu laut.

Es ist noch längst nicht Mitternacht, als ich mich wegschleiche. Der kurze Schlaf im Nachtzug und das lange Herumwandern an einem der kältesten Tage des Winters haben meine Kräfte verbraucht. Ich sage einem der Reisegefährten Bescheid, kehre, ohne auf den Höhepunkt des Abends zu warten, in unser Hostel zurück und lege mich allein in den leeren Schlafsaal. Selbst das Krachen der Neujahrsböller weckt mich nicht auf.

Am nächsten Morgen fühle ich mich frisch und bin bester Stimmung. Am Nachmittag fahren wir nach Berlin zurück. Als wir am Bahnhof Zoo aussteigen, umarme ich Luciano und bedanke mich für die schöne Reise. »Du bist ein Schatz!«, sage ich, und diesmal scheint er zu begreifen, was das bedeutet. Eine Woche später melde ich mich zu einem Tanztheaterkurs an der VHS an. Geweint habe ich seither nicht mehr.

Alle in meiner Klasse bestehen die Abschlussprüfung und dürfen studieren. Aber was für ein Fach soll ich nehmen? Journalistik gibt es nicht an der FU, nur Publizistik- und Kommunikationswissenschaft. Mein zweites Fach ist Sinologie. Aber ich will mir zuerst einen Überblick verschaffen, worauf ich mich in diesem Land einlasse. Also belege ich nicht nur die Vorlesungen und Seminare in meinen Fächern, sondern besuche auch die in europäischer Geschichte und deutscher Philosophie. Da merke ich rasch, dass meine Deutschkenntnisse noch bei weitem nicht reichen. Unbekannte Begriffe, komplizierte, verschachtelte Sätze der Professoren ... Ich muss abends wieder zur Volkshochschule und weiter Deutsch lernen.

Norman findet eine Zweizimmerwohnung in Neukölln in der Nähe der Boddinstraße, und wir ziehen zusammen um wie ein Pferdegespann, das nebeneinander her trabt und seine Last zieht. Immerhin: Jetzt habe ich endlich ein Zimmer für mich allein, und Norman muss in der Küche keine Rücksicht mehr nehmen. Da die Wohnung sich in der vierten Etage befindet, ist sie ziemlich hell, und abends kriege ich sogar ein bisschen Sonne ins Fenster. Die Miete ist doppelt so hoch wie zuvor und man hört die Maschinen, die auf dem Flughafen Tempelhof landen, doch meine Stimmung hellt sich spürbar auf.

Die Flugzeuge sind nicht das Einzige, was ich höre. Normann hat neuerdings eine Freundin. In seinem Zimmer wird viel gelacht und geredet. Wenn sie bei ihm übernachtet, geht das bis in die frühen Morgenstunden, und ich frage mich, ob er das absichtlich macht. Das ist natürlich Unsinn. Ich darf nicht alles auf mich beziehen. So ist das eben in einer WG: Der eine lacht, und der andere lernt. Ich rede mir ein, dass ich mich darüber freue, dass Norman jetzt ein normales Leben führt.

Nach drei Semestern bin ich mir sicher, dass ich in der Lage bin, auch in Deutschland als Journalistin zu arbeiten. Zumindest in meiner eigenen Sprache. Aber wer braucht in Deutschland schon jemand, der auf Chinesisch schreibt? Vielleicht ist es sicherer, Dolmetscherin zu werden? Ich sehe immer mehr Chinesen in der Stadt: beim KaDeWe, auf den Ausflugsschiffen, vor den Luxushotels und den Ministerien. Der Handel zwischen China und Deutschland blüht. Da werden Leute gebraucht, die vermitteln, und als Übersetzerin habe ich ein sicheres Einkommen. Viele junge Frauen, die Sinologie studieren, interessieren sich schon lange nicht mehr für die alten Kaiser oder Kalligrafie, sondern wollen Karriere in Anwaltskanzleien und internationalen Konzernen machen.

Ich hole mir das Vorlesungsverzeichnis der Humboldt-Universität. Tatsache: Da gibt es einen Studiengang Deutsch-Chinesisches Übersetzen und Dolmetschen. Das ist genau das, was ich brauche. Aber als ich mich anmelden will, erfahre ich, dass die Universität keine neuen Studenten mehr aufnimmt, weil der Studiengang eingestellt werden soll. Er wird offenbar als Überbleibsel der DDR gesehen. Aber ich darf als Gasthörerin an den Kursen teilnehmen, solange der Studiengang noch in Betrieb ist. Und wenn ich gut genug bin, kann ich mich für die staatliche Prüfung in Westdeutschland anmelden. Von nun an gehe ich jeden Tag zur

Humboldt Uni. Endlich habe ich ein klares Ziel und eine feste Berufs-Perspektive vor Augen.

Drei Jahre sind um. Mit Zustimmung von Normann bekomme ich tatsächlich von der Ausländerbehörde eine unbefristete Aufenthaltserlaubnis. Zum Dank schenke ich Norman eine Schachtel feine Pralinen. Ich weiß natürlich, dass er ein viel größeres Geschenk verdient hat. »Ich hoffe, dass ich in Zukunft mehr verdiene und dir dann angemessen danken kann«, sage ich. »Ich werde nicht vergessen, dass du dich jahrelang eingeschränkt hast, um es mir zu ermöglichen, in Deutschland zu leben.«

Er sagt ganz wie ein Chinese sehr bescheiden: »*Bukeqi* – Sei nicht zu höflich.« Aber ich ahne, dass ihm viel daran gelegen war, mich nach Deutschland zu bringen. Dabei ist er auch nur ein armer kleiner Student und hat weder Geld noch Beziehungen. Er hat Ideale und glaubt an persönliche Freiheit und wollte sie unbedingt mit mir teilen. Er hat sich meinetwegen zu einer Ein-Mann-Partei erklärt und mich befreit. Nach fünfeinhalb Jahren hat er sein Ziel erreicht. Dafür werde ich ihn auch weiterhin lieben und ehren, auch wenn es ja eigentlich mein Leben ist, und nicht seins.

»Ich werde mein Bestes tun, um dich nicht zu enttäuschen«, sage ich und bin überrascht, dass meine Stimme zu brechen droht.

Norman scheint völlig abgestumpft. »Jetzt hast du die begehrte Aufenthaltsgenehmigung. Was willst du noch?«

Ich will nur nicht traurig sein, an seinem und meinem großen Tag, an dem wir meine Zukunft feiern wollen. So greife ich etwas aus der Luft und sage ganz schnell: »Ich würde gerne einen Tag lang nicht ich sein. Ich würde gern als Vogel singen, als Weidenrute im Wind tanzen oder als eine große Kuh vor dir stehen, so wie die Kuh damals in Xiamen. Was sagt Ritter Norman dazu?«

Er schüttelt den Kopf. »Ritter Norman hat hier nichts zu melden. Das ist ein zu weiblicher Traum, den musst du schon selbst träumen und in die Wirklichkeit umsetzen«, sagt er.

Am nächsten Tag hänge ich eine handgeschriebene Suchanzeige ans Infobrett vor der Mensa und erhalte noch am selben Tag ein Angebot. Eine Woche später ziehe ich in eine Studenten-WG im Wedding. Von da an bekomme ich Norman kaum mehr zu sehen.

24.
Drei Jahre später

Heute ist ein großer Tag. Ich muss, kann, darf zum Familiengericht in der Cicerostraße. Zum ersten Mal seit langer Zeit treffe ich Norman wieder. Er ist wie immer, äußerlich kaum verändert und freundlich. Ich dagegen schiebe einen dicken Bauch vor mir her und muss mich bei längerem Stehen gelegentlich abstützen. Dass ich heute schon hier erscheinen darf, verdanke ich diesem Bauch. Das Gesetz erlaubt mir die Scheidung, damit ich den Vater des Kindes rechtzeitig vor der Geburt heiraten kann. Da mir meine Kleider längst nicht mehr passen, trage ich ein orangefarbenes Seidenhemd meines künftigen Ehemanns.

Der Richter stellt ein paar Fragen und führt die Verhandlung. Zwanzig Minuten später das Urteil: »Die am 26. Juli 1989 in Shanghai geschlossene Ehe der Parteien wird geschieden.« Im Korridor bedanke ich mich bei meiner Anwältin mit einer tiefen Verbeugung, auch wenn mein dicker Bauch sich dagegen wehrt.

Draußen vor dem Gerichtsgebäude wartet Norman auf mich, und als ich ihn sehe, wird mir klar, dass ich mich hier und jetzt nicht von ihm trennen kann. Nicht einfach so auf der Straße. »Komm, lass uns essen gehen«, sage ich. »Richtig chinesisch, in der Ming Dynastie. Ich lade dich ein.« Zum ersten Mal rede ich deutsch mit ihm – und merke es nicht einmal. »Aber ich bin mit dem Fahrrad da«, sagt er.

»Macht nichts, fahr schon mal voraus. Ich nehme die S-Bahn.« Die holprigen Berliner Straßen sind gefährlich für Radfahrer und in diesem späten Stadium der Schwangerschaft will ich keinen Sturz riskieren.

»Na, schön«, sagt er. »Pass gut auf das Baby auf!« Er schwingt sich aufs Fahrrad, und ich wackle wie eine Ente zur S-Bahn.

Die Ming Dynastie liegt direkt an der Spree. Als ich über die Jannowitz-Brücke komme, sehe ich Norman schon auf der Terrasse des Restaurants in der Sonne sitzen. Inzwischen weiß ich, dass die Sonne ein rares Gut in Berlin ist. »Schau nur«, sage ich. »Die Sonne freut sich mit uns.«

Norman wirft einen Blick auf die chinesische Botschaft auf der anderen Straßenseite. Mit ihrer weiß- und silberglänzenden Fassade sieht sie aus wie ein unerforschter, riesiger Eisberg. Die rote Fahne hängt friedlich am Mast. Norman grinst. »Ich habe gar nicht gewusst, dass du so gern in der Nähe der Botschaft isst«, sagt er. »Hast du da einen Freund, wartest du auf ein Visum oder gefallen dir die Diplomaten mit ihren Armani-Anzügen so gut?«

Ich bleibe gegen seinen Spott unempfindlich. »Nein«, sage ich. »Aber hier gibt es doppelt gebratenen Schweinebauch und eingelegtes Gemüse. Und die gebratenen Maultaschen sind fast so gut wie bei einer Straßenküche in Shanghai. Und gegen die feinen Damen und Herren habe ich nichts einzuwenden. Irgendwo müssen die Diplomaten ja auch essen. Da bin ich ganz demokratisch.«

»Aah, das unvergessliche Shanghai«, sagt er mit einem Hauch Nostalgie. »Wahrscheinlich würden wir es gar nicht mehr wiedererkennen. Es wird so viel dort gebaut. Riesige Hochhäuser, verrückte Konstruktionen.«

»Stimmt«, sage ich. »Überall in China wird gebaut. Die deutschen Architekten sind richtig wild darauf, dort mitzumischen. Es geht alles viel schneller als hier, weil es weniger Vorschriften gibt. Mein altes Wohnheim wird auch abgerissen, schreibt eine

Kommilitonin, die jetzt bei einer Bank arbeitet. Schade, den Park und die Blumenbeete fand ich immer sehr hübsch. Aber Shanghai ist vom Modernisierungswahn überfallen.«

»*Befallen*«, sagt Norman. »Nicht *überfallen*. Aber überfallen ist auch nett.«

»Danke«, sage ich. Dass er so großzügig gegenüber meinen Sprachschnitzern ist, kommt mir neu vor. Aber ich bin ja auch nicht mehr seine Schülerin, sondern werde bald einen neuen Mann heiraten und ein deutsch-chinesisches Kind kriegen.

»Als mir mein Professor erzählt hat, dass Shanghai die erste U-Bahnlinie eröffnet hat, war ich begeistert. Aber wenn ich daran denke, dass die Berliner U-Bahn schon seit 1902 fährt, scheint mir doch, dass China noch ein paar Jahre galoppieren muss, um uns hier einzuholen. Die erste Linie in Shanghai hat Siemens gebaut«, sage ich stolz.

»Du redest schon wie eine Deutsche«, sagt Norman.

»Na, und?«, sage ich. »Deutsche, Chinesin – wo ist da der Unterschied? Außerdem hast du ja eine Menge dazu beigetragen, dass es so ist. Ohne dich würde ich hier nicht sitzen.« Ich strecke die Hand aus und lege sie ihm auf den Arm, ziehe sie aber gleich hastig wieder zurück. Die Erinnerung an seine Zurückweisung sitzt noch sehr tief.

Norman schaut nachdenklich auf das glitzernde Wasser der Spree. Über der schmutzigen Ziegelmauer auf der anderen Seite fahren abwechselnd ratternde S- und U-Bahnen vorbei, dazwischen auch mal ein gleißend weißer ICE. »China ist längst ein Schnellzug. Wer nicht schnell genug aufspringt, bleibt auf dem Bahnsteig zurück und muss sehen, wie er in der Welt weiterkommt.«

»Weißt du, dass wir uns jetzt seit neun Jahren kennen?«, frage ich ihn. »Ich weiß noch genau, dass wir uns an einem Junitag in der Uni-Bibliothek kennengelernt haben. Ich hätte eigentlich für die

Juliprüfungen lernen müssen, aber ich hatte keine Lust. Ich habe einen Roman gelesen, aber weil die Sonne schon untergegangen war, habe ich gefroren und du hast das Fenster geschlossen. Ich erinnere mich noch genau daran, so als wäre es heute geschehen.«

Norman schüttelt den Kopf. »Unser Jubiläum ist schon zwei Tage vorbei«, sagt er. »Es war nicht der zwölfte, sondern der zehnte Juni, als ich vor der Bibliothek auf dich gewartet habe und wir durch den Park gegangen sind. Es ist also neun Jahre und zwei Tage her.«

»Du hast nicht draußen vor der Tür gewartet«, sage ich, »sondern bei den Schließfächern in der Garderobe. Du hast mir aufgelauert! Du hast genau gewusst, dass ich dir nicht widerstehen kann.«

Er lacht, und im selben Augenblick kommt ein junger Chinese und bringt uns die Speisekarte. »Möchten Sie schon etwas zu trinken?«, fragt er in völlig akzentfreiem Deutsch.

Wie immer weiß ich nicht, was ich bestellen soll. »Wir hätten gern zwei große Portionen Jiaozi!«, sage ich rasch.

»Und was möchten Sie trinken?«, beharrt der junge Mann höflich.

Norman hilft mir aus der Klemme. »Bringen Sie uns eine große Kanne grünen Tee«, sagt er auf Chinesisch. Der Kellner schaut ihn überrascht an, notiert die Bestellung und zieht sich zurück.

Ich lasse die Sommerbrise in meinem Haar spielen und denke daran, wie ich in Shanghai mit Norman im deutschen Café am Bund gesessen und Butterkuchen mit Mandeln gegessen habe.

»Wie geht's dir mit deinem Baby? Wohnst du mit deinem neuen Freund zusammen?«, fragt Norman.

»Ja, wir wohnen zusammen, und die Schwangerschaft verläuft ganz normal. Mein Freund ist ein Deutscher, er kann gar kein Chinesisch und hat Asien noch nie betreten. Aber er ist ein netter Mann.«

»Ich habe dich in den vergangenen Jahren ab und zu in der Mensa gesehen«, sagt Norman. »Studierst du noch?«

»Nicht mehr so intensiv wie am Anfang. Seit ich schwanger bin, habe ich hauptsächlich Geld verdient. Für Babysachen und die Zeit, in der ich nicht werde arbeiten können.«

»Aha.« Norman ist sichtlich enttäuscht. »Du willst nur nicht zugeben, dass du nicht mehr studierst, oder?«

»Nein, ich habe mein Studium nicht aufgegeben. Ich will staatlich geprüfte Dolmetscherin werden. Nebenher will ich als Journalistin arbeiten.«

»Und wie sieht's mit den Prüfungen aus?«

»Letztes Jahr habe ich nur den schriftlichen Teil geschafft«, sage ich kleinlaut. »Im Mündlichen bin ich gescheitert …«

»Du hast die schriftliche Prüfung bestanden? Gratuliere. Das schafft nicht jeder.« Seine Stimme wird wieder wärmer.

»Danke. Zum Glück hat mir eine Bekannte eine Arbeit als Reiseleiterin für chinesische Delegationen besorgt, damit habe ich ganz gut verdient. Aber jetzt mit dem Babybauch geht das natürlich nicht mehr.«

»Ist das alles, was du gemacht hast?«, fragt Norman weiter. »Ich habe gehört, du hättest im Literarischen Colloquium etwas vorgelesen.«

Ich erröte. »Ich habe ein paar Erzählungen auf Deutsch geschrieben«, sage ich. »Vielleicht wird ein kleiner Erzählband daraus.«

»Hast du schon einen Verlag?«

»Noch nicht. Aber die Leute am Wannsee draußen wollen mir helfen.«

»Wie soll dein Erzählband denn heißen?«

Die Frage kommt unerwartet und ungelegen. Eigentlich ist dieses Buch noch ein ferner Traum, ein kleines privates Geheimnis, das sehr viel langsamer wächst als mein Baby. »*Du fliegst jetzt für meinen Sohn aus dem fünften Stock!*«, sage ich. »Da geht es um eine Mutter, die ihr Baby verliert.«

Norman sagt nichts. Offensichtlich kann er mit dem Thema nichts anfangen.

Zum Glück kommt das Essen. Wir wickeln die Stäbchen aus und stürzen uns auf die goldbraun gebratene Mahlzeit. Der Duft der fleischgefüllten, fettigen Maultaschen versetzt uns augenblicklich nach China, und minutenlang sagen wir gar nichts, sondern packen ein Stück nach dem anderen, tunken es in die Soja-Sauce und stopfen damit unsere hungrigen Münder.

»Fast wie in Shanghai in der Altstadt«, sagt Norman verträumt, als die ersten zwölf Bissen verschwunden sind. Unser Tempo wird langsamer, und ab und zu trinken wir einen Schluck Tee.

»Wohnt deine Familie immer noch in Jiangxi?«, fragt er ein wenig ermattet.

»Nein. Meine Eltern und die beiden jüngsten Schwestern wohnen jetzt in Shenzhen. Der Rest ist in alle Winde zerstreut. Diya hat ein Stipendium in den USA. Mein kleiner Bruder studiert in Peking und wird nach dem Studium wahrscheinlich auch in die USA gehen. Die beiden jüngsten Schwestern haben ihr Studium abgeschlossen und arbeiten in Shenzhen. Weswegen auch meine Eltern dorthin gezogen sind, sie geben da jetzt Nachhilfeunterricht in Englisch. Um die Miete zu zahlen, müssen sie allerdings vierzig Stunden die Woche arbeiten, obwohl sie längst pensioniert sind.«

»Und was haben deine Geschwister studiert?«, fragt Norman.

Ich lache. »Na, was schon? Englisch, Japanisch, Betriebswirtschaft und Informatik. Wie alle Chinesen. Sie verdienen nicht schlecht, glaube ich.«

»Wow! Das ist der große Sprung nach vorn, was?« Norman schüttelt die linke Faust. »Mao hat ihn versprochen, und Deng hat ihn umgesetzt.«

»Ja, vielleicht«, sage ich. »Aber ein bisschen anders, als Mao es sich vorgestellt hat.«

Auf dem Teller ist nur noch ein Jiaozi übrig. Norman schiebt ihn ein wenig in meine Richtung, und ich sage: »Iss du ihn! Wenn ich noch einen Bissen esse, gibt das Baby mir einen Fußtritt, und ich muss kotzen.«

Während er kaut, stelle ich Norman endlich auch eine Frage. »Was macht denn *dein* Studium?«

Er grinst zufrieden. »Es hat lange gedauert. Aber inoffiziell habe ich gestern erfahren, dass sie meine Doktorarbeit mit *summa cum laude* bewertet haben.«

»Wow, gratuliere! Aber ich habe nie daran gezweifelt, dass du eine tolle Note kriegst, wenn du mal fertig bist.« Er lächelt so bescheiden und liebenswürdig, als gratuliere ihm Konfuzius persönlich.

Unser Tee ist leer. Wir schauen auf die vorbeifahrenden Touristenschiffe und hören die Wellen gegen das Flussufer plätschern. »Und was machst du jetzt, Doktor Berger?«

Er schaut mich mit seinen Bernsteinaugen an, und meine Knie werden weich. Er kommt mir vor wie ein Riese, nein, wie ein weißer Ritter auf einem weißen Pferd, das uns hier an die Spree gebracht hat. Er gibt keine Antwort, sondern schließt seine Augen.

Ich fasse allen Mut zusammen und stelle ihm endlich die Frage, die mir seit Jahren im Kopf surrt: »Möchtest du mir vielleicht heute verraten, wann ich dich verloren habe? Ich meine, wann hast du aufgehört, mich zu lieben? Wann hast du dich nicht mehr verstanden gefühlt?«

Er öffnet die Augen, starrt auf das dunkle Wasser und sagt eine Weile nichts. Dann sagt er: »Wer versteht einen anderen schon? Ich verstehe mich selbst auch nicht immer.«

Ich will nicht gleich aufgeben und stelle eine weitere Frage: »War es Hongkong, das unsere Herzen auseinandergetrieben hat, oder lag es daran, dass ich lieber zur Volkshochschule gegangen bin, als bei dir Unterricht zu nehmen?«

»Ich neige nicht dazu, in die Vergangenheit zurückzublicken. Mal ist man weich und verletzlich, mal ist man ratlos und weiß nicht weiter, mal ist man hart und rennt wie ein Wahnsinniger vorwärts. Wozu soll man zurückblicken? Es ändert ja nichts mehr.«

»Da hast du recht«, murmle ich. Wenn Norman eine Mauer sein will, dann kann ich nichts machen. Ich muss mich damit abfinden, dass er ein Rätsel sein möchte. »Ich denke, wir haben beide aus der Katastrophe das Beste gemacht.«

»Ja«, sagt er. »In Berlin bist du eine andere geworden, so wie ich in China ein anderer war. *C'est la vie.*«

Bin ich eine andere geworden? Wieso habe ich selbst nichts davon gemerkt? Aber dass ein fremdes Land einen Menschen formt, kann ich nicht leugnen. Ich will schon zu neuen Gedanken ansetzen, da bekomme ich einen kräftigen Tritt und verliere fast die Balance. Reflexartig streichle ich meinen Bauch, um das Kind zu beruhigen.

»Na, du bekommst ja ein starkes Baby«, sagt Norman belustigt. »Es hätte dich beinahe umgehauen. Weißt du schon, ob es ein Mädchen oder ein Junge wird?«

»Ein Mädchen.«

»Prima.« Er streckt die Hand aus und streichelt umstandslos meinen Bauch. »Ich glaube, dein Baby wird mir gefallen.«

Wir haben unsere Teller leergegessen und den Tee ausgetrunken. Ich gehe zur Toilette und begleiche die Rechnung. Dann gehen wir zusammen zur Straße, wo Normans Fahrrad steht.

»Was ist dein nächstes Ziel«, fragt er, während er das Schloss aufschließt.

»Ich werde heiraten, ein Kind kriegen, arbeiten und weiter Geschichten schreiben und vielleicht Deutsche werden. Ein ganz gewöhnliches Leben. Und du? Was hast du vor, Doktor Berger? Wirst du Professor der Sinologie?«

»Nein, danke«, sagt er. »Viel besser: Ich gehe nach China zurück.« Er richtet sich auf, nimmt den Rucksack auf seine Schultern. Der Abschied liegt in der Luft. Wir wissen beide, dass wir uns vielleicht nie wieder sehen. Er zögert. Gleich wird er sagen: »Spring auf den Gepäckträger, Tanya! Wir fahren durch bis nach Shanghai!«

Ach, ich habe bloß zu lange in seine Bernsteinaugen geblickt und zu träumen begonnen. Er nimmt mich in seine Arme. »Ich werde deiner Tochter Chinesisch beibringen«, flüstert er leise und küsst mich aufs Ohr. Ich lache und er lacht auch. Dann schwingt er sich auf den Sattel und fährt davon, ohne sich noch einmal umzublicken.

Danksagung

Ich bedanke mich herzlich bei der Akademie der Künste Berlin, die mich beim Schreiben dieses Romans mit dem Alfred-Döblin-Stipendium 2020 unterstützt hat. Mein Dank gilt auch den freundlichen Nachbarn in Wewelsfleth, die mich während meines Stipendiums warmherzig aufgenommen und mir viel Ansporn und Kraft gegeben haben.

Als ich drei Viertel des Weges zurückgelegt hatte und den Roman abrupt beenden wollte, war es Christian Ruzicska, mein Verleger, der mehr wissen wollte. »Man muss auch die dunkle Hälfte des Mondes zeigen«, sagte er. »Irgendwann kommt sie ans Licht.« Also machte ich mich wieder ans Werk und erzählte weiter, bis ich ans Ende kam. Und siehe da: Als ich zurückblickte, konnte ich lächeln. Dafür bedanke ich mich aus ganzem Herzen.

Luo Lingyuan
Berlin, November 2022

secession